贡觉玛之歌

青枚 著

世界知识出版社

图书在版编目（CIP）数据

贡觉玛之歌 / 青枚著. — 北京：世界知识出版社，2017.8
ISBN 978-7-5012-5555-9

Ⅰ. ①贡… Ⅱ. ①青… Ⅲ. ①长篇小说—中国—当代
Ⅳ. ①I247.5

中国版本图书馆CIP数据核字（2017）第197085号

贡觉玛之歌
Gongjuema Zhige

作　　者　青　枚

责任编辑　余　岚
文字编辑　蔡楚娇
责任出版　赵　玥
责任校对　张　琨

出品人/监制　赵　雷
总　策　划　码　码　李姣姣
装帧设计　A s h　西　少

出版发行　世界知识出版社
地址邮编　北京市东城区干面胡同51号（100010）
网　　址　www.ishizhi.cn
销售电话　010-65265923　010-57735442
经　　销　新华书店
印　　刷　北京嘉业印刷厂
开本印张　880 × 1230毫米　1/32　7印张
字　　数　212千字
版次印次　2017年9月第一版　2017年9月第一次印刷
标准书号　ISBN 978-7-5012-5555-9
定　　价　35.00元

目录

天神为穹庐镶上钻，是我引领你回家的灯。

如果流血能换回你的微笑，我愿意让雪山变成红色的世界。

当山川不再，当日月失色，

只有你的歌声，能够驱散乌云。

如果你心中尚存尺寸记忆，

就让好奇变作疑惑，让疑惑告诉你真实。

第一章 高原血玉

连早喻开了一间小小的珠玉行，铺面不大，只有九个平方米，卖的却尽是些市面上寻常难得一见的小玩意儿：栩栩如生的绿玉蝴蝶，像极了泼墨山水的黑玛瑙坠子，还有用翡翠雕出来的十二生肖之类的东西。

连早喻是孤儿，她的父母在那场大地震中丧生。那年她才两岁，后来她在孤儿院中长大，十年前的一段奇遇，使她结识了一位大隐于市的高人，从此入了这一行。后来，那位高人，也就是她的师傅，去世前留了一批珍玩给她，让她以此为生。

珠玉这一行不同于金铺，若非真正的极品之作，是不会有什么大买家的，而且懂得鉴赏辨别的人也实在不多，连早喻的这间珠玉行其实也就是小本经营，但求收支平衡而已。

好在连早喻这女孩子也没什么大志气，乐得安逸，每日里朝九晚五，权当一项消遣。

这日一早，早喻打开门做生意，她照例仔细将每一件物品拂拭干净，摆上架子。一回头，看见一个二十来岁的女子站在窗外向里张望，白白净净的脸庞，一双细长微向上挑的凤眼，眼底深处有一丝迷茫。不经意间与她对视，早喻发觉这一瞬间她的脸上竟显出如孩童般顽皮的表情，不由得心生喜爱，于是迎出去说："随便看看吧，有很多小饰物，最适合年轻女性戴了。"

那女子不出声，大大方方走进来，目光随意地扫过货架。早喻拿出一套小海螺茶具，沏上一杯热茶，放在她面前："我叫连早喻，小姐怎么称呼？"

女子抬起头冲她笑了一下:“我叫叶无夏。”

“叶小姐，有合意的吗？”

叶无夏摇摇头，又笑了一下，笑意有些腼腆。

早喻微笑着说:“没关系，随便看看好了。”

无夏手中把玩着小海螺茶杯，似乎有什么心事。早喻由得她，自顾自忙去。师傅在世时曾教她，珠玉是讲缘分的，有些人有珠玉缘，便极爱这些小东西;有些人没有，对于珠玉的好坏只以钱来衡量，这种人通常是看不上她店里那些东西的。所以，早喻一向都是主随客便，从不推销什么，只由得客人在店里舒适即可。也正是因此，这间小小的珠玉行显得体贴舒适，倒也留住了不少熟客。

“连小姐？”叶无夏唤她。

早喻回过头:“叫我早喻好了。”

“早喻，你对红色的石头有研究吗？”

“红色的石头？”

“对，就是可以串成手链的红色石头。”

早喻笑了。“有许多红色石头都可以串成手链，常见的有红色水晶、红玛瑙，贵重些的有缅甸红玉。还有红翡翠，其实，翡翠二字中的‘翡’字，就是红色的意思，翡翠，就是红和绿。”她闲闲地饮了口茶，见叶无夏目不转睛，听得极为专注，便继续道,“其实我还见过一串由红色琉璃串成的链子，但最珍贵的还得是粉红珍珠了。不过这些都不是石头。至于如今最受年轻女性欢迎的，是一种经过打磨的红珊瑚，颜色是纯正的朱红，戴在手上有种很特别的韵味。前两天我店里刚卖完，你如果要买，可以过些天再来。”

无夏对她的推销不甚留意，低头想了一下说:“我这里有一串红色石头的手链，却没人说得出到底是什么质地的。”

“哦？”早喻来了兴趣。

无夏从背包里掏出一个像是黑木雕成的盒子，十分小心地放在桌上，推到早喻面前。

早喻见她如此郑重其事，也不敢怠慢，捧起木盒，仔细观察。那木盒出乎意料的沉重，触手冰凉，幽幽地泛着乌光。盒盖及四围雕刻着一些图案，年代久远，看不大清，但从隐约的轮廓猜测，似乎是麒麟一类的走兽。早喻轻轻喘了口气，望向无夏，眼中闪着光："这是黑玛瑙，是青藏高原特产的一种黑玛瑙。这种黑玛瑙质地坚脆，除非打磨，否则极难成型，任何锐器的雕琢都会造成裂纹。可是这盒子竟是由一整块黑玛瑙雕成的，上面还纹刻了图案，连一丝裂纹也没有，真是不可思议。"她举着盒子，对着灯光细细察看，口中忍不住啧啧称奇。

无夏却没有兴趣听她解说盒子，只说："你打开看看吧。"

早喻轻轻掀开盒盖，但觉眼前一眩，似有异光流过，她不由得一怔，伸出两指，小心将盒中之物拿出来。

那是一串用红色的石头串成的手链。石头与她从前见过的都不同，看上去晶莹圆润，有些像产在泰缅边境的红玉，然而它的红别有一种魔力。那红像是从石头的中心部分向外辐射出来的，一丝丝，一缕缕，缠缠绵绵，具有生命力一般地游动着。早喻不由得感到一阵心悸，有些头晕目眩，忙将目光从手链上移开，闭目宁神。然而那些泊泊然的红丝，仍在眼前晃动，将她闭着的眼睑映成一片殷红。

就在这时，早喻似乎听见有人在她耳边说着什么，具体说的是什么，她听不清，只知那绝不是无夏的声音。那是一种她听不懂的语言，可语气中有些说不清道不明的情绪，她并不陌生。

渐渐地，殷红褪成了一种淡粉红，温馨而宁静，一丝清爽的感觉升上来，眼睛有种前所未有的舒适。早喻缓缓睁开眼，看见无夏正紧紧盯着自己，一脸询问的神色。

"怎么样？"无夏焦急地问。

"这石头，它是活的。"早喻不可思议地望着手中的手链，喃喃说道。这会儿，石头中的异彩好像消失了，早喻却知道那只是暂时的蛰伏而已。

她抬起头，意外地发现无夏的两眼放出惊喜的光芒。

"怎么了？"

"你也有这种感觉？除了我，你是唯一有这种感觉的人。早喻，我终于找到与我有同样感觉的人了。"

“这是怎么一回事？”

无夏伸手接过那串手链，细抚着，说道：“我找遍了城中所有知名的珠玉行，不但没人说得出它的来历，而且没人感觉得到它是活的。早喻，你是第一个。”

“是吗？”早喻突然想起刚才耳边的声音，问道，“刚才有人来过吗？”

无夏一愣，道：“没有呀。”

“哦。”不知为什么，一丝惆怅爬上早喻的心头。

“早喻，你知道这石头的来历吗？”

早喻又接过手链，细细地看：“这石头的色泽像泰国红玉，触手的质感又像玛瑙，但无论是红玉或是玛瑙，都没有这种灵异的光彩。不，我从来没见过。”她摇摇头，仔细思索。

无夏道：“这石头叫贡觉玛之歌。”

“贡觉玛之歌？”早喻脑中突然灵光一闪，惊呼道，“这就是贡觉玛之歌？难怪这么奇特了。”

无夏惊喜若狂地问：“你知道？你知道贡觉玛之歌？”

早喻用力点点头，道：“我师傅生前曾经说过，在雪域高原出产一种红色的玉石，叫贡觉玛之歌，俗称高原血玉，因其色彩殷红而得名。对这种石头的记载极少，我师傅也是从他师傅那里听来的，他曾查过史料，只在吐蕃时代，松赞干布迎娶文成公主时的礼单中见过它的名字与介绍。”她停了停，又问道：“你怎么知道这石头就是贡觉玛之歌？”

“有人对我说的，可我访遍大小珠玉行，其他人大都不知道其来历，直到今天你告诉我。”

早喻拿过那串手链又仔细地端详了一会儿，却不复有刚才那种如梦如幻的感觉。手链是由十八颗同样大小、同样光泽的珠玉串成的。将这些珠玉连在一起的是一条质地十分奇特的绳子，有很好的韧性，颜色发乌，隐隐透着金属的光泽，看得出年代十分久远了。她又瞥见一旁的黑玛瑙盒子，忽地笑了，道：“无夏，你是从哪里得来这么多宝贝？这黑盒子虽然看起来不起眼，若拿到市场上去，可是价值连城；而这贡觉玛之歌，却是无价的了。”

无夏却似没听见，只轻声说:“我做梦了。”

“什么？”早喻没有明白她的意思。

“这串石头，”无夏指着手链说道，“它让我总是做一个奇怪的梦。”

早喻抬起头来注视着她。

无夏继续说道:“我总是梦见一块大石头，十分巨大，上面至少可以并排躺十个人。石头表面平滑，上面凸出了一块。感觉上，那石头是个祭台。天好蓝，蓝得就像宝石一样澄净，天上的浮云飘动，似乎离我很近，近得好像只要我伸出手就能触到。我耳边响起歌声，不是一个人，是成千上万个人的歌声，声音辽远、高亢、悲壮，引来了一群雄鹰。这时我听见周围静了下来，只剩下一个人，念念有词，有点像和尚念经，但我知道那是咒语。我有些害怕，想离开，却无论如何都走不了，我想阻止那咒语，却无能为力。后来……”

早喻被她的叙述吸引住了，忙问:“后来怎样？”

“后来突然不知从哪儿传来一声尖锐的长笑，笑中似有无限悲愤，我总是下意识地一挣扎，然后就醒了。”她看着早喻，神情有些迷茫，喃喃地说，“每次我醒来之后，都会感到强烈的心痛，好像心被撕裂了一般。”

泪水顺着她的脸颊流下来，无夏似乎完全沉浸到梦境中去了。

早喻轻轻握住她的手，发现她手中全是汗，却不知如何安慰她。

过了一会儿，无夏抬起头，向她笑了一下，似乎在表示她已经好多了。早喻放开她的手，起身走到柜台后边，从柜子中找出一块黄玉坠子，递给无夏:“这是天台山感业寺的无尘禅师送给我师傅的，它有定心宁神的作用，你把它戴上，看能不能有些效果？”

无夏一怔，道:“效果？什么效果？”

“不再做这些不愉快的梦呀。”

无夏坚定地摇了摇头:“谢谢了，其实只要我不戴着这贡觉玛之歌睡觉，就不会做梦，可是……”她眼中闪过一丝凄惶的神色，“那会使我更不安，我想知道那梦境究竟是怎么回事，如果不弄清楚，我没办法安心。”

“可是……”早喻张张口，又停住了，她也不知道该怎么说，因为她知道玉是一种很神奇的物质，有很大的能量，有些能扰乱心神，有些又能安神，可这些全取决于人们自身的心境。如果无夏的心不静，那么即便戴着这黄玉坠子，也是无济于事的。思及此她只好不再说什么了。

正沉默着，只听一声清脆的铃铛响，有人推门进来。

早喻抬头一看，是她的好友骆梅,便笑着招呼:“你怎么有空过来了？”

骆梅与早喻是十多年的朋友，一点也不拘束，笑道:“有钱花不出去，看你这儿有没有宝贝。”说着她走到小桌边，眼睛瞟见无夏手中的手链，愣了一下，轻喊了一声,“贡觉玛之歌？”

早喻与无夏两人同时一震，惊诧莫名，无夏更是脸色泛白，紧紧攥住手链，起了防备之心。

早喻苦笑道:“我说怎么最近生意越来越难做，连你这学美术的都能一眼认出贡觉玛之歌来，我还有脸自称是专业人士吗？”

骆梅一见无夏脸色有异，已知她对这串手链十分看重，便笑道:“这就是机缘巧合，要是换了别的任何一种玉石，我还真不认得。只是我曾经见过一位前辈的作品，名字恰恰就叫作《吉玛与贡觉玛之歌》。”

早喻更是惊讶道:“有这样的画？你知不知道贡觉玛之歌是只在传说中存在的物品？”

“知道呀，那位前辈说过的，还说关于这贡觉玛之歌，有个神奇的故事。”

无夏突然抬起头来，说道:“你能带我去见这位前辈吗？”

早喻这才想起来还有旁人在，忙替两人作了介绍。

骆梅摇摇头，道:“现在不行，那位前辈出远门了，大概要一两个月才能回来。”

无夏十分失望，又默默地坐下来。

早喻对她说:“无夏，我的师傅留下了许多资料，相信其中会有关于贡觉玛之歌的记载，我回去帮你查查好吗？”

无夏点点头，从包中掏出两张名片，分别递给早喻和骆梅，道:“这上面有我的联系方式，如果你们知道任何关于贡觉玛之歌的事情，请尽快和我联系。”

说完，她想了一想，把早喻拉到一边，将手链放回盒中，递到早喻手上。

早喻惊诧莫名道："你这是干什么？"

无夏轻声道："所有人里你是唯一能感应到贡觉玛之歌神奇魔力的人，请你今晚一定要戴着它入睡，看看会不会做和我一样的梦。"

早喻点点头，道："好的，我今晚就试，然后会尽快告诉你的。"

无夏仍有些不放心地看了看骆梅。早喻明白她的心思，说道："你放心，我会好好保管手链的。至于骆梅，如果她知道些有用的信息，大家一起分享岂不是更好？"

无夏想想，也有道理，便不再说什么，离开了珠玉行。

骆梅一待无夏出去，就蹦到早喻身边，抢过盒子，嘴里说着："快给我看看。"

早喻原本想制止，转念一想，又停下来，仔细观察骆梅的表情。

骆梅手里摆弄着手链，对着灯光照了又照，终于有些失望地放弃了，说道："什么玄机也没有，还给你吧。"

早喻接过手链，心中有些迷茫，问道："有没有什么特别的感觉？"

骆梅耸耸肩，道："什么感觉都没有。应该有吗？这盒子也很奇怪呀，看着不起眼，却沉甸甸的，上面还有图案，咦，这是什么动物？"

早喻说："我也不知道，所以要好好研究一下。"

骆梅沉吟，有些犹疑道："我好像见过这种头上有角的四足动物。"

"哪里？动物园？"早喻漫不经心地问，她对贡觉玛之歌更感兴趣。

"早喻！"骆梅狠狠地白了她一眼。

"好好，我错了。这样吧，骆梅，既然你说你见过，就帮我查查看这种动物出自何处，是什么来历。我呢，去找贡觉玛之歌的资料。我们分头行动，如何？"

那天晚上，早喻回到家，连晚饭也顾不上吃，就找出师傅临死时留下的大箱子，从里边翻出一本厚厚的笔记本。这是师傅毕生心血凝结的成果，里边记载了从黄帝以来所有关于玉石的记载与传说。当年师傅曾逼她将所有内容背下来，无奈早喻小孩心性，最不喜欢背诵，师傅多次责骂都无济于事，只得作罢。

虽然有负于师傅的期许，聪慧的早喻却知道这本笔记是取之不尽的宝藏，每当遇见什么疑难的问题，她都会求教于它。这次也不例外，早喻很快就找出关于高原血玉的章节。她先急急地浏览了一遍，有些失望，这些记载完全是超现实的，她不敢肯定可以从中获得些什么线索。想了想，她决定还是让无夏来做决定。

翻出无夏的名片，才发现名片上无夏的头衔是海潮艺术团的首席舞蹈演员。海潮艺术团，早喻是听说过的，那是近年来急速蹿红的现代艺术团体，不过早喻本身对现代艺术是有些吃不透的。想想就有些好笑，像叶无夏那样有着古典气质的女子，很难让人联想到现代艺术。

电话只响了一声，无夏就接了。

早喻说："是叶无夏吗？我是连早喻。"

无夏老实不客气，第一句话就问："早喻？是不是有什么发现？"

早喻叹口气，说道："发现倒是有，就是不知道有没有用。"

"先说来听听。"

"好，"早喻拿起笔记本，"你听好。"

"贡觉玛之歌俗称高原血玉，因为色彩殷红似血而得名，这是你已经知道的。这种玉十分难得，出产在藏北文部当惹雍错底。藏语中，错就是湖的意思，所以，当惹雍错就是当惹雍湖的意思。贡觉玛是当惹雍湖的女神，传说中她住在当惹雍湖湖心底下四四方方的绿宝石宫殿里，宫殿的四面墙有不同的颜色：东方是白色，南方是黄色，西方是红色，北方是绿色。四种颜色代表女神生活中的四件事：白色是睡觉，黄色是吃饭，红色是唱歌，绿色是舞蹈。贡觉玛之歌，也就是当惹雍湖女神歌唱的意思。"

早喻一口气说完，侧耳静听对方的反应，可是等了又等，无夏却一点声息也没有。她开始怀疑无夏到底有没有在听，于是问道："无夏，你在吗？"

"我在。"过了良久，无夏终于有了回音，"早喻，当惹雍这名字为什么听来那么耳熟？好像我早就知道似的，可我保证，我是第一次听到这名字。还有，我知道贡觉玛之歌的家在哪里了，我好高兴。"

"无夏，听我一句话，这贡觉玛之歌透着莫名的怪异，你不要太投入了。"

"早喻，你这是怎么了？"无夏像是被浇了一盆冷水，"你也说过贡觉玛之歌是一种极其罕见的玉，而且你也感受过它神奇的能量，你应该是最理解我的人呀。

怎么反倒是你来说这种话？”

早喻不出声，她也不知道自己是怎么了，她长久以来都在和玉石打交道，不该对玉石生出这种戒心的。

“早喻，”电话那头，无夏继续说，“今晚记得戴着手链睡觉呀，我相信你会有收获的。”

挂断电话，早喻怔怔地出了半天神，试图在纷乱的心中理出点头绪来。她知道，潜意识里，她和无夏一样渴望找出贡觉玛之歌背后的故事，可是，也许是天生的本能，她没有面对后果的勇气。其实她并不知道会有什么后果等着她，可她隐约感到有些事情将会发生。

叹了口气，早喻早早上床睡觉，从小到大，每当有什么难题想不通的时候，早喻的应对方法就是蒙头大睡，待储够能量，再去解决。

手链还在包里，早喻躲在被窝里，挣扎了半天，终于屈从于心中的好奇，下床把它找出来。

对着灯光，早喻发现石头中的流光好像又在飞舞，丝丝缕缕，缠缠绵绵，幻化出一圈又一圈光环，重重叠叠，令人迷醉。渐渐地，一丝细细的、似有若无的声音钻进她脑海中……

早喻抬起头，不由得一惊，眼前是一块巨大的石头，石头的表面光滑如镜，只有一块突起，像是个祭台。早喻苦笑了一下，真是日有所思，夜有所梦，无夏说她梦见一块巨石，自己便也跟着梦见巨石，若让骆梅知道了，一定会笑话她没有创意，连梦都做得与人家的一样。继而她却是一怔，又有些怀疑，这是梦吗？梦中的人会知道自己是在做梦吗？有人能在梦中评论自己的梦吗？

早喻狠狠地掐了一下自己的大腿，很痛，难道这不是梦？那这巨石是从哪里来的？她抬起头，发现天好蓝，蓝得像宝石一样澄净，天上浮云飘动，似乎离得很近，近得只要伸手就能触得到——嗯，这也是无夏告诉过她的话。

早喻发现自己的处境很奇妙，她似乎走进了无夏的梦境，或者，同样的一串贡觉玛之歌，在向人们传达同样的信息？

果然不出所料，早喻听见了无夏说过的由成千上万的人唱出的歌声，不知为什么，她有些欣慰，又有些伤感，听见那歌声，似乎是受尽了委屈的孩子，遇到了肯为他站出来讲句公道话的大人。雄鹰在她头顶盘旋，有几只甚至向她俯冲过来，她吓得一低头，那几只鹰又拉起身向远处飞去。早喻的目光追随着它们，看见了天边起伏的山脉，很远，看不真切，但她清楚地知道那是大雪山，她甚至看到了被山顶的雪反射出来的七彩霞光，宛如女神头上的冠冕。

不知不觉，早喻就到了山脚下，雪在飘，风很大，风裹着雪团向她袭来，吼叫着，气势汹汹，将她淹没在风雪之中。早喻什么也看不见，眼前尽是白茫茫的一片，什么也听不见，耳朵被强大的气流冲击着，嗡嗡作响。可是她一点也不害怕，看见风雪这么大，反倒十分高兴，她似乎期待着什么。

风越来越急，渐渐在她的周围刮出一片真空地带，一瞬间，寂静将她包围，似乎连风雪也在远去。早喻闭着眼，呼吸平和。

“流云。”有个声音叹息般地在她耳边轻绕。

“谁？谁在那儿？”早喻茫然地问道。

“你终于来了，流云。”

“流云？”为什么这两个字让早喻的心抽痛不止？

“我知道你一定会回来的。”那声音轻柔得如同歌唱，早喻却看不见任何人。

雪还在下，风仍在刮，可她一点也不觉得冷，反而有一种前所未有的温暖和熟悉的感觉。

“你是谁？”

没有回答，只有一声叹息。

暖意越来越浓，早喻感觉到脚下的雪在融化。她低头向脚底看去，赫然发现融化了的雪水是殷红的，那是鲜血，是从山顶流下来的。早喻忽然惊慌起来，四下张望，却什么也看不见。她想向山顶走去，却发现无法移动四肢，她心中又急又乱，正无措间，忽听远处传来一声凄厉的悲泣，心中大惊，奋力一挣，就从床上坐了起来。

果然是一场梦。

窗外阳光灿烂，春光明媚。早喻呆呆望着自己的手，努力回想着适才的梦境，害怕稍一分心，那梦中的一切就会逐渐褪色。

她撩起睡袍，在大腿外侧发现了一块用手指掐出的瘀痕。那真的是梦吗？梦境中的一切是那样真切，却又充满了怪异。早喻到现在还能感觉得到当她听见那一声悲泣的时候，心中撕裂般的痛。还有那温柔的声音，像是已在她脑中埋藏了良久，在这个梦中终于被唤醒了。

她缓缓从手腕上褪下手链，将它摊在手心中。多奇妙的东西，它究竟有什么魔力？该怎么向无夏说呢？她似乎走进了无夏的梦境，却走得比无夏要深，她梦见了相同的开始，却看见了更多的内容。

电话铃声及时将早喻从纷乱的思绪中拉出来。骆梅的声音传过来：“早喻，你怎么了？”

“挺好的呀。”

“你看看现在几点了，你什么时候学会偷懒了？”

“几点？”早喻四处找闹钟。

“别找闹钟了，”骆梅隔着电话也知道早喻在做什么，“现在是上午十一点十六分二十七秒。”

“什么？！”早喻跳起来，她十三岁以后就没试过这么晚起床，今天实在是……她望着镜子中的自己，太任性了。

“早喻，你做梦了吗？”骆梅像个好奇宝宝，什么事都要插上一脚。

“做了，很奇怪的梦，见面再详细说。”

“也好。早喻，你叫上无夏，尽快到我这里来。”

“干什么？”

“我有宝贝给你们看，你们一定感兴趣。”骆梅神神秘秘地卖关子。

“是关于什么的？你搞清楚那些动物是什么了吗？”早喻却坚持要问清楚。

“先别管那些图案了，我会慢慢找的。现在要你们一起来，当然是与贡觉玛之歌有关了。”

早喻心头一震，想起梦境中那个声音，又有一股酸楚泛上来，忙定定神道：“好，我们尽快来。”

骆梅住在美术学院的一间宿舍里。早喻约了无夏在美术学院的门口见，等她赶到时，骆梅与无夏都已经到了。

骆梅一见到她，便说："快来，你们一定感兴趣。"说完，率先向校园内走去。

无夏悄悄拉住早喻，还未出声，早喻已知她想说什么，点点头道："我做了一个十分离奇的梦，一会儿再详细告诉你，骆梅也想知道。"

骆梅在前面走，脚下不停步，回过头来说："一会儿我给你们看的东西，也值得用早喻的梦来交换。"

她们走进一栋教学楼。早喻经常来找骆梅，知道这里是骆梅的画室所在。

骆梅带她们来到一间画室，却不是她自己的。

骆梅一边打开门，一边说："你们也真是好运气，昨天回来，我说碰碰运气，谁知道还真让我找到了。"

早喻不耐烦地问："到底是什么东西？"

"这个。"骆梅掀去一个画架上蒙着的白布。无夏第一个惊呼出声。

那是一幅画，早喻一看就知道那不是骆梅画的，骆梅是画油画的，这却是幅国画。画中是一个藏族少女，少女有一双大大的眼睛，眼中却蕴满了哀愁，她神色迷茫地望着自己的双手，掌心捧着的赫然是由贡觉玛之歌串成的手链。

早喻与无夏对望一眼，从手袋中拿出那串手链，与画中的仔细比较。

"不会错的，是同一串。"骆梅笃定地说。

"可是，"无夏有些疑虑，"这画中的贡觉玛之歌为什么红得这么妖异？"

骆梅说："你看看画的名字。"

三个人的目光一起投向落款。

"吉玛与恶魔之灵？"无夏难以置信地笑了，"贡觉玛之歌会是恶魔之灵？"她望向另外两个人，"什么是恶魔之灵？"

骆梅摇摇头，说道："昨天我提过的就是这幅画，就是作者告诉我这恶魔之灵叫作贡觉玛之歌的。"

"不对，你昨天说的画叫《吉玛与贡觉玛之歌》。"无夏第一个提出质疑。

"别管我说什么，它最早的名字就是叫《吉玛与恶魔之灵》！"

早喻久久没有说话，只蹙着眉头盯着那幅画，心中也满是疑惑。

无夏走过去，伸出手，用指尖轻轻触了触少女的脸，问："她叫吉玛？"

"对，作者说她本是个清纯可爱的少女，可是见到这串贡觉玛之歌后，她疯了。可能这就是恶魔之灵的由来吧。"

"开玩笑，"无夏抗议，"那么多人都见过贡觉玛之歌，怎么就她疯了？怎么不见我们疯？"

"因为她不是那个人。"一直没有出声的早喻突然开口了。

"什么？"

早喻抬起头，目光坚定地说："吉玛，她不是命属贡觉玛之歌的那个人。"

"那谁是？"无夏问。

早喻定定地看着她道："我们，我和你。"

三个人回到早喻的珠玉行，早喻在门口挂上了"暂停营业"的牌子，然后为每人沏了一杯茶，开始讲述自己在梦中的经历。

听完她的叙述后，骆梅第一个跳起来道："真的很神奇呀！早喻，你是行家，有什么看法？"

"玉石是最有灵性的，它们似乎有自己的意志，可以选择自己的主人。如果主人不为它们所喜，或是将有祸事降临，它们就会离开。"早喻复述着师傅曾对她说过的话，"我和无夏的梦有部分是重叠的，还有不一样的，就像是两个人在同一个场合的不同经历，也可能是这串石头所传达的信息有所不同。但是只有我们两个有这样的梦境，这其中必定有它的缘由。"

"对，"无夏赞成她的话，"所以我们一定要找出贡觉玛之歌的秘密。"

骆梅望向早喻问道："早喻，你真的要去调查？"

早喻有些茫然，之前有过的那种不安的预感再次涌上来，但她最后还是下定了决心说："如果是昨天，你问我，我一定说'不会'。可是经历了这个梦，我已经不能放下不管了。骆梅，你是知道我的，我与玉石结缘，本就十分离奇，我在想，是不是为了贡觉玛之歌，上天才会安排我在十年前遇见师傅？"

无夏听了早喻的话，十分高兴。骆梅却忧形于色：“早喻，我怎么觉得经过昨天晚上的梦，你有些不一样了？难道这串石头真有这么大的魔力，让你这么执着？”

早喻苦笑道：“我也不清楚，不过，我真的觉得有些人和事已经等我等了很久了。”

骆梅点点头，说道：“好吧，早喻，无夏，你们有什么要我帮忙的，尽管说。”

早喻也着实不客气，说道：“那好，我要尽快见到这幅画的作者，你帮我联系一下他，好吗？”

“那位作者姓孙，我们都叫他孙老，十分不巧，他去青海出差了。”

“那没关系，我去青海找他也行。”

“好，我尽快为你们联系。”

“另外，”早喻沉吟，“我始终觉得那黑玛瑙盒子来历不凡，我查了师傅留下的资料，一点记载也没有。你说见过那样的图案，这件事可不可以就拜托你？”

骆梅爽朗地笑道：“没问题，包在我身上，你怎么那么客气了？”

早喻眉头微蹙，道：“我只是觉得有些奇怪，连贡觉玛之歌这样的东西，师傅都有记载，为什么那黑玛瑙盒子反倒被遗漏了？可我暂时没时间去深究，所以只好拜托你了。”

骆梅离开后，早喻与无夏默默相对，各自回味着梦境。过了一会儿，早喻才说：“无夏，我想我们可能要出远门了，在这之前，我们应该做好充分的准备。”

无夏十分豪爽地说道：“钱你不用担心，我有。”

“不只是这方面，”早喻一边沉思，一边说，“我们还要多找找资料，尤其是关于当惹雍湖的。”

“我这就回去找。”无夏二话不说，站起来就要走。

“我这边也会找的，我们一起努力，资料越详细越好。”

“这我明白，你放心。”她停了一停，又说道，“早喻，虽然昨天才认识你，可我觉得已经和你很熟悉了。”

早喻报以微笑，道：“我也是。”

这一刹那，两个年龄相仿的女子同时在心里掠过一阵暖意，她们似乎都知道，从这一刻起，彼此的命运就紧紧连在一起了。

第二章 红色魔石

一个星期后，早喻抛下泡在图书馆里研究西藏传说的无夏，怀里揣着骆梅给她的地址，来到西宁。她是来见《吉玛与恶魔之灵》的作者，被骆梅尊称为孙老的老画家的。

孙老在为西宁的一间喇嘛寺做壁画的修复工作，据骆梅讲，他是中国藏传佛教壁画画家中的权威。

这是一个十分孤僻的老人，他没有拒绝早喻见面的要求完全是看在骆梅的面子上。而当早喻告诉他，自己是为了贡觉玛之歌而来时，老人的脸色瞬间变得铁青，只短短说了句“我不清楚”，就离开了。

初战失利，早喻没有放弃，在接下来的三天里，她对孙老展开各种攻势，软磨硬泡，终于，老人烦不胜烦，对她说：“姑娘，不是我不肯说，只是你说的那种石头，实在是很邪恶，你还是不要沾惹得好。”

早喻笑了，道：“这您放心，我就是专干这一行的，对于各种邪恶的石头还是有对策的。”她故意在“邪恶”两个字上重读，是因为孙老的这种说法让她十分不舒服，于是有心讥讽一下。

不料孙老一点也不介意她的讽刺，反而正色道：“没错，你也是珠玉这一行的人，方子昆你听说过吗？他可是你们这一行的老前辈呀，连他都不愿意多说贡觉玛之歌的事，你说这石头是不是很邪恶？”

他又提了一次“邪恶”，可早喻这次没心情同他较真，她的注意力全集中在一个地方：“您认识方子昆呀？他就是我的师傅呀！”

“真的吗？”老人不信有这么巧。

“当然是真的了，您要真认识我师傅，也该认得这个吧？”早喻伸出手，让老人看戴在她手上的一枚和田玉的印章戒指，那是她师傅生前的信物。

孙老一见之下，不禁“咦”了一声，面色缓和了许多，道：“原来你真是方先生的弟子，那么把事情告诉你也是应该的，毕竟我欠你师傅一个人情，应该为他达成愿望。”

敏锐的早喻立即由这话中听出关键之处：“愿望？我师傅的愿望？”

“当年你师傅帮了我一个大忙，我问该怎么报答他，他说如果他的后人来找我，无论有什么要求，都要我尽量满足。”

早喻不由得震惊，听起来，师傅好像早就知道她今天会来找孙老，而且似乎知道自己的要求一开始会遭到孙老的拒绝，才留有这样一说。只是师傅是怎样预测到这一切会发生的？当然，也可能师傅当年只不过是随口一说，今日却让自己碰巧撞上了。

然而早喻只是在心里好奇，面上不动声色，以胜利的表情望着孙老。

孙老对这一切却视而不见。他眯着眼，目光越过早喻，望向某处，深深吸了一口气，缓缓道：“其实那并不是什么惊心动魄的故事，只是如果你看见传说变成现实，也会记忆深刻的，何况当事人和我的关系非同一般。”

“您指的是吉玛？”早喻猜测着。

“是的。那是四十年前，我刚从美术学院毕业时的事了。我入藏支援文化建设，那时西藏刚和平解放不久，生活非常艰苦，只有喇嘛庙的生活还过得去，组织上安排我住在阿里的达宗贡桑寺。我的工作是收集整理寺中的壁画资料，你知道，喇嘛庙里的壁画总是异常丰富的。达宗贡桑寺建于吐蕃时代，许多壁画是反映唐蕃关系的。其中有一幅反映金城公主与尺带珠丹亲临达宗贡桑寺的壁画，线条流畅，色彩明艳，人物形象丰满，很明显是唐代的珍品，当然由于年代久远，有些地方已经斑驳点点了，但总的来说这幅壁画保存得较完整。我接受了修复这幅壁画的任务，因此收集所有资料，尽量按照史料所载，对壁画斑驳的地方进行恢复。一开始工作进展得很顺利，可是当我复原金城公主身旁的一个侍女时，竟遇到了十分大的麻烦。”

早喻一直留心听着，可是直到现在，她还不清楚孙老所说的与贡觉玛之歌有什么联系，不由得有些焦躁。孙老此时反倒心平气和，仍不紧不慢地诉说着他的经历。

“那个侍女从手腕到手肘的地方，颜料都已脱落了。她穿的是典型的唐式服装，却梳着藏人的细辫，一手持拂尘，一手持横笛。比起其他侍从，她的形象离金城公主最近，也大很多，看得出是个重要的人物。我要将脱落的地方补好，就必须了解画的本来面目，于是我找来寺中喇嘛，请他提供有关资料。这本是十分平常的事，那位喇嘛曾与我合作过多次，我们共同修复了寺中的好几幅壁画，他对这些壁画的掌故了如指掌，是个大行家。可是这一次他看了壁画后，竟不知这侍女是什么人。对他这种专家而言，莫说是金城公主身边的重要侍女，就是壁画角落里抚琴的乐师，他都能根据衣饰、身形，详细说出其来历来。而这位侍女可以说是画中的第三号人物，他却说不出个所以然了，这就让人觉得蹊跷了。为了准确再现人物的神态与面目，我同那位喇嘛走遍了大小部门，查遍了所有资料，偏偏一点点线索也没有。眼看上级规定的工作期限就要到了，万般无奈的情况下，我决定根据自己对人物的理解，对这部分壁画进行修复。”

说到这，孙老有些不好意思道：“那时候年轻，对于文物保护没有什么意识，只认定我们是改造世界的一代，对壁画进行改动也不是什么大事。幸好我还没来得及动手，就发生了一个意外，不然一件珍贵文物就让我毁了。”

听到这，早喻终于对那个神秘的侍女起了好奇心，忙问：“什么意外？”

孙老腼腆地笑了一下，早喻不由得大奇，因为他那张饱经沧桑的脸上竟然泛出淡淡的红晕。

“这就说到吉玛了。吉玛是藏北文部一户牧民的女儿，那时才十五岁。她随家人到达宗贡桑寺来进香，正巧遇见我在寺中工作。她是个单纯的小姑娘，看见什么都好奇，对于我的工作更是热情高涨，天天都来看我修复壁画。后来她的家人回文部了，她却暂时留在了阿里的姑姑家，为的当然是每天能来看我工作。就在我要自行修复金城公主身边那块壁画时，吉玛又来了，她先安静地浏览了一会儿壁画，然后指着那个侍女突然说了一句话。她说的是藏文，语速很快，我没听懂，可从她的神情我知道她正对一件什么事迷惑不已。我见她指着那个侍女，十分奇怪，就问她有什么不对。她便用汉语重复了一遍，那句话让我吃了一惊。”

“我先给你描述一下那个侍女的姿势，她站在金城公主身后，身穿白衣，双臂向前方伸着，在手臂一半的地方，有一块十分大的脱落痕迹，她的手腕和整个手掌都没有了，空白的另一端是一支半柄的拂尘，之所以是半柄，是因为尘柄连着手的那一半也被剥蚀掉了。她右手执一支横笛，横笛竖在拂尘的旁边。”

孙老停下来，注视着早喻，一字一顿地说道：“吉玛指着那侍女说，那是一个魔鬼，是个妖人。”

早喻的心突地一跳，忙问：“魔鬼？那是什么意思？”

孙老却仿佛没有听见她的话，自顾自说道：“我当时也吓了一跳，虽然年代久远，壁画剥蚀严重，可是那侍女的面容仍然十分清晰，那不该是一张魔鬼的脸。你知道，藏人对鬼神十分敬重，绝不会信口胡说，一定是真有什么传说，是关于那侍女的。我想，这可能是一条线索，起码让我知道那侍女究竟是个什么人，这对我的工作有帮助。”

“于是我问她怎么知道的，她不悦地瞪着眼，说在她的家乡人人都知道流云尼玛一手持拂尘，一手持横笛。她说着还在画像手臂剥蚀掉的地方指了一指，说那儿应该还有一串红石头魔石，那是流云尼玛把自己卖给恶魔西亚尔的报酬。”

早喻嗖地挺直了身子问道：“红石头魔石？就是贡觉玛之歌吗？”

孙老点点头道：“贡觉玛之歌这个名字，是我后来从你师傅那听来的，吉玛和后来我遇见的其他藏人，都叫它红石头魔石。”

“西亚尔又是谁？”

孙老眯起眼，把身体向后靠去。“西亚尔在藏人的传说中，是无恶不作的恶魔。”

不知为什么，早喻对于这个说法无端地反感，却不知该如何辩驳，只好不作声。

孙老继续说道：“吉玛说那红石头魔石晶莹妖异，见过的人都会被勾去魂魄。

流云尼玛用这魔石害了不少人，后来不见了魔石，她才不能再害人了。尺带珠丹和流云尼玛的丈夫桑杰扎措最后把她送上了祭台，交给念青唐古拉山神处置。”

早喻的心头又是一震，她知道所谓的送上祭台，其实就是被处死。虽说这女子只是传说中的人物，可听到她是被丈夫送上祭台的，早喻还是觉得悲愤莫名。

“那后来呢？”

“后来我去了拉萨。再次回到阿里时，吉玛已经疯了。”

“疯了？”

“是的。她的妈妈告诉我，吉玛不知从哪儿得来一串红石头的手链，喜欢得不得了，戴在手上不肯摘下来，谁知当天夜里，突然狂风大作，家里人怕牛羊走失，都到羊圈去了，等回来的时候，发现吉玛一个人躺在帐子外面，身上有伤，那串手链也不见了。第二天，吉玛醒来的时候就疯了，她两眼发直，坐在那里不说话，也不动，人家问她什么话，她都不搭理，可一到夜里，她就开始哭，那哭声极为凄惨，连野狼听了都害怕。据族中的长老说，那串红石头的手链就是恶名昭彰的红石头魔石，是恶魔西亚尔来抢走了手链，逼疯了吉玛。”

孙老说到这里，突然双目圆睁。“我不相信有什么恶魔，但我相信吉玛的疯一定和那串手链有关，我……”他长叹了一口气，“我去拉萨，是为了向上级申请与吉玛结婚，谁知道，才离开一个星期，就变成这样，哎！”

早喻听到这里，心中也不禁难受，只得低下头去，什么也说不出来。

过了好一会儿，孙老才又开口道：“我为吉玛的病跑遍了所有的医院，都没有用。三年后，吉玛她自己跑出去，再也没有回来。”

“那您没有去找？”

“找了，当然找了，从文部找到阿里，又从阿里找到那曲，能找的地方都找了，能问的人也都问了，可活不见人，死不见尸，就是找不到。”

孙老和早喻都沉默下来，两个人默默地相对。过了很久，早喻问道：“那么，那幅《吉玛与恶魔之灵》是什么时候画的？”

“那是吉玛失踪后的第八年，我终于从西藏调回了中原，临走前，我依照吉玛家人的叙述，画了那幅画，那是吉玛最后清醒的时刻。”

“这么说来，您从没见过贡觉玛之歌？”

“当然了，”孙老一提起贡觉玛之歌，气就不打一处来，“要不是为了吉玛，我连想都不愿想那魔石。其实吉玛的家人也形容不出那石头具体的样子来，机缘巧合，我遇见了你师傅，是他告诉我的。”

早喻闭上眼，仔细回想了一下孙老讲的故事，又提出了几个问题：“吉玛既然说那个流云尼玛是人人都知道的角色，为什么与您合作的那位喇嘛却对她一无所知呢？还有，既然吉玛知道红石头魔石是邪恶的石头，为什么还会欢天喜地地戴上呢？她的家人为什么不阻止她呢？”

孙老叹了口气，说道：“红石头魔石只是传说，并没有人真正见过它，而且，从我的画中你也看得出，那串石头确实有不同寻常之处，别说吉玛这样一个小姑娘，就算是我初见了，只怕也会爱不释手呢。至于那位喇嘛，我也问过他同样的问题。”

“他怎么说？”

“他说，流云尼玛他倒是听说过，可那是本教的人物，就超出他的知识范围了。”

早喻更是疑惑：“什么是本教？”

这个问题连孙老也觉得头痛：“据说，在佛教传入吐蕃以前，本教是吐蕃的国教。至于具体是怎么一回事儿，因为本教已失传多年，我也不是很清楚。”

早喻苦笑起来道：“没想到事情比我想象的要复杂多了。”

孙老到现在才想起一个关键的问题来：“姑娘，你打听贡觉玛之歌干什么？”

早喻的脸上愁容更甚：“我也不明白，只是想弄清楚它的来历而已。”

这回轮到孙老惊讶了：“贡觉玛之歌的来历，你师傅不是最清楚了吗？他没告诉过你吗？”

早喻此时也察觉出事情的蹊跷了：“没有呀，师傅的记录十分简单。”为了证明自己的话，她立即从包中找出师傅留给她的那本笔记本，把关于高原血玉的那一段给他看。

“这老狐狸，到底在搞什么？”孙老看了之后不禁骂出声来，“你师傅曾经两次到当惹雍湖畔去考察，知道的绝不止这一点。”

“可是，师傅为什么不告诉我呢？”早喻心中又是疑惑，又是委屈。

一老一少两个人想了半天，也没有结论。孙老只好安慰早喻：“你师傅是个高人，高人做事与常人不同，他一定有他的用意，这就要靠你去推敲了。”

“我师傅他老人家有没有告诉您贡觉玛之歌的来历？”

“没有，我知道的都告诉你了。”

早喻想了想，又从包中拿出一张纸，那是从黑玛瑙盒子上拓下来的雕刻图形，她交给孙老，问道：“您知道这是什么吗？”

孙老戴上眼镜，仔细看了半天，摇摇头，道：“具体是什么，我也说不出来。不过，你看，这样的线条以及这动物的神态，还有体形，像是年代十分久远之物。我想……”他抬起头，眯着眼，斟酌了一下，才缓缓道，“至少有一千年。”

早喻点点头，这在她意料之中。

孙老接着说：“你看这动物，有四足，头上生角，像麒麟，但不是麒麟。因为麒麟身上长的是鳞，这动物身上却覆着像龟一样的壳。我想，它纵然不是麒麟，也绝不是什么真实的物种，应该是一种图腾。”他又指着那动物的右前足道：“你再看，这里，有三簇小小的火焰，成‘品’字形排列，这大概是家族的标志。”

“家族的标志？”早喻有些不解。

“是。有许多土司、头人、部落首领的家族，都有自己的标志，代代相传，以示荣耀。如果我估计得不错的话，这样的动物图腾，大概是某个家族的标志。”

“那么，您知道是哪个家族吗？”

孙老笑了道：“姑娘，青藏一带数千年来拥有图腾的部落、家族何止以万计！这些年来的征战动乱，有些家族衰败了，有些早已绝迹，就算有记载的，也浩如烟海。别说这一时间我说不出来，就算是让我去查资料、请教高人，要弄明白到底是哪个家族，也不大可能。”

“那，就没有办法了吗？”

孙老笑得高深莫测：“那就只有看缘分了。”

早喻见暂时也问不出什么了，只得起身告辞，走到门口，却又想起一件事来：

"孙老，为什么骆梅一开始说那幅画叫《吉玛与贡觉玛之歌》，而您画上的题字却是《吉玛与恶魔之灵》？"

孙老摊开双手道："那也是你师傅的主意，他说'恶魔之灵'这叫法不大确切，还是叫'贡觉玛之歌'好。这是他答应帮我画贡觉玛之歌的条件，所以那幅画的原名叫《吉玛与恶魔之灵》，正式名却是《吉玛与贡觉玛之歌》。"

连早喻一路揉着眉心，从孙老工作的喇嘛寺回到自己住的宾馆，脑子里乱成一团，她总觉得孙老的故事里，有一点很重要的东西被她忽略了，那是什么呢？

刚回到宾馆，就有服务生叫住她："连小姐，有一位叶无夏的小姐，打过好几次电话来，要你一回来立即与她联系。"

早喻心里说了一句："来得正好，我还要找你呢。"随即便拨电话，找到无夏。

无夏听到她的声音，立即叫了一声："你终于出现了，叫我好找！"

早喻哭笑不得道："小姐，我也有事情办呀。"

无夏说："对呀，你那边有什么进展？啊，先别说，先听我的。"

早喻无奈，明知无夏看不见，还是做了一个"请"的手势道："好，你先说。"

"早喻，"无夏笑嘻嘻地说，"没想到西藏的传说那么丰富，每一座山都有自己的性格，每一个湖都有无数传说，有的山和湖是夫妻，有的是兄妹。这些山和湖，还有山和山、湖和湖之间的关系，就像人际关系一样呢。你看，最大的山神是念青唐古拉山神，他是众神之王，就好比玉皇大帝或宙斯那样，不过他忌妒心特重，不容有不同意见。最美丽的仙女是纳木错的女神，她是念青唐古拉的妻子。还有，最顽皮的居然是雅鲁藏布江，真是有意思极了。"

"无夏，"早喻不得不打断她，"说重点。"

无夏一怔，忙道："好好，你听我说，我根据你说的贡觉玛之歌产于当惹雍湖底，先去查了关于当惹雍湖的传说。当惹雍湖位于文部的西北，坐落在达尔果山的山脚下。达尔果山有七座山峰，分别是布麦拉真、吾麻拉真、介古拉真、岗龙拉真、赤木拉真、巴威拉真、玛木拉真。他们七个是兄弟，都是当惹雍女神贡觉玛的哥哥。达尔果山和当惹雍湖是神山圣湖，兄妹八人护佑着生活在湖畔的喇尔扎措族。"

早喻趁她停下来换气的机会问道："你知不知道有关本教的事？"

无夏"咦"了一声："你怎么知道本教的？难道贡觉玛之歌牵涉到本教？"

早喻吸了一口气问："这么说，你是知道的了？"

"那当然，说到达尔果山和当惹雍错，就一定要提及本教的，因为达尔果山和当惹雍错是本教的神山圣湖。"

"具体的情形你知道吗？"

"只知道一点。传说在吐蕃王朝统治西藏之前，高原上最大的国家是象雄。本教就是象雄的国教。而象雄的都城就在当惹雍湖畔。后来吐蕃统一西藏，虽然都城迁去了拉萨，可本教还是最主要的宗教。一直到松赞干布当上赞普，同时迎娶了大唐的文成公主和尼泊尔的尺尊公主，两位公主分别从东方和西方带来佛教，松赞干布才下令封佛教为国教，命令全国信奉本教的人改信佛教。传说中，这道命令在文部遭遇了最大的阻力，因为达尔果兄弟中最小的西亚尔是本教祖师敦巴辛饶的弟子，他坚决反对封佛教为国教，所以一怒之下就走了。"

"等等，"早喻突然对着话筒喊了一声，吓得无夏立即不再出声，"你再说一遍，谁反对得最厉害？"

"西亚尔，达尔果兄弟中最小的那个。"无夏不明所以，"有什么不对吗？"

"有！"早喻沉声说道，"西亚尔这个名字我听过，据说藏人叫他恶魔西亚尔。还有，刚才你说的达尔果七兄弟里，可没有他。"

"恶魔西亚尔？！哎呀，我怎么没想到，这个西亚尔应该就是双湖无人区里横行的恶魔吧。"

早喻头更痛了，道："无夏，说清楚好不好，双湖无人区的恶魔又是怎么回事？"

无夏也叹了口气道："看来我越说越乱了，还是你先说你的收获吧。"

早喻点点头道："也好，我这边有很多不明白的事情，看你能不能解决。"

接下来，早喻用了一个小时的时间把孙老和她的对话向无夏复述了一遍，然后问道："这个流云尼玛，你有没有她的资料？"

无夏仔细想了想，说道："我好像见过这名字，不过没有太注意，我再去查一查。”她顿了一顿，语气有些迟疑，“早喻，为什么我觉得这个名字似乎在哪儿听过，不是在书上看到的，而是听谁说过。”

早喻颇有同感：“不单是这样，孙老的故事里有一个地方我觉得很熟，却说不出具体是哪里来。”

两个人同时静了下来，过了一会儿，无夏小心翼翼地问：“早喻，你有没有一种感觉，我们现在好像正被一种莫名的力量牵着走，走向不可知的结局……我有些害怕。”

早喻没好气道：“你要是现在退出，还来得及。”

无夏在那边怪叫起来，道：“谁说要退出了？别忘了贡觉玛之歌可是我的！”

“放心，没人要和你抢那串石头。快干活去，别在这鬼吼鬼叫的。”

无夏嘻嘻一笑：“还有个问题没回答你，传说中达尔果山原有八座山峰，八个兄弟，西亚尔是最小的一个，他也是贡觉玛的哥哥，后来因为改教的事，他一怒之下离开了，所以达尔果山现在只有七座山峰七个兄弟了。”

“那西亚尔到哪里去了？”

“据说在阿里北部双湖无人区的羌塘高原上，有一个横行无忌的吸血恶魔。一开始我没注意，现在想来，有可能就是西亚尔，我再查查。你的任务已经完成了，打算什么时候回来？”

“明天参观青海湖去，后天就该回来了。”

“骆梅今天来过了，让我提醒你替她向孙老问好。”

早喻点点头说好，低头看了看表，突然一下跳起来道：“天呐，这个电话打了三个小时，都快十点了，快挂电话，有消息了再通知我吧。”说完她也不等无夏回话，砰的一声就挂上了电话。

那天晚上，早喻躺在床上翻来覆去睡不着觉，反复回忆孙老的故事，怎么也想不明白到底是哪个环节令她觉得很重要。

西宁其实也位于青藏高原上，晚上从窗户望出去，星光出奇的璀璨。早喻前些天一直忙于探访孙老，根本没有注意过高原的天空，现在反正也睡不着，便索性下床，走到窗边坐下，专心数起星星来。高原的风是凉爽干燥的，这让从小在南方长大的早喻倍觉新奇，她望着没有受过污染的夜空，沐浴在皎洁的月光中，感到一种前所未有的宁静，似乎，她曾经常常这样注视着夜空。早喻在心中想：不只是夜空，还有夜空下的湖水、草地和山峰。

有那么一会儿，早喻奇怪自己怎么会想到那些从来没有在她生活中出现的事物，很快，她就沉浸在无限的遐想中了。

夜风拂在脸上，似乎带着花香，她慵懒地闭上眼，感受着面颊上传来的麻麻痒痒的感觉……

“别闹，让我歇会儿。”她笑起来。

似乎有人在她的耳边吹气，她顺手一推，把旁边的人挡开：“让我歇会儿。”

耳边传来低沉的笑声：“把眼睛睁开，给你看样东西。”

她反倒把眼睛闭得更紧了，道：“才不呢，也不知道你又要用什么东西吓我。”

“这次不会吓你的，我保证。”

“骗人，你们兄弟几个里，你是最狡猾的一个。”

“不骗你，不信你自己摸摸。”

一只粗糙的大手握住她的手，然后她摸到一件温暖柔软的东西。“这是什么？”

“自己看吧。”

她睁开眼，眼前是一团红色，仔细看分明，原来是一条红色的绒腰带。

“腰带？”

“这是念青唐古拉赏给我的，我送给你。”

她展开腰带，细细打量。“你帮我系上吧。”

一双臂膀将她揽入怀中，替她将红腰带系上。

她低头看了看，又抬起头迎向他深情的眸子，问：“好看吗？”

那眸子深深地凝视她，其中渐渐泛起笑意，那双有力的臂膀紧紧抱住她道：“好看，我的流云是世上最美丽的人。”

早喻的头突然剧痛起来，她跳起来，才发现自己刚才竟睡着了。是梦吗？她问自己，不由自主地向自己的腰间望去，仿佛希望那里系着一条红色的腰带。

当然，那里什么也没有。早喻有些失望，坐在床上回想那个梦，似乎那低沉的男声又在耳畔响起：“我的流云是世上最美丽的人。”

刹那间，一道灵光划过，早喻忽然站起来，喃喃道：“我知道了，我知道了。”

就在这时，电话的铃声突然响起来。早喻拿起话筒，里边传出无夏的声音：“早喻，我是无夏。”

两人隔着电话，同时喊出一句话：“我知道了。”然后又同时静下来。一时间，谁都没有出声，只听见嘶嘶的电流声在线路里流动。

终于，早喻先开口问：“你知道什么了？”

无夏的语速又快又急道：“祭台，早喻，记不记得我们都梦到过的那块像祭台的巨石？你说过孙老的故事里有些地方好像很熟悉，就是那祭台，那个流云尼玛被尺带珠丹和她丈夫桑杰扎措送上的祭台。那不是传说，那是真的，是贡觉玛之歌带我们看到它主人受难时的情景。早喻，你觉不觉得好可怕？我们梦到了传说中的景象。”

“无夏，冷静点，听我说，冷静点。”

无夏渐渐停下来。

“你是怎么知道的？”早喻问，“你是不是又发现了什么资料？”

“我看到了。”

早喻又开始揉眉心了，问：“你看到什么了？”

“我在查关于流云尼玛的资料时，在一本书里看到描写流云尼玛受难时的情形的史诗，那场景，和梦境一模一样。”

“有关于流云尼玛的书？那是一本什么样的书？”

无夏想了一下，才回答道：“其实不是关于她的书，而是一本野史，里边讲到念青唐古拉山神与各个恶魔之间争斗的故事。我看过，当时没太在意。直到早前你说吉玛当年指着流云尼玛的像，说她是恶魔，我就想，也许能在这本书里找到什么。果然，里面有讲到，念青唐古拉在俗世的弟子桑杰扎措，曾为念青唐古拉除掉了恶魔西亚尔的代言人流云尼玛。”

早喻心中一动，道：“恶魔西亚尔的代言人流云尼玛？这就是了，据吉玛说，流云尼玛把自己的灵魂卖给了恶魔西亚尔，换得了这串贡觉玛之歌。看来，这贡觉玛之歌应该是恶魔西亚尔的信物。无夏，你接着说，那本书是如何形容流云尼玛受难的？”

无夏道：“书中说，流云尼玛虽然是桑杰扎措的妻子，却一心维护无恶不作的恶魔西亚尔，桑杰扎措多次劝说、惩戒，都不能令她悔改，只得将她交给念青唐古拉处置。而根据念青唐古拉的旨意，为了防止这样的魔鬼代言人再转世害人，必须由十万人分别施刑，将她献祭给念青唐古拉。地点则是念青唐古拉山脚下旷野中的一块巨大的山石上。”

没来由的，早喻的心突地一阵刺痛，半天说不出话来。

无夏却不觉有异，径直问道：“怎么样？早喻，你怎么想？对了，你刚才也说‘知道了’，你知道什么了？”

早喻整理了一下自己的思绪，说道：“你记不记得我做的那个梦里，后来我走近雪山，听见有个声音在说话，他说‘流云，你终于回来了’。”

无夏又惊呼一声：“这流云，该不会就是流云尼玛吧？”

早喻苦笑道：“我想是的。”接着，她又把刚才自己做的梦告诉了无夏，然后才问道，“关于流云尼玛，你还查出些什么？”

无夏道：“流云尼玛，相传她是金城公主的贴身侍女，嫁给了尺带珠丹最信任的大臣桑杰扎措，可她背叛了他，把自己卖给恶魔西亚尔，以换取能控制别人灵魂的红石头魔石。关于她的身世，书上记载得很隐晦，只说金城公主入藏时，尺带珠丹格外开恩，选了她去拉萨做金城公主的侍女。”

“这说不过去，”早喻打断她，“金城公主是当时大唐的公主，身份多显赫，随她入藏的侍女还能少了？怎么偏偏要找一个本地的姑娘做她的侍女？而且，照孙老所说的那幅壁画的情形，流云尼玛可是最受器重的贴身侍女，那金城公主身边原来的侍女都到哪儿去了？还有，照你说的，流云尼玛的丈夫是尺带珠丹最宠信的大臣，能嫁给他，对流云尼玛来说，也是格外的恩宠吧？尺带珠丹这样看重的人，一定是大有来历的。”

无夏受了启发，接道：“所以这流云尼玛的身世一定很重要。”

"所以你还得接着查。"

无夏笑起来道:"明白。早喻，你真厉害，一下子就推出这么多疑问。"

早喻却叹了口气道:"我却不知为什么，心情越来越沉重。"

无夏显然也有同感，是以沉默了一下才说道:"我觉得事情越来越神秘，这本是由贡觉玛之歌引出来的事，但现在好像已经不是那么简单了。你刚才梦到的那个声音说'我的流云'，这'流云'会不会是流云尼玛？"

"看起来是……"

她们正聊着，似乎有什么人在敲门，无夏便说道:"有人来了，我要去开门，先挂了。"

挂上电话，早喻看看表，才凌晨五点，她有些奇怪，这时候会是什么人去敲无夏的门呢？想来应该是他们艺术团的同事吧，早喻知道这些搞艺术的人，作息时间总是与常人不同的。

一夜没有睡好，早喻看看窗外，还是漆黑一片，高原上天亮得晚。她决定再睡一会儿，在高原上活动，是很耗体力的。

重新钻进被窝，早喻刚合上眼，就听见耳边有一声轻轻的叹息。

"谁？"她问。隐隐约约感觉到床边有人，她立即睁开眼，黑暗中却空无一物。只有不知从何处吹来的风，将窗帘微微扬起，月光趁机钻了进来，映在地上，格外凄清。不知为何，早喻心中起了悲切，似乎有什么事潜藏在心底深处，正努力向外顶，逐渐冒出头来。

眼前依稀映出一片湖光，看不真切，湖水平滑如镜，倒映着一轮明月，泛着琥珀的光芒。早喻突然有了一种跳舞的冲动。

就在这时，刺耳的电话铃声再一次响起来。早喻狠狠地咒骂了一声，拿起话筒，还未将听筒贴到耳边，就听见无夏在那边嚷:"早喻，你在睡觉吗？"

早喻没好气道:"有你在，我能睡吗？"

"我，早喻，我……"无夏的声音有些发抖，还有些语无伦次，分明是有什么事令她十分激动。

早喻听出不对劲来了，忙道:"出什么事了无夏？出什么事了？"

“贡觉玛之歌……贡觉玛之歌它……”

“贡觉玛之歌怎么了？”早喻也莫名地烦躁起来。

这时，就听话筒里传来另一个女孩的声音，道：“还是我来说吧。”

“骆梅，是你吗？”早喻听出那声音，连忙问，“怎么回事？贡觉玛之歌怎么了？”

“早喻，别着急，贡觉玛之歌没事，只是……”

“只是什么？哎呀，你快说呀！”

“早喻，贡觉玛之歌能让人看见前世。”

“什么？能让人看见前世？”早喻又好气，又好笑，“你是从哪儿听来的？就为这个天不亮又敲人家的门，又打电话，你开什么玩笑呢？”

“哎呀，你怎么不明白！”骆梅急得直跳脚，“贡觉玛之歌可以让人看见前世，你看见了你的前世，无夏也看见了她的前世。”

早喻听了她的话，第一反应就是哈哈大笑，一边笑还一边说：“这种幼稚的传言你也相信？什么前世今生，那都是传说。”

“那不是传说，是真的，无夏就是流云尼玛的转世。”

早喻忽然笑不出来了，停了半天，才喃喃地问：“这到底是怎么一回事？你怎么知道流云尼玛的？”

那边沉默了一下，然后又是无夏的声音传出来，此时她好像已经镇静多了，道：“早喻，骆梅有一个客人，是从西藏来的，骆梅知道他的家乡就在文部后，就向他打听贡觉玛之歌的事。他告诉骆梅贡觉玛之歌是可以让人看见前世的，骆梅一开始自然不信，也是一笑了之，谁知他偶然看见吉玛的画像后，便说知道吉玛在哪里，于是骆梅就把他带到我这里来了，更奇怪的是，他看见我便一口咬定在一间喇嘛寺的壁画里见过我，后来他终于承认是在达宗贡桑寺的那幅壁画里见过流云尼玛。”说到这里，无夏的声音还是忍不住发颤了，“他说，我和那个流云尼玛长得一模一样。”

早喻听到这里，也忍不住大口地吸气，过了好一会儿，她才勉强平静下来，问道：“你都问清楚了吗？他确定吗？”

无夏叹了口气道："他刚才以佛祖的名义发誓，说得很肯定。早喻，我们该怎么办？"

早喻只想了一下，就当机立断道："到达宗贡桑寺去，我们一定要亲眼看看那幅壁画。你让骆梅过来接电话。"

话筒又交到了骆梅的手中。

"骆梅，是真的吗？"

"是。边巴，就是那个从文部来的小伙子，他就在我身边，我让他跟你说。"

"不用了，这也不是电话里就说得明白的。这样吧，我明天就到拉萨去，你们一起来吧，让边巴也来，你看行吗？"

骆梅向另一个人问了几句，随即说道："他说没问题。他和无夏明天就搭飞机过去，只怕比你还早到呢。不过我就去不了了，我走不开。"

早喻深深吸了口气道："那好，一切等我们明天见了再说吧。骆梅，那黑玛瑙盒子，我有一点线索了，据说，那上面的图案应该是一个家族的图腾。"

骆梅道："我明白了，我回去找找看有没有相关的资料。"

第三章 拉萨的梦

从西宁到拉萨的飞机中午一点起飞，飞行时间是一小时二十分钟，下午两点半左右，飞机降落在拉萨贡嘎国际机场。

早喻随人流步出机舱，迎面而来的近乎白炽灯灯光的耀眼日光刺痛了她的眼。虽然同处青藏高原，西宁与拉萨却有很大的不同，来到拉萨，才算真正到了神秘莫测的世界屋脊。早喻眯起眼，打量着这片神秘而诱人的土地和头顶上蔚蓝澄净的天空。风吹来，带着刺骨的寒意。真是一片神奇的土地，早喻心中想着，这里竟能同时拥有耀眼的阳光和冷冽的空气，在这里发生任何不可测的事，都是再正常不过的。

她穿上一直挽在手臂上的大衣，架起墨镜，以防强烈的日光刺伤双目。早喻发现自己的动作迟缓且吃力，是高原反应，她甚至可以听见自己如擂鼓般的心跳。这种情况在西宁是不曾有的。

甫出机场禁区，早喻就看见无夏和一名藏族小伙子在等自己，她连忙拎了行李，呼哧呼哧地喘着气走过去。无夏一看见她，就喊了一声，不顾四周人异样的眼光，搂着早喻呜呜地哭起来。

早喻明白昨天凌晨的事对她的刺激太大，她的情绪还十分激动，一时之间无法控制，才会有这样反常的行为。她只得扔下行李，一边轻拍着无夏的背，一边在她耳边说些安慰的话："别哭，我知道你现在很害怕。我告诉你，我是绝不相信转世的。你想想，那幅壁画已经有一千多年的历史了，怎么可能有一张和你一模一样的清晰的脸呢？就算有，两个人长得像，那也是十分正常的呀。"

“不，那不是两个长得像的人，那根本就是一个人。”无夏身边的藏族小伙插嘴反驳。

早喻轻轻推开无夏，摘下墨镜，用挑衅的目光盯着他看：“你认为有可能吗？”

小伙露出牙齿一笑：“我叫边巴朗杰，你可以叫我边巴。”

早喻并不理睬他的自我介绍，继续说道：“你认为一千二百多年前的一个人，有可能和你面前站着的无夏是同一个人吗？”

边巴很认真地点点头道：“我知道这事匪夷所思，但从佛教的角度看，这就是转世。”

“是吗？”早喻和这个倔强的藏族年轻人较上劲了，“可是无夏并不是佛教徒。而且，据我所知，壁画中那位流云尼玛也不是佛教徒，而是本教的人物。”

边巴笑起来道：“佛教、本教本是一家，佛教的圣湖玛旁雍错和本教的圣湖当惹雍错，湖底本就是相连的。释迦牟尼和敦巴辛饶本就是一体的，流云尼玛既是本教的，也是佛教的。”

早喻听他如此说，反倒不知如何反驳了。她对本教原本就知之甚少，佛本一家的说法从未听过，但边巴说得如此笃定，她暂时就不好再说什么了。

正尴尬间，无夏已抹干眼泪，插话道：“你们两个怎么一见面就拌起嘴来了？早喻，边巴可是一片热心，主动帮我们做向导一起去文部。”

早喻反应过来后，已对自己刚才失态的言行感到诧异，让无夏这么一说，更是不好意思起来，忙向边巴拱拱手，既有道歉，又有感谢的意思。

三人一起走出机场，无夏对早喻道：“边巴神通广大，我们才下飞机，就有人送来一辆吉普，这下我们的行动就方便多了。”

边巴有些不好意思道：“我有个伯父是大昭寺的管事，人面广，向朋友借了辆车让我们用。”

“大昭寺的管事？”早喻诧异，“那可不是寻常人能得到的职位啊，听说，是世袭的。”

“是，是祖上传下来的。”边巴回答，却有一丝不易察觉的尴尬。

机场位于雅鲁藏布江峡谷中一块狭长的平地上，边巴开车离开机场，早喻看着车窗外广袤无边的大地，一股似曾相识的感觉油然而生。

无夏向早喻介绍边巴："边巴就生长在文部，他是骆梅去青海采风时认识的。"

边巴笑着插嘴："我们一见如故，所以我一有机会就去看她。"

无夏笑着说："边巴对文部的传说、典故了若指掌，有了他，我就不用再去泡资料室了。边巴，你可是拯救了我啊！"

早喻不以为然道："那么痛苦吗？这好像是你主动请缨要做的。"

"你别说，早喻，这小子一来，差点没把我郁闷死，我费尽心思查的资料，只要一说开头，他就知道全部的内容，你说神不神奇？"

早喻问边巴："你究竟是不是学美术的？倒像是民俗学家？"

边巴笑了，无夏也惊奇得不得了道："谁告诉你边巴是学美术的？"

早喻大奇道："你不是学美术的，去找骆梅干什么？"

边巴还没答，无夏就笑道："不学美术就不能去找骆梅了吗？"

早喻一想也对，忙说："是我误会了，我一直以为边巴是骆梅的同行呢。"

边巴说道："其实我是受人之托，去找一个人的，找来找去找不到，临走前就去看看骆梅。"

"找什么人？骆梅没帮你找找吗？"

"本来我想请骆梅帮忙的，不过她挺忙的，而且我又扯上了贡觉玛之歌的事，所以找人的事只好放一放了，反正也不急在一时。"

无夏说道："其实早喻在我们那城市里人面也很广，你不妨向她打听打听。"

边巴也说："对，早喻你帮我想想有没有一位叫方子昆的老人，他是珠玉界的一位老前辈。"

早喻心头一震，问道："你找他干什么？"

边巴听她如此说，忍不住回过头来看她："怎么，你知道他？"

早喻点点头道："没错，他是我的师傅。"

边巴不由得一愣，说道："真是巧了，我花了三年时间都没找到，刚想放弃，就碰上了。"

无夏更是兴奋道："早喻，看来这就是缘分，如果不是边巴偶然看见那幅画，就不会被骆梅拉来找我，如果他没见到我，就不会认识你，那也就找不到他要找的人了。真是奇妙，这世界还真小。”

早喻却一点也笑不出来，忙又问边巴：“你找我师傅干什么？”

“我也是受人之托，向你师傅传个话。那人是个德高望重的老人家，当时我想有名有姓，还怕找不到一个人吗？就满口答应下来了。谁知道找了三年，都找不到，我差一点就完不成任务了。哈哈，早喻，你师傅在哪里？一办完这边的事，你就带我去见他好吗？”

早喻沉声说道：“我师傅已经去世三年了。”

边巴一惊，一瞬间竟失神了，手里的方向盘被他一带，吉普车便向对面的车道滑去。正好一辆军车迎面驶过来，急忙鸣笛。无夏吓得大叫一声，边巴终于及时回过神来，忙将方向盘向旁边一打，稳稳将车停住。

无夏抹去一额头的冷汗，责备道：“边巴，你不好好开车，怎么尽走神啊！”

边巴也不理她，只向早喻问道：“方先生他去世了？已经三年了？是几月的事？”

“三月。”

“奇怪，那他应该知道的，为什么还托我找人？”

早喻听出边巴话中的玄机，忙问：“知道什么？是我师傅的去世吗？为什么他应该知道？你口中的那个他究竟是谁？”

边巴向她苦笑了一下道：“对不起，早喻，可我答应人家不会对别人说起他的身份，实在不能告诉你。”

早喻倒吸了一口气，道：“好，那他让你告诉我师傅什么话？”

边巴还是带着歉意看着她，不说话。

早喻沉住气问道：“这也不能说？”

边巴点头。

无夏已经叫起来了：“早喻，你师傅到底是什么人？怎么这么神秘！”

早喻不悦道：“怎么是我师傅神秘？明明是委托边巴的那人鬼祟嘛。”

无夏知道早喻此时心情复杂，于是只是耸耸肩，道：“算了，先别研究这个了。

等这事了结后，让边巴把事情说清楚。他要是不肯对你说，我自有法子整治他。”

边巴闻言哀号起来，早喻也不由得笑了一下。

边巴继续开车，无夏便趁机向早喻说明一些她最新获得的资料情况。可是早喻已没有心思听她说，眼睛望着车窗外的雅鲁藏布江峡谷，她陷进自己的思绪中。

“这老狐狸，到底在搞什么？”

那天与孙老谈话，说到师傅留下的记录时，孙老不由自主地骂了这么一句。当时早喻心中还隐隐有些不快，可是此时听了边巴的话，早喻也不由得想骂上这么一句。

那天晚上与无夏通电话，早喻刻意回避了有关她师傅的这一段。不过，她已经在怀疑师傅和贡觉玛之歌有什么特别的关联了。现在再加上边巴所说的，早喻发现，在贡觉玛之歌这件事情里，师傅的角色确实十分不简单。

早喻想不通，和自己朝夕相处了近十年的师傅，为什么会变得这样神秘。但她可以肯定，无夏会带着贡觉玛之歌找上她，绝不是偶然。那么，为什么是她呢？究竟她和贡觉玛之歌有什么因缘呢？这一个又一个疑问，令早喻迷失在重重的雾障之中。

“早喻，早喻，你到底有没有在听？”无夏终于发现早喻心不在焉，有些不满。

“无夏，我在想，”早喻回过神来，似笑非笑地望着她，“你对于自己是流云尼玛转世一说，有什么想法？”

出乎她意料的，无夏对这个问题的态度十分坚定，想都不想就说：“我相信那是真的。”

早喻扬起眉毛问：“为什么？”

“如果不是，为什么我会这么执着于追寻贡觉玛之歌的谜底？”

早喻笑了：“我不是也在追寻吗？”

“不，你不一样，早喻，你可是专干这一行的，遇到这样的奇石，要寻根究底是十分正常的事。”无夏的目光变得缥缈，“可我就不同了，从小，我就常常莫名地觉得遗憾，好像有什么记忆遗落了，直到我得到了这串石头，就在一刹那，我觉得我好像看到了我遗落的过去，所以我才会千方百计去追寻这石头背后的故事。”

“你们看，”边巴插进话来，“前面就是拉萨城，看见了吗？北边那座山上的建筑群就是布达拉宫。”

早喻与无夏一起转过头去看，但见湛蓝的天空下，依着山势，巍峨耸立着那座名扬于世的宫殿，在阳光的照耀下，宫殿金色的屋顶反射着灿烂的金光。天空中几朵流云低低地挨着宫殿的飞檐飘过，雪白雪白的，衬着蓝天，分外耀眼。

车子停在了布达拉宫脚下的广场上。广场是用石板铺成的，阳光照在上面，就像锐利的刀子慢慢雕刻着岁月的痕迹。边巴第一个跳下车，他深深地吸了口气，对跟在他身后的无夏道：“闻到了吗？空气里酥油茶的香味。”

无夏却好奇地张望着问：“著名的八角街在哪儿？听说那里有最好的藏银和藏刀，是真的吗？”

早喻活动起来却有些吃力，她缓缓从车上下来，靠着车身，努力调匀气息，抚平躁动的心跳。然后她把右手举起来搭在双眼的上方，遮住阳光，眺望宏伟的布达拉宫。有那么一瞬间，她似乎听见了雄浑的号角声。宫墙上的旗帜在风中招展，缥缥缈缈，不知从哪里传来鼓乐之声，是那种庄严华贵的古乐。

“早喻，早喻，”无夏唤着她，“你听见了吗？”

早喻点点头，一时没有说话。

边巴十分好奇道：“听见什么了，我怎么听不见？”

无夏与早喻一起转向他道：“音乐声啊。”

边巴大奇道：“什么音乐声，我怎么听不见？”

无夏不假思索地道：“那是《秦王令》啊，是唐太宗亲自谱的曲呢。”

边巴更是莫名其妙道：“不会吧，这里怎么会有人奏这种曲子呢？你们一定是听错了。”

无夏大为不服道：“我们两个人都听见了，怎么有可能听错？我看是你没听见吧。”

早喻没有理会无夏和边巴的争论，只怔怔地望着布达拉宫出神。

“特选你来，是天大的恩惠，你一定要好好干呀，不要让赞普失望，要给你的族人争光呀。”

早喻四下望了望，广场上游客很多，离她最近的就是边巴和无夏，可是他们两人正激烈地争论着，并没有注意她这边。那刚才是谁在对她说话？

她朝着布达拉宫又迈了几步，希望能够听清楚，可是除了嘈杂的人声，她什么也没听见。

又有音乐声响起，还是那首《秦王令》。早喻向无夏望去，她似乎也听见了，于是停止了说话，侧着头听了一会儿。乐声一停，她便又和边巴斗起嘴来。

“殿下已经抵达了，一会儿就带你去见。”

还是刚才那个声音，早喻这回听得真切，不由得向前又走了两步。呼的一声，起了一阵风，将经幡、旗帜、哈达纷纷送上了半空。音乐声突然一变，这回是更加庄严的《可汗颂》，有人随着乐声跳起了舞，喇嘛们的诵经声也响起来了。

“你还不快跪下！”就在她茫然不知所措的时候，不知被谁推了一下，她一时没站稳，踉踉跄跄向前摔出去。

“早喻，你怎么了？”无夏赶紧跑过来，扶她起来。

边巴也赶过来，关心地问：“怎么好好的就摔倒了？有没有伤着？”

早喻说：“不知是谁推了我一下，还要我跪下。”

无夏与边巴面面相觑，都不说话。

早喻察觉到不对劲儿，问道：“怎么了？”

“早喻，刚才没人推你，是你自己摔倒的。”

“没人？”

“是的，我和边巴都看见你站在那里好好的，突然就摔倒了。”

早喻来回看着两个人的表情，他们都十分确定地回视她。

“可是我确实听见有人在我耳边说话，还有音乐声，无夏你也听见了呀。”

无夏点点头，又摇摇头：“可我没听见有人说话。”

“那诵经的声音呢？还有人在那边跳舞呢。”早喻急切地说着，向布达拉宫的方向指了指。

“早喻，没有人跳舞，不会有人在广场上跳舞的。”

“可我真的看见了！”

边巴道：“可能是缺氧的缘故，你有些幻觉。早喻，不如我们先找个地方休息吧。”

早喻无措地点点头，又满心疑虑地看了看无夏，见无夏也表示同意，才随着二人回到车上。经过这样的事情，三个人心中都充满了疑团。虽然边巴说那是缺氧而导致的幻觉，可早喻知道并非如此，因为她甚至能体会到被人呵斥时惶恐与不情愿的心情，如果是幻觉，为什么会有这种情形？而且，当时的感觉像极了前一晚在西宁那梦中的感觉，如梦如幻，却又真真切切地感受着什么。

当夜，三个人在离布达拉宫不远的一间酒店住下来，奔波了一天，直到吃过晚饭，早喻和无夏才有时间把事情捋一捋。

三个人聚在早喻的房间，她拿出一张纸，写上“贡觉玛之歌”。

边巴先概括，在来拉萨的途中，无夏已经把大致的经过告诉他了。“事情是由贡觉玛之歌而起的，从各方面的资料来看，这串石头原本属于那个叫西亚尔的魔鬼，后来到了流云尼玛的手中，流云尼玛因为这串石头被送上了祭台，然后是藏族少女吉玛见过它，可是吉玛疯了，而且最后还失踪了。看来这贡觉玛之歌真是不祥之物。”

早喻看了他一眼，没有说话，她在“贡觉玛之歌”的后面画了三个框，填上西亚尔、流云尼玛和吉玛的名字。

无夏插话道：“边巴，你不是说见过吉玛吗？”

边巴笑了一下道：“我初见那幅画，是以为见过她，不过过后一想，年龄不对。我是在前年见到一个少女，和画中的吉玛十分像，可是那时那少女才十八九岁，而吉玛如果还活着，至少也六十岁了，所以那当然不是她。”

无夏点点头，指着“西亚尔”这三个字说：“西亚尔是贡觉玛的哥哥，得到这串石头不奇怪。流云尼玛据说是把灵魂卖给了西亚尔，才换得这串石头，也说得过去。可是吉玛是因为什么而见到这串石头的？贡觉玛之歌又为什么到我手里了？”

边巴笑了:“这就要问你自己了,你是怎么得到这串石头的?”

无夏的脸上现出迷离之色,想了好一会儿,才道:“五年前,我到西安去演出,参观一个很有名的遗址时,有一个老太太向游人兜售手工艺品。我记得她手里有好些色彩斑斓的链子,我还挑了一会儿,没有满意的,刚准备走,她就拿出这串石头来。当时第一眼看见这串石头,我就有种很奇怪的感觉,觉得这串石头就该戴在我的手腕上,于是我就拿起来看,我看见了……我看见石头的红色在内部游动起来,就说那石头好像是活的。不想老太太一听我这样说,大惊失色,喊着‘不可能,不可能’,就跑掉了。”

此前早喻曾假设过各种无夏得到贡觉玛之歌的情形,可没想到真实经历竟是如此离奇,甚至有些荒诞。她想了一会儿,问道:“那你怎么知道它叫贡觉玛之歌的?那个用来装手链的盒子又是怎么来的?”

无夏突然暧昧地笑了一下。早喻不由得疑心大起,说道:“又发生什么怪事了?”

无夏道:“我得到这串石头后,就把它戴在手上,第二天演出的时候也没有摘下来。刚巧一位来看节目的老先生看见了,就到后台来找我,说他认出这串石头叫作贡觉玛之歌。他还说贡觉玛之歌有神奇的能力,如果得到的人发现它背后的故事,生命就会出现转折。只是贡觉玛之歌的能力不稳定,若属于不适合的人,反而会伤了主人。他说他也不知道我是不是那个合适的人,于是就给了我那个黑盒子,说是能隔绝贡觉玛之歌的能量。”

此时早喻已听出点眉目来了,她揉着眉心说道:“那老先生是不是留着白色的山羊胡子,手里拿着一把描金的扇子?”

边巴此时也明白了,叫道:“天啊,早喻,那老先生该不会就是你师傅吧?”

早喻没好气地回应他:“你问无夏。”

边巴朝无夏望去,无夏点点头,叹道:“一直到今天边巴说起,我才把那老先生和你师傅联系在一起。早喻,你师傅究竟是何方神圣,怎么好像无处不在呀?”

早喻有些恼怒道:“我怎么知道!”

边巴想了想,说:“会不会是巧合,方老先生看演出,偶然看见了,他是大行家,就说出来了，这也说得过去呀。”

“说不过去！你问问无夏，她演出那么多年，有几个老人会去看他们的表演？那是现代舞！照我师傅的话来说，是群魔乱舞……”

早喻话没说完，无夏已经抗议起来：“客气点，什么是群魔乱舞！”

早喻深吸了口气道：“对不起，我对师傅的介入有些接受不了。”

无夏不语。边巴道：“继续吧。”

他在“吉玛”的后面又画了一个框，把无夏的名字填进去：“现在轮到无夏了，会有什么事发生呢？”

早喻的心情逐渐平复，她对无夏说：“对呀，师傅不是说你的生命会出现转折吗？”

无夏苦笑道：“什么样的转折？被送上祭台？还是发疯失踪？”

“你不会的。”边巴坚定地说，“虽然你是流云尼玛的转世，但现在不会有人送你上祭台了。”

早喻见他说得笃定，问道：“你真的这么肯定？”

边巴确信无疑地点点头，道：“如果你见了那幅壁画，也会这么想的。”

“可是你又怎么知道不会有人对流云尼玛的转世不利？隔了这么久，贡觉玛之歌再次出现，总有个原因吧？如果无夏真是流云尼玛转世，她佩戴上贡觉玛之歌，是不是以前的故事也要继续？如果是那样，你又怎么能保证流云尼玛被送上祭台的事件不会重演？”

边巴被她问得哑口无言，一时间竟回答不上来，只能苦笑，喃喃道：“应该不会吧？贡觉玛之歌背后的故事，是不是能解释呢？”

早喻不再多说，低头又去看纸上的图表，也喃喃道：“贡觉玛之歌背后的故事？在哪里呢？是关于谁的呢？西亚尔？流云尼玛？还是吉玛？看来我们应该从源头找起。”

“源头？”

“对，从西亚尔找起。边巴，关于西亚尔，你都知道些什么？”

边巴想了一下，道：“西亚尔在我们阿里地区非常有名，他是羌塘高原上的恶魔。从小，我就听老人们说，在藏北数百平方公里的无人区双湖，横行着吸血的魔鬼，他掌管荒原的一切，在荒原降下风雪帐幕，用严寒夺取人与牲畜的生命，他憎恶一切生命，即使是格桑花也无法逃脱他的魔掌。你们知道羌塘高原是什么样的吗？就是没有生命的死寂之地！那里连格桑花都不能生长，阳光也照射不到。那里除了如魔鬼眼睛般的盐湖，什么都没有。当年格萨尔王与魔鬼堆恰巴决战，堆恰巴打不过格萨尔王，就逃进了羌塘高原。就算是格萨尔王，也不敢进入那里。”

“西亚尔以前是念青唐古拉山神的执行官，后来因为他利用魔法四处害人，被念青唐古拉贬到了羌塘，此后西亚尔就与堆恰巴沆瀣一气，一同害人。再后来，堆恰巴被念青唐古拉收服，西亚尔就成了独霸羌塘的恶魔。我们小时候如果不听话，大人们就会用西亚尔来吓唬我们，说如果再不听话，恶魔西亚尔就会来吃我们。我还会唱一首歌，就是说西亚尔的。”

说完，边巴就自顾自地唱起来：“杀死牲畜，毁掉水源，淹没绿洲，令高原凝结，令阳光失色，天神也为之失色的羌塘恶魔西亚尔……”

歌不长，歌声中的冷冽之意却让早喻和无夏不寒而栗。

过了良久，无夏才吁出一口气，说道：“西亚尔还有一个身份，他是本教祖师敦巴辛饶的首席大弟子。他的法力，又得了格萨尔王的真传。怎么好好的，他就变成恶魔了？”

早喻道：“会不会这就是我们要找的背后的故事？”

边巴点头表示赞同道：“有可能。我们就从这里入手。去那曲的事，要三天才能准备好，我们刚好利用这段时间，查查西亚尔的事。”

三个人又商议了一会儿后，便各自回房休息了。

早喻这一天经历了许多事，已经十分疲倦，草草梳洗后，便瘫倒在床上，昏昏沉沉睡去。

睡梦中，她好像又来到了布达拉宫脚下的广场上，时间就是被人推倒的那一刻。她摔倒在地上，坚硬的石板磕得膝盖生疼，还没顾得上揉揉痛处，她就看见了一个人的鞋。其实那只是从裙裾下端露出来的一点点鞋头，用上好的锦缎做成的鞋面上绣着五彩的凤凰。那裙裾则是一种柔软瑰丽的丝绸，在阳光下泛着柔和的光芒。

她抬起头，顺着裙裾向上看，正对上一双美丽的眸子。眸子的主人是一位高贵优雅的丽人，她的眼睛里闪烁着自信的光芒，嘴角微微向上翘，在脸庞上勾画出一个美好的笑容。

“你这是做什么？怎么这么鲁莽？”丽人冲着刚才推倒她的人说，说的是汉朝语言，可是她听得明白。

“不，是我自己不小心。”她说，然后镇静地站起来，双臂交叉在胸前，款款施了一礼，说道，“您一定就是从伟大的天可汗身边来的公主殿下，是来为赞普殿下的子民普施福音的女神。我是您的仆人，从喇尔扎措来的流云尼玛。”

似乎有一声惊雷响起，早喻猛地从梦中惊醒。

流云尼玛！难道她在梦中梦见的“自己”，是流云尼玛？这究竟是怎么回事？那么戴着贡觉玛之歌入梦的那一次，自己也是流云尼玛？对了，当时那个声音确实是把她唤作“流云”。还有今天白天在广场上，突如其来的幻觉中，自己也是流云尼玛？那么在西宁的那个梦呢？那是谁？会不会还是流云尼玛？

这到底是怎么回事？早喻打从心底感到一阵凉意，为什么自从遇到无夏后，她就接二连三地有这些奇怪的梦境？而且这些梦境之间似乎有某种联系，可是她又不明白到底是什么样的联系。早喻觉得摆在自己面前的似乎是一幅巨大的拼图，她的每一次梦境就是拼图的一部分，而这拼图到底是什么，谁也说不来。或者，这拼图就是他们要追寻的“背后的故事”。

想到这里，早喻再也坐不住了，她下床来，走到窗边。黑暗中，不远处影影绰绰的就是巍峨宏伟的布达拉宫。一轮明月悬在半空，清辉洒下，为布达拉宫罩上一层圣洁的光环。

早喻望着月亮，想象不出一千多年前，在同样的月光下，这里到底发生过什么。不过，只要稍微闭目凝神，她的意识似乎就可以飞回到一千多年前……

金城公主面带微笑，上下打量着她：“你的汉语说得很好呀，喇尔扎措是在什么地方？”

这时一个粗豪的声音响起，那声音的主人先是哈哈笑了两声，继而说道：“公主有所不知，这流云尼玛可是赞普殿下亲自为您从吐蕃上万个头人的女儿中选出来的，她的祖父曾经是松赞干布赞普的首席丞相，她的祖母是随文成公主从大唐来到吐蕃的侍女。喇尔扎措离拉萨有三千里路，赞普得知她会说汉语，不远千里把她找来，给公主殿下做伴。”

她循声望去，说话的人是一个身形不是很高的中年人，身着华贵的皮袍，腰间悬着弯刀，脚蹬高筒皮靴，小腿旁插着一把匕首。匕首的柄上，用金漆描绘着一种她从来没见过的四足动物，倒有点像祖母留给她的荷包上绣的那只麒麟。这个人，从衣饰来看，像是个武官。只是，她为什么觉得这武官似乎在哪里见过？

公主一直注视着她，见她的目光投向那武官，就笑了，说道：“你叫流云尼玛是吗？”

“您也可以叫我流云，尊敬的公主殿下。”

公主点点头道：“流云倒像是个汉名。流云，这位桑杰扎措大人你还不认识吧？他可是你们赞普身边最受重用的大臣呀。”

流云尼玛这才向桑杰扎措施礼道：“大人好。”

桑杰忙向前一步，双手托起她，说道：“早就听大总管说你要来，今日才见到。不过我可是早就知道你的事情了，听说因为你，念青唐古拉和西亚尔闹了个天翻地覆，是真的吗？”

流云尼玛心头一痛，半天说不出话来，只能低着头不作声。

金城公主见她面色煞白，满脸戚容，双手握成拳，瑟瑟发着抖，心知有异，便接过话头，说道：“流云，既然你和我都是今日刚到的，那就跟着我，让桑杰大人带路，一起熟悉熟悉这布达拉宫吧。”

流云尼玛勉强支撑着，低声谢了恩，随即就跟在公主身后走。她心中有着无限的伤痛，如今被桑杰扎措提起，就好像被人用刀在心口捅了几个大窟窿，失魂落魄，也不知走到了哪儿，要走向何方，只是无意识地走着……

似乎有人在向她说什么，她没听清。接着便有人唤她：“早喻，早喻，醒醒。”

早喻缓缓睁开眼，看见无夏的脸在眼前晃动，立即明白自己刚才又做了一个梦。

无夏一见她的神情，就明白了：“你也做梦了？”

早喻点点头，仍沉浸在梦境中，无力分神。她想努力把梦境记全，每一个细节都不愿放过，可是，仍有什么不受控制地淡去了，怎么抓也抓不住，让她不由得心情沉重。过了一会儿，早喻才听出无夏话中的意思，问道：“你呢？”

无夏抬起头，十分困惑道：“我像是梦见一场婚礼。”

早喻蹙起眉道：“婚礼？”

“是啊。有音乐声，有嬉闹的人群，当中一个男子，满面的喜色，被众人簇拥着，向我走来。”

“你？你是说，你在梦中身临其境？”

无夏有些迷茫道：“我也不清楚，应该是吧。我觉得我是身在其中的，可是一点欢喜的感觉也没有，反倒有一种事不关己的淡漠。”

“那，你所说的那个男子，他长得什么样子？”

无夏摇摇头，有些茫然道：“我也不知道，看是看见了，可醒来后，转眼就淡忘了，只依稀觉得那人的面容我好像在哪里见过。”

早喻不再说话，过了一会儿后，才把夜里她两次梦境的大致内容向无夏说了。无夏点着头道：“没错，这应该是流云尼玛成为金城公主侍女的过程，我倒是不知道流云尼玛的祖母原来是汉人。这倒是解释了为什么尺带珠丹选她做金城公主的侍女，原来有这层原因。”

说完，她又有些疑惑地看着早喻：“你说，我的梦境会不会也是‘当年情形的再现’呢？”

早喻此时的心情已恢复平静，苦笑道：“这我就不知道了，可能日有所思，夜有所梦吧。还不知道这些到底是我们想象的呢，还是真的发生过这些事。”

正说话间，边巴敲门进来。听两人说了夜里的梦境后，他说道：“没错，流云尼玛的祖母的确是随文成公主进藏的侍女。我还以为你们知道呢。”

无夏将信将疑道：“这你也知道？”

“那当然，喇尔扎措族至今仍生活在当惹雍湖畔，流云尼玛被选为王后的侍女，这是多大的荣耀！族里的老人都会向从外面来的人讲这个故事。”

“可是流云尼玛不是因为和西亚尔有瓜葛而被处死了吗？有了这样的事，还会有人认为她给族人带来了荣耀吗？”

边巴一听，笑道：“你别忘了，西亚尔也曾是达尔果山的山神，就算他是恶魔，喇尔扎措的人还是会护短的呀。”

无夏道：“这么说，早喻的梦是真的了，那她梦中的人和事也是真实发生过的了？”

边巴道：“有可能，毕竟这些事早喻以前是无从了解的，就算日有所思，夜有所梦，但流云尼玛的身世，她也是万万想不出来的。”

早喻怔怔地看着边巴，看着他脸上豪爽的笑意，心头一片迷茫，总觉得有什么重要的东西被遗忘了。

“那么我所梦见的那婚礼的场面是怎么回事呢？”无夏满心疑惑道。

边巴沉思了半天，也理不出头绪，只能歉然地笑道：“你的那个梦太模糊，我也不知道为什么。”

“如果如你所说，我是流云尼玛的转世，那为什么反倒是早喻在梦中清晰地看到发生的事，而我的梦却如同隔了一层纱？究竟，我和流云尼玛是什么样的关系？”

边巴又想了想，说道：“会不会是因为你戴着贡觉玛之歌？”

无夏一怔，问道：“难道是因为贡觉玛之歌？因为我戴着它，所以反倒受了影响？”

早喻也认真地点了点头道：“有可能，也许这贡觉玛之歌一直在传达某种信息，你戴着它，被这种信息所干扰，就像无线电波互相干扰的原理一样，所以无法看清事情的经过。”她用词很谨慎，把“梦境”说成是“看清事情的经过”，因为她对于通过梦境获得信息，也就是托梦的说法，一直不敢苟同。可现在发生的事情她实在没办法解释，在这个神秘的高原上，要解释任何离奇的事都不是件容易的事。而且，自从入藏以来，时轻时重的高原反应始终困扰着早喻，她总觉得脑袋胀胀的，似乎一直处于清醒与梦幻之间。

其实早喻很不喜欢这种情形，她觉得自己的意志好像被人强行占领了一半，自己变成了一种信息的载体，自己的某一部分已经不是自己的了。看起来，她所梦到的，本是无夏应该知道的，毕竟，无夏被认定是流云尼玛的转世。大概是因为无夏的思维被贡觉玛之歌所影响，无法感知那些事情，才由她来转达吧。

可这一切和她究竟有什么关系？若在一个星期之前，早喻可以肯定地说这一切与她无关，她所需要做的就是帮助无夏搞清楚事情的真相，可是现在，因为师傅卷进来了，就算师傅重生，亲口对她说与她无关，早喻也不会相信。

她有一种感觉，这件当初看起来十分偶然的事情，必将改变自己的一生。而对于将要发生的转变，早喻在茫然之余，居然有些期待。

无夏又和边巴讨论了些什么，早喻没注意听。直到无夏把一张纸递到她眼前，早喻才从沉思中回过神来。

“这是什么？”她接过纸一看。

“我总结的流云尼玛的事情。大致应该是这样，差不多都明白了，余下的，去达宗贡桑寺看看就知道了。接下来，我们就该把注意力转向西亚尔了。”无夏向早喻细细解释自己写的东西，“流云尼玛是文成公主侍女的后代，会说一口流利的汉语，估计对于汉人的事情也十分熟悉，尺带珠丹选她为金城公主的侍女，也是为金城公主好。金城公主似乎十分喜欢她，爱屋及乌，尺带珠丹也对她另眼相待，将她嫁给了最受宠信的大臣桑杰扎措。西亚尔和流云尼玛都从文部来，说不定早就有什么渊源。不知为什么，流云尼玛从西亚尔那里得到了这串贡觉玛之歌，传说流云尼玛把灵魂卖给了他，但我不是很相信。也有可能是那样吧，所以桑杰扎措很生气，他告诉了尺带珠丹，这位赞普自然也饶不了流云尼玛，最后就把她给杀了。”

早喻脑中突然有灵光闪过，看向无夏道：“你说的那婚礼，会不会是流云尼玛与桑杰扎措的婚礼？”

无夏一怔，然后轻呼道：“我怎么没想到？如果是那样，梦中的我会不会就是流云尼玛？可是，我当时心中为什么一点新嫁娘的欢喜都没有，反倒是……”她偏头想了想，“反倒是非常淡漠，事不关己的感觉。”

早喻轻声道：“或者，这婚事本就不是她愿意的。”

无夏疑惑道："那也应该有伤心、无奈的感觉呀。"

早喻也是百思不得其解，唯有转向边巴："边巴，你有什么意见？"却发现边巴根本没有听她们两人的讨论，而在专心致志地研究那张图表。

无夏一把抢下图表，问道："你到底有没有在听？"

边巴有些不好意思，道："对不起，我只是觉得这流云尼玛很有意思，和传说中的似乎不太一样。"

"怎么不一样？"早喻目不转睛地看着他。

边巴细细想了一下，道："从小，我家乡的老人就总是给我们这些小孩讲西亚尔的故事，里边当然也提到了流云尼玛。就像吉玛说的，流云尼玛，她是魔鬼的代言人。她把自己的灵魂卖给了恶魔西亚尔，并且背叛了她的丈夫桑杰扎措，这是最不可原谅的地方。"

早喻的眉心渐渐紧皱。

边巴假装看不到，继续说："桑杰扎措，是尺带珠丹最为倚重的大臣，他是念青唐古拉亲自选出的祭祀官，那是一种光耀先祖的荣誉。流云尼玛只是一名侍女，即便她是头人的女儿，即便金城公主对她宠爱有加，但她能嫁给桑杰扎措，已是天大的恩宠，不仅为她自己，也为她的族人赢得到了众人的尊敬。可是她竟背叛了她的丈夫，把自己的灵魂卖给了丈夫的对头。从小，在我的印象中，流云尼玛就是个鬼迷心窍、忘恩负义的女人。"

无夏终于忍无可忍，打断边巴的话道："边巴，你怎么可以这么说？嫁给桑杰扎措怎么就是天大的恩宠了？如果不相爱，就算是嫁给赞普本人也没有意义啊。"

边巴轻轻笑了，他深深地看着无夏，道："那是你的想法。要知道，在那时，能和桑杰扎措攀上亲，是吐蕃王朝多少王宫贵臣的心愿，偏偏他就娶了没有背景的流云尼玛。明明是流云尼玛高攀，她却背叛自己的丈夫，真是不识好歹。你先别急，"他看见无夏瞪着眼，知道她对自己所说的大为不满，连忙道，"我说的这些，都是从小老人们说的，不是我的意思。"

无夏沉住气，道："好，那你的意思是什么？"

边巴目光微沉，道：“我也不是很清楚，只是在见到你之后，我就想，如果你真是流云尼玛的转世，那么你身上多少会有些她的影子。如果流云尼玛有一丝一毫像你，那她必定不会像传说中那样和恶魔有任何联系，她一定是个十分可爱的女子。”

这是在绕着圈子赞美无夏，聪敏如她，如何会听不出来？只是忽然间听见这样的话，无夏不由得粉面飞霞，作不得声。当下气氛有些微妙。

早喻打破沉默，不疾不徐地问道：“边巴，你说，为什么流云尼玛放着好好的夫人不做，偏偏要把自己的灵魂卖给恶魔西亚尔？”

边巴一怔，答道：“众所周知，流云尼玛以自己的灵魂换取了红石头魔石。”

“那么，流云尼玛要贡觉玛之歌干什么？”早喻就是不肯称贡觉玛之歌为“红石头魔石”。

“因为红石头魔石可以控制别人的灵魂。”

“我是问，”早喻抚着眉心，叹着气问，“流云尼玛干什么要控制别人的灵魂？”

“这……”多少年来的传说，边巴听在耳里，记在心里，他从来没有想过这个问题。

“是呀，她上有公主做靠山，下有丈夫宠爱，放着好好的夫人不去做，要什么劳什子灵魂干什么？”无夏也忍不住发问。

边巴一时答不上来，心中也觉迷惑，不由得喃喃道：“难道这就是所谓的‘背后的故事’？”

早喻想了想道：“流云尼玛和西亚尔到底是什么关系，这很重要，因为贡觉玛之歌他们都曾拥有过。还有就是桑杰扎措和尺带珠丹到底为了什么要杀流云尼玛，流云尼玛到底做了什么十恶不赦、非死不可的事？如果她真的做了，他们为什么不光明正大地杀了她，而是假借祭神的名义把她送上祭台？”

边巴道：“最后一个问题我倒知道，因为西亚尔是恶魔，流云尼玛和他有了关联，就被看作是恶魔的代言人，既然如此，当然就要除魔了。流云尼玛祭的是念青唐古拉山神，据说是念青唐古拉山神下令将她送上祭台的。”

早喻突然说道：“不是这样的！”

无夏与边巴十分奇怪，问道："不是怎样的？"

早喻摇了摇头，有些迷乱："我也不知道，但我知道这不是真相。"

无夏与边巴互相看了一眼，十分无奈，道："那怎么办？"

早喻捧住头沉默了一会儿后才道："找出真相。"

无夏摊摊手问："怎么找？"

早喻抬眼看向二人："照原计划，先去达宗贡桑寺，再去喇尔扎措。我相信，只有那里才有真相。"

第四章 多巴山谷

边巴摊摊手，说:“我尽力准备，可最快也要明天才能成行。”

无夏不耐烦道:“有什么要准备的？带上干粮，加满汽油就行了。”

边巴哼了一声，笑道:“等上了路，你就不会这么说了。”

无夏不服气道:“咱们走着瞧。”

早喻不去理他们两个的斗嘴，摆摆手说:“我要出去一下，你们吃饭不用等我了。”说完她也不等两个人回应，站起身就往外走。

无夏急忙问:“去哪里？”话还没说完，门就已经关上了。她只得莫名其妙地看向边巴。

边巴头也不抬地说:“她还能去哪里？一定是去布达拉宫了。”

不出边巴所料，早喻果然是去了布达拉宫，只不过她并没有像其他游人那样买票进布达拉宫内部去参观，而是独自在布达拉宫脚下的那个广场上徘徊。她总觉得这里的青石板上似乎烙下了许多故事，只要她的双足踏上这些已被游人的脚磨平的青石板，就会有绵绵不绝的影像从心中一个非常遥远的角落里涌出来。

布达拉宫的广场，其实天天都是这样，来自世界各个角落的猎奇者们在这里游荡，用照相机镜头捕捉着他们心中的西藏。还有就是从高原别的地方来的朝圣者们，他们虔诚地磕着长头，一步一拜，为自己死后的灵魂祈祷。

早喻置身在人群中，呼吸着空气中酥油茶的味道，听着本地人用藏语在身边交谈，她听不懂他们在说什么，却确确实实有种了解的感受。其实自从昨天来到这里后，她就明白自己与这里有着极深的渊源，她明白无论无夏是不是流云尼玛的转世，自己与流云尼玛的渊源都要深得多。她觉得，自己似乎与流云尼玛有着同一条根，她确信无论是在这里经历的，还是在梦中体会的，都是曾经真真切切发生在流云尼玛身上的。

因此，她无法控制地要再来到这里，她急切地想知道流云尼玛到底经历了些什么。为什么提到她的家乡，她会那样悲痛？为什么她后来会被送上祭台？为什么她的贡觉玛之歌会流传下来，还有一千年之久？还有，早喻想知道自己为什么会被安排进这个久远的故事里……

她闭上眼，努力想在嘈杂的人声中听到些什么。可是，有人在说话，有人在念经，有人在唱歌，偏偏就是没有她想听到的声音。

等等！早喻睁开眼。有人唱歌，那歌声……她连忙又闭上眼，是的，她听见了那歌声。

"姑娘的长袖，引来神女的注视，高飞的雄鹰哟，带来上天的赐福。悠悠的湖水，掬捧着明月，倒映着长天上，流云在飞舞。"

自然而然地，早喻跟着曲调轻哼，诗一般的歌词从心头流过，这不知是哪一种语言，藏语，汉语，抑或其他。其实是哪种语言并不重要，反正早喻就是明白这歌词是什么意思。她闭着眼，隐约地看到些什么，那是两个身影，不是很清晰，若即若离，时而合在一起，时而又分开，似乎在舞蹈，又似乎在挣扎。早喻有些心急，挥动双手，想要拨去眼前的迷雾，却不小心碰到了什么，她还没来得及收回手，就觉得手腕被人猛地捏紧。早喻一惊，急忙睁眼，什么也没看清，一直拎在手上的手袋便被人夺了去。

"干什么！"早喻急忙追出去。

此时她已明白自己是遇到打劫了，只是她万万想不到，会在拉萨这样的地方遇到打劫。一时间也不容多想，早喻拔脚便追，手袋中有所有的证件，如果丢了，麻烦就大了。

抢早喻包的是两个本地的小伙，大概是这一带的惯犯，他们东拐西绕，熟门熟路，很快就转进了一条小巷。

早喻奋力追赶，无奈那两个贼跑得实在很快，她却因空气稀薄逐渐体力不支，渐渐地便跑不动了。这一刻她只觉得心跳如擂鼓，肺叶痛得像快要裂开似的，眼前的东西越来越模糊，腿也越来越软，摇摇晃晃走了两步，她扑通一声跌倒在地上，晕了过去……

当她再睁开眼时，眼前人影模糊，她努力眨眨眼，想看清楚，无奈却力不从心。

“醒了，夫人醒了。”有人在她耳边说，“快去通知老爷。”

“不要……”她虚弱地张张嘴，说不出话来。心中莫名地焦急，为什么自己会在这里？他们又把她给带回来了？神石并没有帮到她，可是贡觉玛答应过帮她的呀。到底发生了什么事？

她下意识动了动右手，还好，神石还在那里，并没有在混乱中遗落。

“老爷来了。”有人喊。

眼前突然一亮，十余个下人手执火把将这间屋子团团围住，为首的一名大汉分开众人来到床前。

“你还好吗？”

她虚弱地笑了一下，移开眼，不去与他对视。

那大汉见她如此，闷哼了一声，强忍住没有说话，上下打量了一下她，看见她手腕的那串石头，眉头又皱起来，强压怒气低声喝道：“管家！”

管家应声来到床边。

大汉冷笑了一声道：“我的话你们全当放屁，是不是！让你好好看着夫人，怎么会搞成这副样子？这魔石不是让你们拿去交给念青唐古拉吗？怎么又回到夫人的手上了？”

管家又惊又怕，低声道：“老爷，这魔石是恶魔西亚尔的东西，那恶魔要收回去，谁也留不住，他要送给夫人，谁也拿不走。”

大汉听了勃然大怒，一回身就将管家打倒在一边，吼道：“谁也拿不走？我倒要看看到底是他厉害，还是我格萨尔王的子民厉害！”说着他就上前一步，捉起她的手腕，想要把那串红色的石头除下来。

她冷冷地笑了一下，也不知从哪里生出的力气，用另一只手抽出贴身的匕首就向大汉的手腕砍去。大汉一惊，连忙放手，但还是晚了一步，匕首锋利无比，已在他的手腕上深深地划出一道血痕。他又惊又怒，喝道："流云，你这是干什么？"

她的匕首刚一收回来，就抵住了自己的颈子，冷冷地盯着他，一句话也不说。

大汉见她如此，又是痛心又是失望，沉声道："流云，为了那个恶魔，你真的连我们这一年来的夫妻情分也不顾了吗？"他说着，又向前跨了一步。流云见状，抬了抬手腕，匕首立刻在她颈项上划出一道深深的血痕。

"情分？你要是还顾着这点情分，我又何至于走到这一步？"她缓缓开口，嘶哑的声音中没有一丝温度，"连贡觉玛也向你哀求，可你心中只有你的荣耀，而没有你妻子部族上万人的性命。"

大汉冷笑一声："你那一族人本来过得好好的，要不是你，他们又何至于有性命之忧？现在你想起我是你丈夫了？你倒是告诉我，天底下有几个丈夫可以容忍自己的妻子心里总惦记着别人？"

她点点头道："不错，你说得对，是我对不起你，我是喇尔扎措族的罪人，念青唐古拉要惩罚，就来找我吧。"说着，她咬牙将匕首向心口猛扎过去。

大汉飞起一脚，踢飞匕首，道："流云，没有人要你的命，赞普只是要你供出恶魔的下落。你怎么就不明白呢？只要你说出他的下落，我一定会在赞普和念青唐古拉的面前替你求情。你和他之间……我也不追究了。"

她惨然一笑道："我知道你是真心对我好，只是西亚尔为我出走，我已然对他不起，再嫁给你，欠他更多。我这一条命，还不起这许多的债，我既然欠了你的，就不能再欠他的了。还有，喇尔扎措族为我获罪，公主为我与赞普翻脸，我流云尼玛何德何能，竟连累这许多人？事情已然这样了，我也就不在乎什么了，有西亚尔生，就有我生，西亚尔若沦落魔道，长路漫漫，我也一定要陪着他。"

大汉闻言怒极反笑，道："你要陪着他？只怕也没有那么容易！"然后他双手一挥，冲手下道："照顾好夫人，再出差池，我杀你们全家！"

众人哗然应和。大汉一转身，就带领众人鱼贯而出了。

一屋子的人一下子就走光了，只剩下一支残烛，火光摇曳。流云尼玛缓缓褪下手腕上那串红石头，借着烛光，仔细端详，她忽而温柔一笑，低声道："西亚尔，我知道错了。当时你让我跟你走，我没有听你的，我以为牺牲了我，就能换来族人更好的生活，谁知道他们却……如今我改过，应该为时未晚吧？”

突然一阵狂风卷至，蜡烛噗的一声灭了，只留下一片黑暗。

“早喻，早喻。”听到耳边有人呼唤，早喻勉强睁开眼，发现自己躺在医院的病房里，床边坐着无夏，不由得一笑，“我怎么到这里来啦？”

无夏像是刚哭过，闷闷地说道：“还说呢！好好地出门，却这么不小心，不就是一个手袋嘛，值得连命也搭进去吗？”

早喻长叹一声，缓缓说道：“原来西亚尔与流云尼玛果然是相识的。”

无夏一怔，问道：“你又做什么梦了？”

早喻有些茫然道：“这回我真不知道到底是不是在做梦了。”她简略地复述了适才的梦境。

无夏听得入神，过了半天才长舒一口气，苦笑道：“我真不知道到底你是流云尼玛的转世，还是我是。为什么你总能梦到这些东西，而我却不行？”

早喻笑斥：“流云尼玛的转世有什么好争的？又不是活佛转世。不过我倒相信，无论如何，我们两个人定然与流云尼玛有脱不开的干系。”

她又看看周围，问道：“边巴呢？这会儿怎么不见他了？”

话音未落，就见有人推门进来，正是边巴。

小伙子见早喻醒了，不由得咧嘴一笑，露出白白的牙齿道：“早喻你醒了。我问过医生了，他说你有高原反应，又运动过度，缺氧导致昏迷，倒不会影响身体。”

早喻问：“准备得怎么样了？我们什么时候可以动身？”

边巴有点忧形于色，道：“要动身，立刻就可以，但是早喻你最好再休息两天。只是……”

无夏忍不住问：“只是什么？边巴你怎么也学会吞吞吐吐了？早喻的身子，当然要再休息两天。”

边巴面有难色道：“只是大风雪就要来了，如果不赶在大风雪来之前赶到那曲，公路一封，就要等上好几个月了。”

无夏与早喻面面相觑。

无夏问道："那我们去了，不就回不来了吗？"

边巴摊摊手，表示无可奈何。

早喻沉声道："先去了再说吧。边巴，最快要多久到达那曲？"

边巴沉吟："通常走北路，要三天左右，我们快马加鞭，大概一天一夜就能到。"

无夏笑："边巴你汉语怎么学的？怎么连'快马加鞭'也用上了？"

边巴不好意思地挠挠头，脸上烧红一片。

早喻看不过去，道："别拿他开玩笑了。边巴，请你帮我办出院手续，咱们尽快启程。"

"可是早喻你的身体会吃不消的。"

早喻挥挥手道："有什么吃不消的？我不满街跑地追贼，就不会出问题的。边巴，对不对？"

边巴想了想，也劝道："还是再等两天吧。"

早喻怒道："有什么好等的？等到大风雪来了，咱们就明年再说吧！你们说，你们能等吗？"

边巴看了看无夏，见无夏不语，也就不说什么了，只得忧心忡忡地出去办手续。

早喻对无夏说："我觉得这是注定的，我们必须现在就去那曲。或许这大风雪，也会带给我们一些启示。"

无夏点点头，忽然红了眼圈，也不知想起什么了。

早喻也不去理她，径自整理自己的东西，一边喃喃自语："奇怪，手袋明明被抢了，怎么又回来了？难道真是老天开眼不成？"

无夏忍不住笑出来："哪里来的老天？是边巴不放心你，你前脚出门，他后脚就跟出去，要不然，我们哪里找得到你？那两个贼也被边巴抓住，送到警察局了。"

早喻见她情绪转好，放下心来。

直到坐上边巴那辆吉普车，早喻才明白为什么之前他说要用一天时间准备。边巴几乎把五金店搬进了他的车，另外还有十个便携式氧气袋，五六箱饼干饮料以及各种应急药品。

无夏吓了一跳，笑道：“边巴，你准备的这些东西，去登喜马拉雅山也够了。”

边巴居然“掉书袋”道：“前路艰难。”

早喻绝倒。

那曲所属的阿里地区，平均海拔在四千米以上，比拉萨还要高出许多。早喻坐在车里，望着一路上渐渐澄澈的天空，如同帐幕般地笼罩着大地。一群群牦牛在路边安然游荡，它们的主人却都在忙着装车。边巴说：“大风雪就要来了，牧民们要转移了。”

有藏族的姑娘唱着歌：“高飞的雄鹰啊，请你停在我的肩头，让我在你的足上，系上我的发丝。高飞的雄鹰啊，快快地飞吧，将你足上的发丝，捎给远方的情郎。”

边巴的车开得飞快，所有景致都一掠而过，唯有这高亢的歌声，竟如有生命一般，追随着早喻的心。她轻轻地哼着歌，接着唱下面的歌词：“高飞的雄鹰啊，快快回转，带回那英雄的音信，他可思念我？”

无夏突然说：“咦，这歌我好像听过。”

边巴接过话头道：“这是一首很古老的情歌，即使在拉萨这种地方，会的人也不是很多了。”

早喻忽然停下来，回头望向无夏。无夏也变了脸色，她轻声说：“可是我们从来没听过。”

此时边巴已见怪不怪，点点头道：“一定是前世的记忆。”

早喻见他说得郑重，不由得笑了起来。这些日子里，怪事太多了，全都无从解释，用“前世”来解释，虽然牵强，但也算是理由吧。

一路上，无夏又向边巴转述了早喻的梦境。

边巴道：“那个大汉，应该就是流云尼玛的丈夫桑杰扎措了。”

早喻和无夏点头表示同意。

无夏又道：“从早喻所说的梦中情形来看，流云尼玛与西亚尔的关系十分亲密？”

早喻点头道：“是生死相随的那种。”

边巴一针见血道："他们是恋人。"

早喻同意道："嫁给桑杰扎措并非她的本意。婚后她仍不能忘情于西亚尔。西亚尔不知为什么出走，似乎也是为了她，引得念青唐古拉震怒。于是尺带珠丹和桑杰扎措这干人要找出西亚尔，而流云尼玛则拼命维护他。还有，那贡觉玛之歌果然是西亚尔送给流云尼玛的，她称之为神石。"

无夏这时忽然笑道："我们还风尘仆仆地跑个什么劲儿？一切疑问在早喻的梦中都可以得到解决，不就完了吗？"

早喻明白她是纠结于一直没有更深入的感应，也不着恼，道："我想边巴上次说得对，或许是贡觉玛之歌影响了你，你应该摘掉它试试。"

无夏犹豫道："记得我们相识的第一天，我把贡觉玛之歌留给你，那天晚上，我可是什么也没梦见。"

早喻微笑道："你有没有发现我是到了高原上之后，才开始做这些梦的？还有，你有没有注意到我做的这些梦，和第一晚的并不一样，它们只是些片断的回忆，而那一晚的，却要……"早喻偏头想了一下，才道，"却要深入得多。"

无夏试探道："你是说……"

"我是说，第一晚，我戴着贡觉玛之歌入梦，梦见的是并未发生过的事，那只是一种象征。而这些日子以来梦见的种种，都是发生过的，是记忆的片断。"

无夏若有所悟道："这么说来，自从你踏上高原，就开始不断地回忆起从前？"

早喻想了一下，有些不确定道："可以这样说，只是那究竟是谁的记忆？你的？还是我的？这些应该都是流云尼玛的记忆，如果你是流云尼玛转世，那么我为什么会梦到这些？"

边巴这时插嘴道："这也是我一直在捉摸的。我百分之百确定无夏是流云尼玛的转世，却解释不了为什么是早喻不断地梦到这些片断。"

早喻点头道："这大概就是我们要找出来的'故事'了。"

无夏褪下手链，递给早喻："你说得有道理，我想试试。"

早喻伸手去接，在指尖触到石头的一瞬间，一个清楚的意象电光石火般出现在她的脑海中。那是一片旷野，寒冷死寂，凛冽的狂风肆虐，天空灰暗，日月无光。就在这冰冷死地的中央，有一个人盘膝而坐，双目微闭。他的长发随风起舞，脸庞被凌乱的发丝遮去大半，却仍看得出脸上冷凝的不屑。忽然他睁开眼，似乎看见了早喻，慢慢地，他的嘴角牵出温柔的笑意。

早喻一惊，这人多么熟悉，似乎在哪里见过？他那双明亮的眸子……

“早喻？”无夏惊讶地看着早喻的手停在半空，久久不动，脸上现出她讲述梦境时常出现的迷茫神色。

早喻回过神来，接过手链，套在自己腕上，可那幻象再也没出现过。她轻轻叹了一声，突然觉得有一股说不出的疲倦，便把头靠在车窗上，不愿说也不愿动。

渐渐地，神思模糊了，无夏似乎对她说了些什么，她却听不见，只觉心跳如擂鼓，呼吸逐渐急促，身上的最后一丝力气仿佛也被抽离。她想抬抬眼皮，都不能够做到。

似乎有人在呼唤她的名字，她惊诧地睁开眼，眼前是一片漆黑。

“流云，醒醒，快醒醒。”谁？是谁在说话？那声音温柔无比，为什么她听在耳里，却痛彻心扉？

“流云，醒来，看着我。”

黑暗中，她只看到一对明亮的眸子，是那样的熟悉，那是……“西亚尔！”她脱口而出。

无夏起初只觉得早喻静得出奇，过了一会儿，突然听见早喻叫了一声，似乎是“西亚尔”，她急忙回头，发现早喻瘫倒在后座上，双目紧闭，面如金纸，看上去已是不省人事。

无夏忙示意边巴停车。两人凑近一看，只见早喻唇色青白，呼吸急促，意识已经不清。边巴经验丰富，连忙用力掐住早喻的人中，过了好一会儿，才听她“嘤”的一声回过气来。他探了探早喻的额头，并未发热，这才放下心来，然后他吩咐无夏从后车厢中取来他早前准备的药箱，从中拣了两种，塞入早喻口中，和水吞下，又在她口鼻处套上氧气袋。见早喻呼吸逐渐平和，两人才长长地舒了一口气。

无夏问：“这是怎么了？刚才还好好的。”

边巴皱着眉头道："这是高原反应，只是我没想到来得这么猛。所幸早喻没有发烧，不然就真的要命了。"

"我看我们是不是该回拉萨去？早喻的身体……"

边巴摇头道："来不及了。"他指指天空，说道，"你看。"

无夏仰头，只见天空中彤云低且密，似已压在了头顶，云层中隐隐见气旋汇聚。风大起来，呜呜地闷响着，并不过分喧嚣，却挟着万钧之势，压得人透不过气来。

"看见了吗？大风雪已经来了。不出三个小时，所有的公路都会封闭，我们已经没有时间赶回拉萨了。"

"那怎么办？"无夏有些惊慌，"我们也赶不到那曲呀。"

"只有向前走，在八十公里外的多巴山谷，有牧民的补给站。"

无夏无奈，只得同意。看了看双目紧闭的早喻，她心中十分不安："若不是着急上路，早喻也不会这样了。我应该让她在医院休息的。"

"别担心早喻，她不会有事的。"边巴说得十分肯定。

无夏大奇，问道："你怎么知道？"

边巴并没有回头，专心开车，一边道："她身上有高原的味道，我有种感觉，她是从高原走出去的，回到高原就像回到了家。你说，妈妈的女儿怎么会在妈妈的怀中出事？"

"可是，"无夏觉得不可思议，"这是不可能的。她从来就没来过高原，这是她第一次来。她原本与高原一点关系也没有。你看，她甚至不能适应高原的环境，哪里会有女儿对妈妈不适应的？"

边巴笑了："我知道这说不过去，可我就是有这样的感觉。别问我为什么，我也说不出来。"他停了一会儿，又道，"不过，无夏你也很特别。"

无夏忽然脸上一热，半晌才问道："我有什么特别的？"

"你看你也是第一次来到高原，却一点不适也没有，就像我们土生土长在这里的人一样。所以无论如何，我都相信你是流云尼玛的转世。"

无夏闻言，转头望向窗外，不知为什么，她的心情突然激动起来。

而旱喻的意识已经飘远，在黑暗中，她追随着那个温柔的声音。

“你是西亚尔？”

忽然一双臂膀将她用力锁入一副胸膛里，对方的声音在胸腔中回荡：“流云！我该拿你怎么办？”

她把脸埋在他怀中，鼻尖额角面颊所触，皆是他的温暖，无法克制地，泪水就自干涸已久的眼眶中溢出。她攀住他的颈子，只想靠近他多一些。感觉到她的依恋，他更加用力地拥住她。

她的泪水浸湿了他的衣衫。西亚尔微笑着叹息：“哭什么，傻瓜，谁给你气受了？”

她微颤着说不出话，心头的委屈、悲哀、绝望，混合着乍见他的惊喜，这些情绪如失控的潮水般汹涌而出。

“我是来接你的。贡觉玛告诉我，你很不快乐。你记得我说过的话吗？我会等你，一直在羌塘等你。”

她仰起头看他，却只看得见那双温柔的眸子，这就够了。

“跟我走吧，流云。跟我到羌塘去，那是我们的天地，不会有人来骚扰。”

“我们的天地？”她跟着他轻吟，无限向往。多么诱人的未来，只有他和她，他们两人的天地。不必再苦心周旋于公主与赞普之间，不必再强颜欢笑面对那个陌生的丈夫，不必再为了族人、为了责任而背上重重负累，只与心上人相守，直到永远。可是……她不着痕迹地退了退，拉开两人间的距离，“可是不行呀，西亚尔，我必须为我的族人着想。”

“族人？”他的目光渐渐透出冷冽，“你还不明白吗？事情发展到今天的地步，都是拜你的族人所赐。他们并没有珍惜你，也没有感激你为他们做的一切，他们为了自身的安危，反倒将你一步步推入绝境，这样的族人，你还放不下？”

她摇头，却答得坚定：“放不下！不管他们怎样对我，大家始终都是神山圣湖的儿女，我身上流着和他们相同的血。他们大难临头，你让我怎么能袖手旁观？”

西亚尔不舍地叹息道：“你如此为他们着想，他们却不顾惜你。如今你要回去，只怕还要遭受他们的责难……”

这些话被她抚上他的脸的手打断，冰凉纤长的手指在黑暗中抚摸他的面庞，她的声音轻轻在他耳边回荡："他们不顾惜我，我不在乎。我只在乎你，西亚尔。我不知道前路会是什么样子，我为族人所做的，是尽我的义务，我为你所做的，却是我心中所愿。我答应你，等这一切结束后，我就随你到羌塘去，与你在那里相守。"

西亚尔注视着她，目光深沉。久久后，他终于温柔地一笑，点点头，声音喑哑道："好，就这么约定吧。"他将她用力揽在怀中，不让她看见自己眼中隐隐的泪光，因为他和她一样清楚，念青唐古拉、桑杰扎措这些人绝不会轻易放过她，她的族人们为了本族的兴旺，是不会吝于牺牲她的。她所走的，其实是一条不归路。

她轻轻靠在他胸前，低声道："现在，带我走吧，带我回喇尔扎措去。"

早喻蓦然惊醒，心里深处泛起的痛，刺得她眼眶发热，胸口积郁了重重石块，无计可消。可是，适才发生了什么事？脑中原本有的隐约印象正逐渐淡去，刚才在黑暗中发生了什么，她很快就不记得了，就连那温柔如水的声音也逐渐远离，只留下心头一阵刻骨的锐痛。

"不！"早喻挣扎，想要留住些什么。可不知是什么原因，她只是觉得浑身乏力，动弹不得，想要睁开眼，也是不能。一道无助的泪水，从她紧闭的眼角滑落。

边巴把车开得飞快，窗外衰黄的草色掠过，已不复见高原人家。公路渐渐消失，车子就在旷野中奔驰。即使隔着车窗，无夏也能感受到窗外空气的沁凉。忽然一片鹅毛大小的雪花从眼前飘过，轻轻盈盈地落在车后，接着是第二片、第三片。

"边巴。"她轻唤。

"什么？"边巴全神贯注于路面。

"下雪了。"

"啊。"边巴一惊，忙停下车，走到外面去探了探风向，回来时他面色沉重，"风向不好，我们必须向前走，能走多远是多远。早喻的情况怎么样？"

无夏看了看早喻，只见她双目微闭，面色微微红润，神情有种说不出的安详。她有些疑惑："早喻看起来好得很呢。"

边巴道："那就好，早喻没事，我们都会没事的。"

"为什么？"

边巴突然沉默了一下，才道："你看她的名字'早喻'，早喻，那是先知的意思啊。而你的名字'无夏'，无夏是什么？就是冬天的意思。无夏和早喻，就是冬日先知。"

"冬日先知又是什么？"

"如果你去了喇尔扎措，就会知道，在喇尔扎措的传说中，冬日先知是喇尔扎措的救赎女神，是喇尔扎措人的希望。"

无夏听着，只觉无稽，笑道："这就牵强附会了，无夏也可以是秋、是春，况且我和早喻去都没去过喇尔扎措，怎么做他们的神？你看我们身上有一点神的样子没有？"

边巴并不说话，只抿着嘴，把车开得飞快。吉普车在狭长的山谷中颠簸飞驰着。无夏渐渐无言，看看早喻平和的睡颜，又看看窗外天昏地暗、万籁俱静的高原，觉得有种说不出的诡异。到此时，她已渐渐感觉到早喻的身份无比神秘，她的背后似乎就隐藏着那个他们一直在追寻的故事。

他们并不知道，这些话，他们在说，早喻其实也在听，只是从表面看上去，她仿佛仍在睡梦中罢了。

雪越下越大，气势汹汹，一团团雪呼啸着砸在吉普车的挡风玻璃上，无论雨刷如何徒劳地摆动，也无法使边巴看清前面的路面。边巴毫不放松，仍然紧踩油门，一路风驰电掣。无夏坐在他旁边，不由得心惊胆战，忍不住小声提醒边巴："慢点，边巴，太危险了。"

边巴却说："我们一定要赶到前面的多巴山谷，在那里可以避一避风雪，不然就危险了。"

无夏望着两边山崖上方灰色的天空，风卷云涌，狂潮暗蕴，大有千钧压顶之势，她突然感到一股说不出的难受，似乎有什么力量控制了她的意识，让她不能安坐在车中。她动了一动，忽然发觉身子一轻，整个人缓缓升起，一瞬之间，只觉所有的约束都消失了，浑身上下有种说不出的轻松。

无夏心情愉快，闭着眼轻轻哼着歌：“远方美丽的公主，来到了神的土地，我们都是你的子民，是你的羔羊。远方美丽的公主，来到了伟大赞普的国度，带来了她的祝福，撒向她的羔羊……”后面怎么唱了？她记不清了。

无夏转过头问边巴：“边巴，你听过这首歌吗？”忽然间，她愣住，一股强大的恐惧攥住她，让她忍不住全身颤抖。她看见，自己的身体坐在边巴的旁边，而她的视角竟是从半空中向下看的，就像是灵魂飞升了，回头看着自己的肉身。

“边巴。”她小声叫。

边巴没有发现一丝不妥，一点反应也没有。

“边巴！”她又叫，对方还是没有反应。然后，她看见一滴眼泪从自己肉身的眼角滑下，她终于忍不住啜泣起来：“边巴，边巴……”

终于，无夏使出全身的力气，大吼一声：“边巴！”

边巴被吓了一跳，猛地刹住车，问：“怎么了，喊那么大声干什么？”

无夏缓缓睁开眼，早已蕴在眼眶中的泪水宣泄而出。她缓缓抬起双手，举到眼前，握紧，张开，再握紧，再张开。

“我回来了。”她喃喃地说，说不出的喜悦。

“怎么了？”边巴莫名其妙，全然不知道出了什么事。

“我好像，我好像离开了自己的身体，”她向上指指，“就在那，向下看着。我想，我，我灵魂出窍了。”

边巴愣了一下，摇摇头，似乎是没听清楚，又像是有什么事没想明白，喃喃道：“不应该呀。”

无夏一听，只觉得无限委屈，眼泪更是流个不止。在这风雪弥漫的荒野中，诡异的事情层出不穷，自己被认定是某人的转世，早喻接连不断地做怪梦，现在还昏迷不醒，她只觉天地间除了边巴，再没有可以依靠的人了，可是边巴似乎不相信她刚刚经历了那么恐怖的事情。她越想越气，终于忍不住大声哭起来。

边巴看看她，想说什么，却又忍住了，只是脚下猛踩油门，让车子继续飞驰。

到达多巴山谷的时候，天已经全黑了。

边巴用了好久，才在喧嚣肆虐的风雪中找到作为牧民补给站的小石屋。

他抱着早喻正要进屋，无意间低头一瞥，就见早喻正睁着眼瞪视天空。巴掌大的雪片落在她脸上，她的眼睛连眨都不眨一下。

边巴一怔，不及细想，一边先进屋，一边扬声唤无夏：“早喻醒了！”

无夏一听，也顾不上赌气了，忙冲进来，伏在早喻身边，低唤：“早喻，早喻，你怎么样了？”

早喻的眼睛微微颤了一下，目光转到无夏身上，似乎过了一会儿才认出她来，脸上现出微笑，轻声道：“我很好，别担心。”

“我们都吓死了，早喻，你现在觉得怎样？”

早喻微笑道：“好得不能再好了。就像做了一个梦，梦醒之后，发现一切都没发生过，还是那么平静……真希望一直是这个样子。”

她说得平静，无夏却听得悚然一惊，只觉此刻早喻脸上平和的微笑、满足的话语，竟充满了莫名的诡异。

这时边巴已把车上的物资都卸下来了，他冲早喻笑道：“早喻，睡得怎么样？你看起来好极了。”

早喻伸了个懒腰，点点头。她环视四周，上下打量石屋内部，脸上现出诧异的神色，侧头想了想后，道：“我来过这里。”

无夏与边巴闻言忍不住对视了一眼。边巴问早喻：“你确定吗？”

早喻又想了一下，点点头道：“没错。记得那个关于桑杰扎措的梦吗？流云尼玛就是被带回到这间石屋里。还有……”还有什么，话到嘴边，她却怎么也想不起来了。

无夏狐疑道：“是这间石屋吗？会不会只是看上去差不多？毕竟那是一千多年前的事了。”

早喻也有些犹豫，她又打量了一下四周，然后指着一角道：“在那里应该刻着一柄拂尘，那是流云尼玛的标志。”

边巴朝她所指示的方向过去，仔细寻找，过了良久，发出一声惊叹：“真的。”

无夏也奔过去看。

那石墙不知已在这里立了多少年，表面覆着一层地衣。边巴拂了几下，扫去尘土与地衣，才显出若隐若现、斑驳不清的刻痕。那是一个模糊不清的印记，经过岁月的侵蚀，若不仔细观察，是绝对发现不了的。细看这个标志，手掌一样长的拂尘柄向上竖着，尘尾四下散开，却又不完全垂下，而是如火焰般伸展、摇曳着。

边巴道："这正是流云尼玛的印记。在达宗贡桑寺的壁画上，流云尼玛手里擎着的，就是这样一柄拂尘。"

无夏却道："可早喻之前的梦中并没有出现这个记号呀，早喻你是怎么知道的？"

早喻迷茫地摇摇头道："我也不清楚，好像这件事一直就在我的记忆里，只不过以前它都藏起来了，现在才突然间跑了出来。"

边巴道："至少这证明了流云尼玛曾到过这里。"

"难道不是别的什么人刻上去的吗？牧民们不是会到这里来休息的吗？"

"谁会刻这种记号呢？像火焰一样飘扬的尘尾，这么诡异。而且你看这刻痕，分明已经经历了很多年。那么久远之前，好好的谁会去刻一个妖人的印记呢？"

无夏与早喻一听见"妖人"两个字，心中同时一颤，低下头去。

边巴站起来，分析道："流云尼玛曾来过这里。早喻说流云尼玛是被桑杰扎措的人带到这儿来的，她要离开桑杰扎措，但被抓回来了。"

无夏豁然开朗，不禁说道："她是要去找西亚尔！"

早喻却摇头道："不，她是要回喇尔扎措。桑杰扎措似乎要做什么不利于她族人的事，她才会离开桑杰扎措，为的是报信，她大概想保护她的族人，谁知桑杰扎措先找到了她。"

无夏此刻已对流云尼玛的故事迷惑不已，问道："那后来呢？桑杰扎措会怎么样处置她？她还能回去吗？贡觉玛怎么样了？喇尔扎措怎么样了？"

早喻苦笑不语。边巴说："我们都知道流云尼玛后来被送上了祭台。"

无夏忽然泄气道："这就像是在看一部早已经知道结局的小说，无论情节怎么变化，结局却只有一个。"

"这倒未必。"早喻静静地开口，"流云尼玛被送上祭台，或许只是故事中的一章，结局可能还没到来。”

她下床，走到刻在石墙上的那个拂尘图案前，细细抚着，一边沉思，一边说道：“流云尼玛为什么要在这里刻上这拂尘呢？她想让谁知道她曾经来过这里呢？西亚尔？还是贡觉玛？或者是金城公主？或者，她是想让我们知道？她想给我们这些后来人一个指引？”她抬起头，看着边巴与无夏，眼里闪着奇异的光。

无夏看着早喻发光的面庞，想起不久前自己的经历，心中忽然冒出一个奇怪的念头。“早喻，”她拉起早喻的手，看着她手上的石头链子，“你说这贡觉玛之歌到底在起什么样的作用？”她伸手去触那些暗光浮动的石头，声音听起来有些缥缈，“它会不会是酒瓶的盖呢？”

“什么意思？”早喻不解道。

“我是说，一个酒瓶，把里面的酒倒出去，灌上新的酒，再盖上盖子，就没有人知道那酒已经不是原先的酒了，对吗？”

早喻也若有所悟地看着贡觉玛之歌，突然间，只觉一道异光从石头的内部流出。就在这时，忽然一阵强风冲开屋门，涌入石屋，卷进来大团大团的冰雪，顷刻间，每个人面上都蒙上了一层霜雪。

这阵强风仿佛是一只恶魔，尖啸着，嘶鸣着，誓要撕毁一切生灵。

边巴挣扎着走到门边，风雪迷住了他的眼，他张口想叫无夏、早喻帮忙，却被雪团呛住，出不了声。

无夏则呆立在原地，过了半晌，才发觉适才握着的早喻的手，不知何时已离开了她的手心。她转头，风雪中却已不见早喻的身影。无夏一惊，忙大声呼唤，一张口也被灌了满口的风。

边巴好不容易关上门。风被挡在了门外，屋内一下子静了下来，只有雪花缓缓落定。边巴靠在门上，重重地喘了几口气，问道：“你们都好吧？”却只听见无夏惊叫了一声。他抬眼一看，不由得怔在当场。

屋里落了一地的雪，只有无夏站在那里。

“早喻呢？”他问。

无夏脸色苍白，失措地摇摇头。

屋里一时间变得极静，只有风雪在窗外呼啸。边巴突然醒悟，也顾不上风雪肆虐，他拉开门就冲入了满天风雪中。

然后，他就看见了早喻。

第五章 冬日先知

气流回旋，卷着雪花满天飞舞，空气中弥散着风叹息般的轻咽。

早喻站在石屋对面的一座雪峰脚下，双目微合，风雪在她周围打着转，上下飞舞，如同春天草地上翩翩的蝴蝶，轻盈灵动，却没有一片雪花、一丝风能够触到她的身体。她双手向前伸着，似要触摸什么，腕上的贡觉玛之歌放射着柔和的粉红色光芒。那光芒笼罩着她的全身，似乎为她挡住了风雪。

边巴站在她的身后，看着这奇景，震惊不已，久久不敢挪动一步。

这时无夏也来到边巴身边，顺着他的目光看过去，不由得惊呼一声："早喻，这是怎么回事？"

这一声不大，却似乎打破了天地间的某种平衡。那笼罩在早喻周身的柔和光芒倏然消失，紧接着，盘旋在早喻周围的风雪被一股强大的气流裹挟，猛地向边巴、无夏袭过来。

无夏只觉呼吸一窒，忍不住向后退了几步，却瞥见边巴的身体向后直直飞了出去，重重摔在雪地之上。

无夏忙过去扶起边巴，问："怎么样了？怎么摔了一跤？"

边巴连连呼痛，也顾不上回答，爬起来就向早喻跑去。

早喻颓然跪坐在雪地上，似乎已用尽身上所有力气，一动不动，任风吹乱她的发，任雪打湿她的脸，宛如蛮荒时代的神女，处在永恒的苍茫中。

边巴奔到她身边，小心翼翼地问："早喻，早喻，这到底是怎么回事？"

早喻垂着头，没有回答，却有一滴温热的液体滴下，融化了周围的冰雪。

也跑过来的无夏一怔，轻轻蹲在她身边问道："早喻，你哭了？"

边巴无声地回到石屋内，取出一件棉大衣，披在早喻身上。他和无夏对望一眼，一左一右，无声地陪在早喻身边。

雪渐渐小了，风也逐渐止了。天上彤云稍霁，露出半轮秋月，将这山谷映得碎琼乱玉，剔透晶莹。

终于，早喻抬起头，道："他走了。"

"谁？谁走了？"

"就是那个声音，还记得吗？我第一次做梦走进大雪山，有一个声音对我说话，就是那个声音。"

她仰起头，望着头上悬着的半轮明月，想起那温柔如水的声音，心痛的感觉从心里最深处直直地撞了出来。

刚才，就在风雪撞开石屋门扉的一刹那，她听见了一声熟悉的叹息。

"是谁？为什么我能听见你？"她没有出声，只是在心中问。只是，为什么这声音是这样熟悉？仿佛不久前她才听过。早喻努力地想，却始终抓不住心头一掠而过的一丝印迹。

"跟我来流云，我会告诉你我是谁。"那声音道。

早喻又想："可我不是流云尼玛。"

"你是，你是我的流云。贡觉玛之歌告诉我你是。"

"贡觉玛之歌？"早喻的手腕感到灼热，她抬起腕来，只见贡觉玛之歌里，一丝丝一缕缕的异光浮游着，竟似从石头中逐渐渗出，扶摇扩展，迎风而长，很快就将她罩住了。

"跟我来，流云。别怕，风雪无法伤到你的。"那声音又说。

早喻迷惑了，她只觉着一切如梦如幻，荒谬失真，忍不住"嗤"的一声笑出来。

那声音轻叹着："还是这么爱笑吗？这么多年都改变不了你吗？"

早喻忽然发现不知不觉中她已来到了一座雪峰脚下，不由得惊叹，问道："你究竟是谁？为什么我对你如此熟悉？又如此陌生？为什么你有着神奇的能力，让我如此沉迷？"

对方静默了一会儿，反问道："你还是想不起来吗？我为你受了这些年的苦，你竟一点记忆也没有？"那声音低下去，似是十分失望。

早喻有些着急，张口就道："你是西亚尔吗？那红腰带，是你送我的吗？"

轻轻的叹息又起。早喻发现她所面对的雪峰绝壁平滑如一面镜子，那上面淡淡地映着一个人的身形，他的长发在风中舞着，嘴角噙着微笑，眼睛炯然有神。这人，赫然是不久前，她在手触到贡觉玛之歌时看见的，盘坐在荒野中的神祇。

早喻忽然有种说不出的辛酸。那影像是那样真实，那微笑亲厚如春风，那双眼盛满了无尽的温柔。他向她伸出手，手掌宽厚，手指修长，那么近，早喻甚至能看见他指上的纹路。她忍不住也伸出手去，渴望去碰触他的指尖，去感受他的体温，哪怕只有一下也好。她的手向前伸着，努力向前伸，却无论如何也触不着他。她急得想哭，他却只是看着她微笑。

忽然，早喻明白了。"你要走了？"她又急又慌，"别走，别再离开我！"

他的嘴未动，早喻却听见他说："去找贡觉玛，她会指引你我的所在。"话音未落，影像已消逝。

想到那声音的离去，早喻只觉心痛如绞，眼眶发热。过了好久，情绪才稍稍平复。

无夏听后心向往之，道："他果然是西亚尔？早喻，真羡慕你！你终于见到传说中的西亚尔了。可是这又是怎么回事？你看见的，显然不是真实的他，那只是个影像。"

边巴道："看来，西亚尔在向你们传达信息，要指引你们去找他。"

"我们？"无夏笑道，"应该只是早喻吧？西亚尔说，她才是流云尼玛。"

"不，西亚尔只是说贡觉玛之歌告诉他那是流云尼玛，是贡觉玛告诉他的，他并没有亲眼见过你们。而贡觉玛之歌却对你们两个人都有感应。"

早喻与无夏忍不住紧握住对方的手。贡觉玛之歌寻找流云尼玛，却找到她们两个，这到底是怎么回事？

无夏忽然打趣早喻："早喻，你在恋爱呢。"她生性活泼，总觉得最近经历的事情太沉重，一找到机会，就想要转换一下气氛。

早喻一怔，随即苦笑。

无夏兀自说下去：“你那神情，分明就是情人之间的伤别离嘛。”

早喻无限惆怅道：“恋爱？我情愿从相识、送花、约会、跳舞开始；这样没头没尾，没有甜蜜，只有苦涩，连对方是谁都不知道，就伤心欲绝的恋爱，谁要？”

边巴不住地向无夏使眼色，她却不理，接口道：“只可惜……”

“只可惜欲罢却是不能。”早喻叹。

边巴忽然站起来道：“既然雪停了，我们就赶紧上路。真正的大风雪还在后面呢。”

早喻、无夏闻言不敢怠慢，忙收拾好行装，跟他上路。

所幸，刚才那一场雪来势虽猛，却并不持久。路面虽然泥泞，却不至于让车轮打滑。边巴施展车技，一路风驰电掣，直奔那曲而去。

说来也怪，自从踏上西藏的地域，早喻就一直受扰于强烈的高原反应，整个人昏昏沉沉，神思惘惘。经过这场大风雪的扰攘之后，却是所有不良状况尽去，神志清明，恢复了从前的明智冷静。

她见无夏头靠在玻璃窗上，已经睡熟，不由得微怜，道：“这些日子，也可怜无夏东奔西跑，替我担足了心，她是该好好休息一下了。

边巴却说：“她曾经灵魂出体。”

早喻愕然道：“你不是不相信她吗？”

“我信，可我不愿她相信。我相信，她以后还会有许多苦要受。我说不信，只是想分散她的注意力而已。”

早喻笑道：“你倒是很体贴她嘛。”

边巴却十分严肃道：“如果可以，我情愿劝说无夏退出。这样下去，她必将受到伤害。”

早喻无言，她知道边巴说的是真的，她也有同样的感觉。无夏投入得太多，却收不到等量的回报，她似乎无法在这场追寻中找到想要的答案。

这时边巴已换了个话题：“我还以为你当时昏迷呢，原来车里发生的事你全知道。”

早喻点头道："可以这么说。连你与无夏说的话，我都听得清清楚楚，甚至我还看见了无夏的灵魂离体。当时，我一点惊惧慌乱也没有，反而觉得那是理所应当的。"

"那我说的关于冬日先知的事，你怎么看？"

早喻揉了揉眉心道："边巴，我知道这些日子来大家经历了太多怪诞荒谬的事情，可这不等于我们可以把所有的传说都往身上扯，那也太说不过去了，太过牵强了。"

静了一会儿，边巴才说："文部的人都知道，当惹雍湖畔的喇尔扎措族人，每隔五十年，就派出族中的一位智者，游历高原，为的是寻找传说中的冬日先知。这习俗已经流传了千余年，一代又一代，无论外面是战乱还是和平，无论族人是兴旺还是凋零，从不间断。派出去的智者，全部都老死他乡，因为找不到冬日先知，他们就没有面目回去见神山与圣湖。外面的人一开始都不理解，有一段时间，因为这件事，喇尔扎措族成了整个文部的笑柄。可是数千族人不为所动，众志成城，一代又一代，不断地寻找着冬日先知。后来，大家都被感动了，文部所有的牧民，对于出来寻找冬日先知的智者都非常崇敬，智者若光临谁家，那是无上的光荣，整个家族都会欢腾。"

早喻听得肃然动容道："这冬日先知到底是什么人？竟会让喇尔扎措族人这样矢志不渝，就像愚公移山似的。"

边巴苦笑着摇摇头道："没人知道。喇尔扎措族在文部的名声并不好，他们的脾气太执拗，认准一件事，就绝不回头。西亚尔在全西藏都是臭名昭彰的恶魔，唯独是喇尔扎措人的英雄；藏传佛教甚至都传到了东南亚，可喇尔扎措人仍独尊本教；还有流云尼玛，别人口中的妖人，他们却深以为荣。一个人，性格如此乖张，是不会讨人喜欢的。可也就是这股犟劲，让我们深深敬佩。"

早喻听他如此说，禁不住悠然神往。

东方渐白，月影淡去。天色由穹顶的藏青，渐次向四围褪成天青，直至天边的淡青色。太阳还没出来，空中看不见平常朵朵耀眼的白云，只有一丝丝一线线的流云浮游在天地相交的边缘。昨夜的风雪染白了大地，放眼望去，有星星点点的黑色散布在旷野中，那些是野牦牛。

日月就这样交替，四季就这样更换，日复一日，年复一年。一切生灵在岁月面前都显得那样渺小，是什么力量支持着喇尔扎措人穷尽千载时光，去寻找传说中的先知？早喻沉思，找不出答案。这冬日先知会不会和流云尼玛有关呢？她望着窗外，有个念头盘旋不去：无夏和她会不会就是冬日先知呢？

“边巴，你为什么会把冬日先知与无夏，还有我联系起来？”

边巴想了一下，严肃地说道：“原因我不能说，但我可以告诉你，这与你师傅也有关。”

早喻点点头，似乎明白：边巴要找师傅，恐怕也与喇尔扎措人找冬日先知有关。此刻，她心中的拼图，又多了一块，神秘的喇尔扎措，流云尼玛的故乡，似乎是整件事的关键。

“那连你也不知道喇尔扎措人寻找冬日先知的原因？”

边巴说：“这个问题，历来是他们最大的秘密。喇尔扎措人要保守一个秘密，即便是格萨尔王复生，只怕也问不出来。”

早喻没好气道：“我看你也不差嘛，你要守住一个秘密，我们这些当事人也都没法知情。”

边巴倒是好脾气道：“没办法，我是受人之托，向至高无上的念青唐古拉山起过誓的。”

早喻对念青唐古拉并没有好感，哼了一声，不再言语。

一直在熟睡的无夏这时忽然大喊了一声：“我不信！不信！”

早喻忙探头去看，只见无夏双目合着，两只手握得紧紧的，出了一额头的汗，显然她正在做一个极不愉快的梦。早喻有些犹豫，边巴却十分果决道：“叫醒她。”

早喻推推她，道：“无夏，做噩梦了吗？”

无夏倏地睁开眼，无神失措地注视着前方，一张俏脸煞白，神情委屈，似有说不出的愤恨、遗憾。

早喻不得不在她耳边大声叫道：“无夏！醒来，无夏！”

终于，无夏听见她的声音，逐渐平静下来。

“梦见什么了？”

无夏闭上眼，努力回想梦境，过了一会儿，惊讶道：“我记不清了。”

早喻大奇道：“这么快？”

无夏道：“似乎是和流云尼玛有关的，似乎我就是流云尼玛……在梦中，我本就十分彷徨无助，后来终于有人来关心我了，却带给我更多的伤害。”

早喻与边巴迅速对望了一眼，想起刚才两人的对话，他们都认为继续探查下去，无夏将会受到伤害。

“所以，你不信那是真的？”

“我不记得了。”无夏冲她苦笑，“你知道这是什么感觉吗？就像写满了字的黑板，顷刻间，所有字都被擦去，一个也不剩，只有残留的粉笔灰告诉你那些字曾被写上去过。”她指指自己的头，“我就像一块黑板，许多事情出现在这里，然后又生生地被人抹去了。我什么也想不起来。”

早喻点头道：“我明白。这也是我早前出现过的情形。明明那种乍喜还悲的感情还在，却怎么也抓不住具体的事由。”

边巴问：“你说有人关心你，却带给你更大的痛苦，那是什么意思？”

无夏惨然一笑，咬着牙，坚定地吐出两个字：“背叛。”

边巴似乎震动了一下，脸色微变。

早喻凝起眉，细细思量。

背叛，谁被背叛？无夏？还是流云尼玛？无夏说她感觉在梦中自己是流云尼玛，如果是流云尼玛被背叛，是谁背叛了流云尼玛？那背叛带来了什么样的后果？这一个个谜题，如同层层迷障，遮住了千年前的真相。如今，不知由于什么样的机缘，他们几个人不远万里来到这里，追寻“背后的故事”。这一切缘起于贡觉玛之歌，早喻看看手腕上的石头，一缕暗红的光流过。她又一次在心中发问：“贡觉玛之歌，你究竟要引领我们到哪里去？”

这时边巴终于停了车，他舒了一口气，道：“佛祖保佑，我们居然赶到了。”

无夏、早喻抬起头，看见一座庄严的古寺就立在眼前，金黄色的屋顶在阳光下闪着耀眼的金光。浮云游动在宝蓝色的天空里，随着微风扭动着形体，伸展翻腾，幽怨着，徘徊不去。他们下车，迎面扑过来的寒风让每一个人都忍不住瑟缩了一下。空气里弥漫着冰雪的味道，无夏深深吸进一口，冰凉沁入心脾，似乎连四肢也变得如水晶般剔透起来。

边巴道：“这就是达宗贡桑寺了。”

“达宗贡桑寺？并不大嘛。”无夏有些失望。

“幸亏不大，不然经历上千年的战乱，这里早就被毁了。这那曲城，可是世界上最高的城市呢。”

那曲只是一座小城，却繁华得很，人群熙熙攘攘，人声、叫卖声、念经声交织着，仿佛有世间一切城市都有的嘈杂。

边巴又道：“这是藏北最后的繁华之地了。藏北，包括阿里所需的一切物资都来自这里。如果我们继续向文部去，就见不到这么多的人了。”

达宗贡桑寺虽然不大，来上香的人却很多，他们在门口就已闻到香火呛人的味道。还有不少藏民聚在寺门前小小的广场上，交流着自己一路赶来的心得。

边巴感慨道：“这里繁华，且恒久不变。你们看见那位老妈妈了吗？”他指了指一位坐在门口石阶上的老妇，“三年前我来，她就坐在那里，据说她已经坐在那儿好些年了，别人问话，她也不答，也没有人认识她，这些年了，她还在这里坐着。”

高原，这是离太阳最近的地方，虽然现在已是秋季，但太阳的火舌仍然火辣辣地伸到了人们的头顶，晒得人头皮发烫。眼前这位坐在石阶上的老妇却好像十分享受这暴烈的阳光，她脸上的纹路深刻得似乎是由里向外裂开的，她皮肤黝黑，双眼迷茫，干裂的嘴唇轻轻动着，不知在喃喃说着什么。她手里拿着一支转经筒，银制的柄被磨得发亮，吱吱转着，不知把她的思绪带到什么地方去了。

边巴上去大声同她打招呼，她似乎没有听见，双眼一眨也不眨地望着前方，口中犹自喃喃说个不停。

无夏拉拉早喻的衣袖道：“早喻，为什么我觉得这老妇有些面善？”

“嗯？”早喻奇怪，细细打量起她，看了半天，点点头，“好像是在哪里见过，可是在哪里见过呢？无夏你见过的人多，可我一直守着我的店，哪里有机会见到这藏族老妇呢？”

边巴在那边打过招呼，就对她们道：“进去吧，流云尼玛就在里边。”

边巴带她们走过正殿，穿过深深的天井，来到一条回廊上。

一路上早喻留心观察，只见但凡有墙壁的地方，便绘有各式各样的壁画。有些在佛殿内的壁画，已被烟火熏得模糊不清；有些露天的壁画，又因风吹雨打褪了色；也有一些保存得较完好的，颜色鲜亮，线条清晰，与早喻在青海看见的孙老修复的作品风格类似。无夏也笑道：“这是孙老的手笔吧？”

早喻存疑道：“这还是壁画的原貌吗？”

边巴听早喻说过孙老的经历，道：“幸好，孙老的工作十分严谨，一会儿你就知道了。”

他们拐过一个弯，边巴说：“就是这儿了。”

早喻、无夏一看之下，齐齐惊呼了一声。

当时孙老曾向早喻详细描述了壁画的情形，却没有涉及流云尼玛的面貌。在来这里的路上，她曾无数次设想，流云尼玛的模样与无夏必然十分相像，否则边巴不会如此肯定：无夏就是流云尼玛的转世。而此时，她亲眼看见了传说中的流云尼玛，才明白为什么边巴对转世一事确信不疑了。

壁画中的流云尼玛，有一双细长的微向上挑的凤眼，眼波流转之际，有种说不出的婉约妩媚。只是她在眉宇之间还有些怅惘忧愁，活脱脱正是无夏的模样。

边巴说：“你们看，连眼角下那颗小小的痣也一模一样。”

无夏显然受到了极大的震动。她伸出手去，有些发颤，抚上画中人的额头，那是无夏的额头；手指划过脸庞，那是无夏的脸庞；指尖触上她的指尖，连指甲也是一样的清秀水灵。她注视着流云尼玛的眼睛，那双眼睛好像也在注视着她，她们之间，竟像在无声地交流着什么。

良久，无夏抬起头，幽幽地笑了一下，柔声道：“我从小父母早亡，也没有兄弟姐妹，不知道自己从哪里来，根在哪里。现在，我知道了，这就是我的根。”她贴墙而站，恰恰与流云尼玛一般身高，她的额头正好可以抵上流云尼玛的额头。两个人，一个在画中，一个在画外，相互依偎着，如同双生子一般。无夏闭上眼道:“原来，我是从这里出去的，原来，我的根是在一千多年前的这里。”

早喻望着她，有种说不出的诡异从心底升起。这情形，竟像是一个人看着镜子，镜面里外共有两个她。这真是一千多年前的壁画吗？还是经过后人的修改、演绎？这样的巧合，经历的时间若是短点，就不会显得这样令人难以置信了。

边巴似看出她心中的疑惑道:“孙老并没有动过这部分壁画，你看，这些斑驳的地方还在，颜料也与那些修复过的不同，这是原品。”

早喻点点头，再看无夏，她仍靠在壁画前，眼睛闭着，一颗颗泪珠不停落下。而画中的流云尼玛却睁着一双妙目，注视着远方。

早喻叹了口气，走过去，对无夏说道:“不错，你的确是流云尼玛的转世。只有这样，才能解释所发生的一切。”她吸了一口气，又道,“现在，我开始彻底相信关于流云尼玛的一切了。贡觉玛之歌带我们来，就是为了找回你留在这里的记忆。我想我们不应该放弃，我们应该继续，找出这一切的前因后果。”

她指着画中的流云尼玛说:“你看，她穿的是唐式的云裳，却梳着藏族姑娘的细辫，而金城公主的其他侍女却没有这样奇特的装束。她果然是有特殊背景的，就如传说中所说，她有汉人的血统，却又是个地道的藏族姑娘。”

无夏睁开眼，这才上上下下、仔仔细细地打量画中的流云尼玛，慢慢地，一丝若有若无的微笑从她的嘴角漾开。“多奇怪，就像看着另一个自己。如果不是这服装、发式不同，我还以为是在照镜子呢。这可是一千二百多年前的我呢，那么久远之前，我真的曾经生活在这里？真的曾经是流云尼玛吗？看，这是金城公主，这是尺带珠丹赞普，可是为什么我一点儿关于他们的记忆也没有呢？”

早喻道:“一千多年呢，谁有那么好的记性？上个月发生的事，我都差不多忘了。”

无夏点点头，恋恋不舍，流连良久，才道:“我想去喇尔扎措，我想回家看看。”

边巴看看天色，道:“那我们要赶快，接下来在路上不知又要发生什么事。”

早喻也同意。

三个人出了寺门，默默不语。

经过石阶上那老妇的时候，无夏忽然停住。她静静地看着那位老妇，全神贯注，目不转睛。

边巴不明就里，正要上前去催她，却被早喻一把拉住道：“边巴，你再看清楚些，你不觉得这位老妈妈面熟吗？”

边巴茫然道：“我早就见过她，可我并不认识她呀。”

突然，早喻心中一道灵光闪过。她走到老妇身边，试探性地轻轻唤了一声：“吉玛？”

无夏蓦然抬起头，她也想起来了，这位老妇看起来面善，是因为她的神情看起来，像极了孙老画中的藏族少女吉玛。

老妇人听见早喻那一声呼唤，正在摇转经筒的右手忽然顿了顿，她抬起头，看了看早喻，不动声色，又将目光转到远方未知的所在。

早喻刚觉失望，却听边巴轻声道：“你是数年来，她第一个正眼看的人。”

早喻闻言不由得精神一振。她向无夏招招手，示意无夏过去试试。

无夏轻轻走过去，立在老妇的身旁，不说，也不动。忽然一阵风起，将无夏那大衣的衣角撩起，从老妇的眼前拂过。老妇的手又停下来，她的目光顺着衣角而上，最后定在了无夏的脸上。

那是一双混浊暗淡的眸子，就在接触到无夏眼睛的一刹那，它突然变得有神起来。早喻他们三个都发现，老妇脸上重重叠叠的皱纹似乎渐渐舒展开来，她脸上竟有了光彩。

早喻心中一喜，蹲下来，握住老妇的手，问道：“你是吉玛吗？”她褪下手腕上的贡觉玛之歌，摊开在老妇的眼前。

当啷一声，老妇手中银质的转经筒跌在地上。她伸出手，颤抖着，想去接过贡觉玛之歌。早喻眼明手快，迅速收回，又问：“你是吉玛吗？”

老妇还是不回答，却蓦然抬头与早喻对视，眼中充满了悲怆、无奈的哀求，两只手直直伸出来，从喉咙中发出含糊的“呜呜”声。

早喻看着她，心中不忍，道：“我知道你就是吉玛，为什么你不承认呢？是这贡觉玛之歌让你变成这个样子的吗？你为什么还想要它呢？”

边巴走到早喻身边问：“早喻，她真的是吉玛？”

早喻点头道："你看，她看见无夏的神情，还有看见贡觉玛之歌的神情……没错，她就是孙老所说的吉玛。"

无夏问："她不是疯了吗？还失踪了。怎么会在这里出现？"

早喻道："据孙老说，她是因为贡觉玛之歌才疯的，之后又离奇失踪。我猜想，她出现在这里，必然与贡觉玛之歌有很大关联。而且，说不定她这些年就一直在这里，却不知道为什么她的家人和孙老都找不到她。"

说完，早喻又去问："老妈妈，我知道您就是吉玛，这些年你都在哪里？您知道吗？那位孙画家，他找了你好些年呀。"

吉玛仍"呜呜"地发着没有意义的声音，眼泪却止不住地宣泄而出。

无夏有些焦急道："她这是什么意思？只是哭，样子很着急，却什么也不肯说。"

边巴想不到这个多年来一直坐在达宗贡桑寺门口的老妇，竟与神秘的喇尔扎措族的传说有那么深的渊源，到此时他才从震惊中恢复过来，说道："看来，她不是不肯说，而是说不出来。"

"这又是为什么？"无夏也看出些蹊跷。

"我想，"早喻缓缓道，"这大概还是与贡觉玛之歌有关。"

"把贡觉玛之歌借她用用吧，"一个苍老的声音忽然响起，一个身形佝偻、面容清瘦的老者不知何时出现在他们身边。

边巴"啊"了一声，显出又惊又喜的神色来。无夏却是又惊又疑，她不知这老者是谁，但听见他说出"贡觉玛之歌"，显然此人对于贡觉玛之歌知之甚详。

早喻挑起眉毛，看向那老者。那位老者也正在注视着她。早喻沉住气问："您是说，我应该把贡觉玛之歌给吉玛吗？"

那老人尚未回答，就见吉玛扑过来，抱住老人的腿，哀哀痛哭。老人叹了口气，轻轻抚着吉玛的头发，仿佛她仍是个十几岁的小姑娘。老人说："就因为吉玛当年说错了一句话，结果就受了好些苦，你们就帮帮她吧。"

无夏狐疑道："您又是谁呢？"

老人不答，反倒笑眯眯地望向边巴。边巴忙道："这位就是喇尔扎措族的大先知索杰次仁大师。”

早喻也“啊”了一声，道：“这些年来，吉玛都在喇尔扎措？”

索杰大师赞赏地冲她笑笑道：“这位姑娘真是聪明。”

他有着藏人典型的细缝眼，却炯炯有神，看着早喻，洞若观火。早喻被他看得浑身不自在，不得不移开目光。

索杰大师道：“四十年前，那是一个月亮升过达尔果山顶的夜晚，有人发现了她，倒在当惹雍湖畔。我们救醒了她，她却不说不动，就像被魔鬼夺取了魂魄一样。后来我请示贡觉玛，女神说只有贡觉玛之歌才能让她重新开口说话。贡觉玛之歌已经失落了很多年，女神却说，吉玛会找到贡觉玛之歌的。”

他看了看早喻，又看了看无夏，道：“五年前，吉玛忽然要走，我们留不住她，就派人跟着。她到达宗贡桑寺门口坐着，一坐就是五年。我们猜，她一定是来找贡觉玛之歌的，果然，她等来了你们。”

无夏此刻心中好奇得要死，一连串的问题抛出：“请示贡觉玛？您真的可以和贡觉玛交流吗？吉玛阿妈又怎么知道贡觉玛之歌在哪里？这些年她一直在这里坐着，是你们照顾她的生活吗？您说她因为说错了话，受了很多苦，您又怎么知道的？”她的问题一个接着一个，也不理边巴不停地向她使眼色，她甚至一边问，一边向前跨了一步。

之前无夏一直背光而站，索杰大师这时才看清无夏。这一看，他便愣住了，不由得吸了一口气，向前一步，凑到跟前，仔仔细细地打量无夏。

无夏任他上上下下、前前后后地看了好一会儿，半晌才说：“您是觉得我很像另一个人吗？”

索杰大师叹了一口气，眼眶居然有些红了，道：“很像，你看上去简直就是那个人。你就是我们归来的流云尼玛。我们喇尔扎措族千年来的使命，看来将在我手中完成了，只是……”

“只是什么？”

“只是，既然你是归来的流云尼玛，为什么贡觉玛之歌却戴在别人的手腕上？”

早喻、无夏听出他话中的蹊跷，齐声问道：“贡觉玛之歌不可以戴在别人的手上吗？”

索杰大师点点头道：“不可以。人人都知道，这贡觉玛之歌是受过西亚尔诅咒的，除了流云尼玛，谁戴上它都会大祸临头的。你们看吉玛，她就受到了西亚尔的惩罚。”

早喻、无夏面面相觑，她们只知道贡觉玛之歌是流云尼玛从西亚尔处得来的，却从未听边巴提过西亚尔的诅咒。两个人闻言齐齐向边巴瞪去。

边巴也是一阵茫然，道：“别看我，我也是第一次听到这样的说法。”

索杰大师道：“你们也别怪他，这本是喇尔扎措族的秘密，边巴不是喇尔扎措族人，所以不知道。只是在我们族人中，人人都是知道的。”

早喻问：“大师，您说贡觉玛之歌能帮助吉玛，我们应该怎样做？”

索杰大师道：“很简单，请这位姑娘将贡觉玛之歌套在吉玛的手腕上。”

早喻遵言照做。几个人一起观察，贡觉玛之歌并没有任何异状，却见原先一直不安惶恐的吉玛神色渐渐平和，也不再低声呜咽，终于，她手一松，整个人扑倒在地上，睡着了。

索杰大师看着她，无限怜悯，说道：“在喇尔扎措三十余年，她没睡过一个整觉，常常整夜哭泣，到早霞出来才睡。”

无夏不解道：“这西亚尔的诅咒怎么这么狠毒？听早喻的描述，他应该是个温柔和善的人才对。”

索杰大师闻言吃了一惊，道：“你是我们归来的流云尼玛，是西亚尔忠实的使者与奴仆，怎么可以这样说他？”

无夏道：“人家说他是恶魔西亚尔，这难道是真的吗？吉玛做错了什么事，要受这样的惩罚？不是流云尼玛，就不能戴贡觉玛之歌，这千百年来，不知还有多少人为了贡觉玛之歌而受苦，也难怪人家说贡觉玛之歌是不祥之物。”

“无夏！”早喻就是无法忍受有人说西亚尔是恶魔，没想到连无夏也这样说，很是出乎她的意料。

无夏静了一下，也觉自己有些过分，便不再言语，而是看向一直沉默的边巴。

边巴却避开她的眼神，向索杰大师行了一礼，道：“尊敬的大师，您交给我的任务，我没有完成。方子昆老先生已经去世了，但我找到了他的徒弟。”

索杰大师似乎对于方子昆去世的消息并不意外，点点头后转向无夏道：“你师傅方子昆和我有很深的渊源，他最终不辱使命，把你送回了高原。”

无夏、早喻、边巴三个人一起愣住。早喻随即明白索杰大师是误会了，便道：“大师，我才是方子昆的徒弟。”

这回轮到索杰大师意外了。“你？”他看看无夏，又看看边巴，再看看早喻，问道，“方子昆是你的师傅？”

早喻肯定地点点头：“是。”

索杰大师又问无夏：“那你呢？”

无夏摇头道：“我只是在很久以前见过方子昆老先生一面，那时我并不知道他是谁，我是早喻的朋友。”

边巴也道：“没错，这位连早喻才是方子昆老先生的后人。”

索杰大师彻底迷惑了，独自喃喃道：“这是怎么回事？他并没有找到归来的流云尼玛？那这个姑娘是谁呢？为什么她可以承受贡觉玛之歌而不受到诅咒呢？”

早喻听了这些对话，大概明白了，边巴就是受了索杰大师的托付才去找她师傅的，而师傅则是应承了索杰大师所求，要寻找流云尼玛的转世。只是看来师傅找错人了，流云尼玛的转世不是自己，而是无夏。但冥冥中有一股力量，让她与无夏相识，而后带无夏回到高原，这也算是她替师傅完成了遗愿吧。早喻想到这儿，有些宽慰。

索杰大师这时对边巴说：“这其中有些关键我想不明白，需要请示贡觉玛，这两位姑娘能不能与我们一起回喇尔扎措？”

早喻他们几个从拉萨出发，一路闯关似的来到那曲，已是疲惫至极。尤其是边巴，几天来为了照顾早喻和无夏，他费尽心力，熬得双目通红，声音沙哑，嘴上起了好几个大大的火泡。当下几个人与索杰大师商量后，便决定先在那曲休息一夜，第二日再出发去文部。

边巴却仍有些放心不下，道："这样的天气，只怕拖不得。"

索杰大师摆摆手道："贡觉玛会保佑我们的。"

边巴见他说得肯定，便不再多言。他已是累到极点，一进旅馆房间，便倒在床上鼾声大作，睡得不省人事。

早喻抽出空来，给骆梅打了个电话。

那一头骆梅乍听见早喻的声音，又惊又喜，笑道："你总算是露头了，真不容易。怎么样，寻根之旅一切可还顺利？"

早喻张了张嘴，却怔住了。这些日子发生了太多事情，峰回路转，出乎意料，一时间竟不知从何说起才好。

骆梅仿佛了解了早喻的心情，只笑问："一言难尽是吗？那就先放一放。我这边，你托我的事，倒是有了些眉目。"

早喻愣了一下，有些不明所以，问道："我托你的什么事？"

"什么事？！"骆梅气苦，"我在这里替你查资料，找线索，差点跑断腿，你竟然忘了托我什么事？"

早喻只得低声下气道："实在是对不起，只是这些天发生了太多事，我的脑袋乱成一团，真的不太记得了。"

骆梅冷冷哼了一声，道："你难道忘了那个用来装贡觉玛之歌的黑玛瑙匣子？"

早喻不由得"哎呀"叫了一声，拍着脑袋道："我真是忘得一干二净了。怎么样，你找到什么线索了？"

"是。你还记得那些四足、头上有角、有些像麒麟的动物吧，那是传说中念青唐古拉山的吉祥宝物。而足下有三簇火焰的图案，则是念青唐古拉山神的图腾。"

"什么？"早喻握紧话筒，脑中一片混乱。她一直以为，那图案是某个家族的标志，没想到却是代表着念青唐古拉山神。可是自己为什么会这样惊讶，早喻也不明白，只觉得自己的记忆好像在哪里出了差错，漏掉了些什么。那是一些极其关键的东西，不只关系到流云尼玛的故事，甚至还与她和无夏息息相关，那是什么呢？眼下早喻百思不得其解。

躺在床上，早喻辗转反侧，怎么也睡不着。每次一合眼，她似乎就看见那双深沉明亮的眸子和噙在嘴角的冷冷的笑。每次在半睡半醒之间，她都会听见寂寞的叹息，还有那神秘的图腾，不停地在她眼前跳跃晃动。

正无奈间，无夏推门进来，对她说："早喻，我睡不着。"

早喻苦笑道："我也是，明明十分累了，可就是睡不着。"

无夏挤到早喻床上，幽幽道："这一路上，我都没怀疑过我就是流云尼玛的转世，直到今天见到了流云尼玛的壁画，我却突然不确定了。"

早喻大奇道："怎么会这样？"

无夏偏着头想了半天，才道："我也不知道。当我看见壁画中的流云尼玛时，一切都变得不真实起来。如梦如幻，并没有那种熟悉的亲切，就像是中间有一种虚幻的隔膜，虽然我们有某种联系，可好像并不亲密。我们并非一体，而是不同的人。"

早喻听着，不由得又去揉眉心道："无夏，并不是每个人都有机会知道自己前世是什么人的。我也没有，我没有经验。可你在达宗贡桑寺的时候，分明就是激动难抑呀。"

"是，现在我仍然很激动，那是找到家的感觉。可是，家找到了，家里住的却都是陌生人。"

早喻不语。无夏又道："索杰大师说贡觉玛之歌只有流云尼玛的转世才能承受，可是我们两人都可以佩戴它而不受伤害，这是为什么？还有，你说过，西亚尔对你说，是贡觉玛之歌告诉他你就是流云尼玛，因为你手上戴着贡觉玛之歌。另外，索杰大师误会我是你师傅的弟子，是因为我长得像流云尼玛，那说明什么？"

早喻悚然动容道："难道我师傅的弟子就应该是流云尼玛的转世？"

无夏点点头，道："我开始怀疑，你才是流云尼玛的转世！"

※ 第六章　当惹雍湖

早喻闻言一震，唰地从床上坐起来，一时间只觉心乱如麻，脑中一片空白，久久作不得声。

无夏接着说："我想了很久，这些日子经历的事越多，我就越觉得有更多的谜团解不开。而假如你是流云尼玛的转世，这些谜团就全都能解释了。比如说为什么你总能梦到流云尼玛的记忆，而我不能；你能看到西亚尔并同他交谈，而我不能；还有贡觉玛之歌总会从你身上发出异光。如今更有索杰大师的话，解释了为什么你师傅在这件事上如此神秘——他是为了找你，流云尼玛。"

早喻伸出手，阻止她说下去："我要好好想想，无夏，这实在太……太不可思议了。"

无夏握住她的手道："现在你知道当时边巴说我是流云尼玛转世时，我的感受了吧？"

早喻苦笑道："我心里已乱作一团，我从来没想过这种可能性。"

无夏毫不放松道："我却觉得事情只有这样解释，才合理。"

早喻低头思量良久，道："那么你呢？你又是什么身份？贡觉玛之歌最先找到的人是你，你也梦见过自己是流云尼玛，而且，达宗贡桑寺壁画上的那个流云尼玛分明就是你，还有什么是比这更有力的证据呢？"

早喻继续说着，思维逐渐恢复清晰："你还记得吗？最初我根本不相信什么转世不转世的说法，我根本不承认这一切的真实性。后来发生的事情，让我不得不开始相信这一切，直到看到那幅壁画，我才完全相信所有这一切都是曾经发生过的，我们今天之所以置身于这里，就是因为你要回来。无夏，连我都确信了，为什么你却还怀疑？你就是流云尼玛。”

无夏心中烦乱，重重地叹了口气道：“这到底是怎么回事？”

早喻道：“我想，这其中一定有一个十分关键的地方，我们一直没找出来。看来接下来只有去喇尔扎措了。说不定，索杰大师真的能与贡觉玛进行交流。到时，我们也许能知道更多。”

两人又讨论了一会儿，无夏终于熬不住了，沉沉睡去。早喻却怎么也睡不着，脑子里一遍又一遍地回放着这几天发生的事，她不断地问自己，到底那关键的事情是什么呢？

正凝思间，突然隐隐约约听见有说话声如一缕细丝钻入耳内。

“流云，流云。”是一个轻柔的女声。

早喻一惊：“是在叫我吗？”

“流云，你要小心啊。”

“什么？小心什么？你是谁？”

那声音的主人似乎没有听见她的问题，犹自说道：“他们放弃你了。念青唐古拉是至高无上的神，人人都将顺从他。”

“他们是谁？你又是谁？”

那声音依旧没有回答，继续道：“别相信他们，他们将背叛你。”

早喻坐起身道：“我不明白你在说什么，谁将背叛我？”

“流云，我只能帮你这么多了，你要保重啊。”

“为什么要告诉我这些？”

“流云，我会尽一切力量保全你的。我答应过西亚尔哥哥，要帮你，但我不知道我能帮你多少，只希望事情不要太坏。”

早喻忽然明白了，失声道：“你就是贡觉玛！”

无夏在睡梦中被惊醒：“贡觉玛？在哪里？早喻你梦见贡觉玛了？”

早喻摇手示意她噤声，自己则侧头听了良久，一会儿后终于颓然摇摇头，苦笑道：“没了。”

“真的是贡觉玛？”

“我想是的。”

“她对你说些什么了？”

早喻有些迷茫道：“她是说了些话，但不是对我说的。”

“那是对谁说的？”

“我想，”早喻看着无夏，“是对流云尼玛说的。”

无夏有些糊涂道：“有什么不一样吗？”

“不一样。这一次，我不是其他任何人，我就是我自己，我十分清醒，并没有以往那些梦境中似真似幻的感觉。不，那些话并不是对我说的，是对流云尼玛说的。我只是偶然听到，就像是在听录音一样。”

“你是说，这些话是当年贡觉玛曾对流云尼玛说过的，不知是什么原因，现在被你听见了？”

“可以这么说。”

无夏此时已完全没有了睡意，她也坐起身，道：“刚才，我也做了一个梦……其实也算不上是梦，就是不停地听见有人在唱歌。唱的是什么，我听不清，那曲调十分奇特，并非我们寻常听到的藏歌，而是带有更遥远更古朴的味道。声音高亢辽远，却过于阴柔，少了高原民歌中惯有的阳光般的爽朗。那歌声，我似乎在梦中听过无数遍，可第一次如此清晰、真切。”

早喻问：“你有什么想法？”

“我想那应该是贡觉玛之歌。”

早喻有一瞬间的迷惑：“贡觉玛之歌？你是说那是贡觉玛的歌声？”

“对，我觉得那就是贡觉玛的歌声。”

早喻舒了口气，道：“我有种感觉，到了现在，我们要追寻的故事，才真正露出些头绪来。”

无夏点头道：“不错，贡觉玛终于出现了。”

早喻问：“你说，这故事究竟是怎么样的呢？”

无夏理了理思绪，道：“就目前所知，结合我们的经历，我大致理出了故事的主脉。”

“说来听听。”

“很多年前，金城公主进藏，赞普尺带珠丹从喇尔扎措挑来了流云尼玛做她的侍女。流云尼玛似乎不大情愿，或许是因为她与西亚尔是恋人。”

“可西亚尔却被认为是恶魔。”早喻接口。

“对，总之流云尼玛去拉萨是不得已的，可是金城公主很看重她。”

“也许就是这个原因，尺带珠丹才把她嫁给了桑杰扎措。”

“很明显流云尼玛婚后不快乐，因为一件关乎喇尔扎措族命运的大事，她甚至离开了立场不同的桑杰扎措。”

“应该说，是逃离。”早喻补充。

无夏点头表示同意，继续道：“她的出逃得到了贡觉玛的帮助。”

早喻道：“但她失败了，又被桑杰扎措抓了回去。”她停了停，自问道，“可是，她和桑杰扎措之间的争执，到底是源于什么呢？还有，桑杰扎措这个人，我们似乎一点也不了解。”

无夏一怔道：“是呀，怎么一直没想到要查查他的资料？奇怪，也没听边巴提起过。我们怎么也想不起来要问呢？”

早喻苦笑道：“我们都疏忽了。”

无夏问：“那么贡觉玛所说的背叛，到底是指什么呢？是指流云尼玛这次逃亡的失败吗？还是和桑杰扎措有关的别的事？”

早喻摇头道：“不像。在那个梦里，流云尼玛和桑杰扎措都没有提及‘背叛’的字眼。而且，既然是背叛，那就应该是她原本极为信任的人。”

无夏悚然动容道：“那会是谁？”

早喻道：“现在我们谁也猜不透，只有等天亮后问问索杰大师。”

“早喻，你说我们会在喇尔扎措发现些什么？”

早喻抬起头，出了一会儿神，缓缓道：“我有种感觉，我们将在喇尔扎措有出乎意料的发现。”

“那会是什么呢？”

早喻没有回答，她也不知道。

天亮之前，早喻终于倦极睡去。即使在梦中她也不得安稳，早喻仿佛看见有一个孤寂的身影立在天地之间，荒原之上。那身影挺拔颀长，一头长发在风中飞舞，衣裾轻扬。他脚下是坚硬的冻土，周围是一片死寂，没有光，也没有水。

早喻心头泛起一阵酸楚。虽然他的面孔在暗淡混沌中看不真切，但她知道那就是西亚尔。可为什么会这样？为什么每次在梦境中见到的西亚尔都是这么沉寂阴郁？记忆深处，这身影背后似乎总是洒满阳光的，她曾无数次听见他爽朗的笑声。为什么梦中的他从不笑出声，而是微微地似有若无地笑着？

“西亚尔。”她上前一步，轻唤。

那身影先是微微震了一下，而后低垂的头缓缓抬起。早喻认识这张脸，在多巴山谷的绝壁上，她见过。甚至，在那之前的梦中，他们就已相见，只是前后有些不同罢了。不同之处是那双眼睛，此刻它寒冷无情，闪着如野兽般幽幽的凶光。

早喻的心扑通一沉，这不是她印象中那个温柔深情的西亚尔。

“你是谁？”她问。

他咧开嘴笑了，那笑容在早喻眼中却显得无比狰狞。他一步步向早喻走过来，早喻却无法控制地一步步向后退缩。

“别过来！”她喊。

他停住，看着她，眼睛渐渐红了，然后一滴滴液体从眼角流出。早喻看着，那液体殷红黏稠，不是泪，是血！血水在他脚下积成一片。早喻有种说不出的恐惧，颤抖着，不敢动弹。

他向早喻伸出手，说：“别怕，跟我来吧。”那嗓音低哑，并非早喻无数次听到过的那种清亮。

早喻慌乱地摇头，一股不知名的情绪涌出，她再也控制不住，蹲在地上失声痛哭。她知道这是梦，她希望这场梦快些结束，可是，在这里时间好像是停止的，黑暗漫长而没有边际。

“为什么害怕？你知道我永远不会伤害你的。”他说着，便伸出手想要碰触早喻。

早喻向后躲闪，失去重心，跌坐在地上。一时间她无法躲避，只能眼看着他一步步逼近。

他忽然停下来，看清了她眼中深深的恐惧，颇为不悦，问道："为什么要怕我？你不认识我了吗？"

早喻只能哭泣，道："你不是西亚尔！你是恶魔！"

"我是西亚尔。我是等了你上千年的西亚尔。我是为你历尽磨难的西亚尔。你却不认识我了？"他眼中现出怒意，"我为你变成这副模样，你却不肯理我了？"

早喻惊诧至极道："为我？为什么？"

他不答，只仰天长啸，刹那间，天地一片昏暗，狂风席卷，将两人淹没。

"不要！"早喻大喊着，从床上坐起，满额的汗。

此时天已大亮，无夏不在房内。那声音似乎还在耳畔缭绕："你为什么害怕？你失望了吗？流云……"

她用力摇摇头，好像那样就可以将这恼人的问题驱走。早喻大大喘了几口气，渐渐平静下来，用手捂住脸，泪水从指缝中渗出。

那一天，早喻出奇的沉默。坐在边巴的车上，她和无夏、吉玛挤在后座。吉玛已经醒了，仍然沉默，却不再是那种死气沉沉的模样了，一天之间，她身上就多了一点点生气。

索杰大师在路上向他们讲述了一个连边巴也不太清楚的古老故事。

喇尔扎措族世代生活在当惹雍湖畔，那里曾经是本教的圣地，每年有无数的朝圣者不远万里从高原的各个角落来到这里，奉献自己的贡品，祈求敦巴辛饶的赐福。喇尔扎措人也因此过着富足而受人尊敬的生活。

流云尼玛的祖父是吐蕃右丞相，也是喇尔扎措族的族长。喇尔扎措是本教的圣地，住在当惹雍湖边上的人，他们的山神西亚尔是本教祖师敦巴辛饶的大弟子，他们都是敦巴辛饶最忠实的信徒，世代信奉着本教，信奉着敦巴辛饶祖师。

可是文成公主带来的巧手工匠，在圣城拉萨凿出了面容丰满、形态端庄的释迦牟尼像，建起了供奉佛的大昭寺。尺尊公主也从尼泊尔带来了五十头牦牛驮的佛经。于是松赞干布信起了佛教，下令全国建佛寺，废本教。

佛教取代本教成为吐蕃的国教。可是那位来自当惹雍湖畔的右丞相，在他心中，敦巴辛饶永远是至高无上的神。他因拒绝信奉释迦牟尼而受到排挤，一气之下，他带着他那位美丽的汉人妻子回到了文部神山圣湖的故乡。

在族长的带领下，喇尔扎措族所有人拒绝改信佛教，固执地继续供奉着本教的神。赞普松赞干布和念青唐古拉山神都十分生气。念青唐古拉山神惩罚了喇尔扎措族人，松赞干布也不再接受从喇尔扎措来的贡品。从那以后，喇尔扎措渐渐衰败下来。

很多年以后，当惹雍湖面上的冰又开始融化时，湖畔的柳树又抽出了新芽，羊羔在草原上奔跑，新的一年展开……

这一年，大唐又有一位公主不远万里来到吐蕃，嫁给当时的赞普尺带珠丹。为了表达对公主的敬意，尺带珠丹下令在全国为公主挑选三十名侍女。有人推荐了那位老族长与他汉人妻子的后代，美丽的流云尼玛。喇尔扎措人怀念往昔的辉煌，他们希望流云尼玛能为族人带来荣耀。

尺带珠丹同意选流云尼玛，条件是所有喇尔扎措族人必须改信佛教。族人们答应了，于是喇尔扎措族又兴旺起来。受了这么多年的冷落，族人们想通了许多事，其中之一就是他们开始认同敦巴辛饶就是释迦牟尼，佛教本教本是一家。只要当惹雍湖还是圣湖，达尔果山还是神山，喇尔扎措还是圣地，信奉哪个神并不重要。

“等一等，”无夏突然打断索杰大师的叙述，“你是说，族人们为了重新得到荣耀，把流云尼玛送到拉萨去做金城公主的侍女？”

索杰大师点点头道：“是的，他们妥协了。”

无夏冷笑一声，道：“我明白了。背叛流云尼玛的人就是她的族人！你们为了自己的利益，出卖了她。”

索杰大师叹了口气道：“你说得不错，姑娘。但我的族人也为此付出了很大的代价。”

“什么样的代价？”

“我不清楚，我的祖辈没有告诉我。不过我知道，喇尔扎措族世代寻找冬日先知，等待流云尼玛归来也是这代价的一部分。”

“冬日先知到底是怎么回事呢？”

“那是我们喇尔扎措族世代相传的秘密，两位姑娘看来都与流云尼玛有莫大的关联，我就告诉你们吧。当年我们的英雄西亚尔被念青唐古拉流放到荒原死地，受尽了各种屈辱折磨，千百年来，始终不得救赎。贡觉玛女神说，要想救西亚尔，唯有找到冬日先知。所以，年复一年，为了解救西亚尔，我们不停地寻找冬日先知。”

“西亚尔受难是不是和流云尼玛有关？”

“传说中，流云尼玛是为了西亚尔才被送上祭台的。”

无夏不再问，停下来深思。这时索杰大师嘴里轻轻唱着歌：“冬日先知，手捧哈达，觐见圣人，找寻仙踪，在荒原上，在雪山中，长眠英雄，回归人间……”歌声古拙，音调低婉，与一般的高原民歌大异其趣。

无夏突然一震，碰碰早喻道：“早喻，就是这首歌，我在梦中听见的就是这首歌。”

早喻抬起头，问索杰大师：“桑杰扎措到底是个什么样的人？”

“桑杰扎措？他是吐蕃的丞相。据我们族里的长老相传，流云尼玛的祖父辞官回到喇尔扎措后，桑杰扎措的父亲继任了丞相，后来，桑杰扎措又从他父亲那里承袭了官职。可他并不是靠祖荫才登上高位的，据说他曾经是吐蕃第一勇士，而且他还是念青唐古拉最欣赏的执行官。”

“咦？”无夏忍不住打断他，“念青唐古拉的执行官不是西亚尔吗？”

“念青唐古拉手下有许多执行官，西亚尔因为是敦巴辛饶的大弟子，又得了格萨尔王的真传，所以是执行官中领头的一个。可是他并非事事都遵从念青唐古拉的意旨，所以最后就被念青唐古拉放逐贬谪了。而桑杰扎措忠心为念青唐古拉办事，很得赏识，在那之后就顶替了西亚尔的位置。而且，桑杰扎措是有史以来第一个身为凡人的执行官。”

早喻轻笑道：“这个桑杰扎措倒是有意思。在凡世，他继承了流云尼玛祖父的官位，在神界，他夺了西亚尔的地位。和这两个方面都有关系的，就是流云尼玛，又是他的妻子。怎么好处全让他得了？”

一直沉默的边巴突然道："娶了流云尼玛做妻子，恐怕未必就只有好处吧。"

早喻咬住下唇看着他，忽地一笑："那倒也是，自己的妻子心向别人，怎么都不是一件好事。"说完，她突然转换话题，问索杰大师："大师，您能告诉我，我师傅和您、和喇尔扎措，到底有什么关系吗？"

索杰大师道："现在不能说，以后你自会明白的。"

无夏感兴趣的却是吉玛："吉玛当年到底经历过什么事呢？"

吉玛突然道："西亚尔，惩罚。"她太久没有说话，语调语音都显得有些怪异。

无夏追问："西亚尔的惩罚？"

吉玛望着窗外，回想起往事仍有余悸道："他说，我侮辱了流云尼玛。他说，任何人侮辱了流云尼玛，都要受惩罚。"

早喻急问："什么样的惩罚？"

吉玛似乎仍受到多年梦魇的侵扰，满脸惊恐，血色尽褪，浑身颤抖着："流云尼玛的惩罚。"

这些话，连索杰大师也是第一次听见。几个人你看看我，我看看你，都不明白她话中所指。无夏欲再问，却被早喻制止："别逼她了，她承受不了的。"

吉玛蜷缩在角落里，双手环胸，弯着腰，嘴里喃喃地念叨着："流云尼玛的惩罚，流云尼玛的惩罚……"她完完全全沉浸在自己的世界中。

无夏还是忍不住问："这到底是怎么回事？一会儿是西亚尔的惩罚，一会儿又是流云尼玛的惩罚。这梦呓一般的话，究竟是什么意思？边巴，你怎么看？"

边巴开着车，并没有回头，只说："你问问早喻。"

无夏怔了一下，扭头看着早喻道："早喻，你明白吗？"

早喻抬起眼，满是悲愤和无奈，道："这还不明白吗？西亚尔要为流云尼玛报仇，要将她所受的惩罚加在那些侮辱她的人身上。"

无夏一想，也明白了道："流云尼玛所受的是什么样的惩罚？为什么吉玛阿妈怕成这样？索杰大师，你知道吗？"

索杰大师苦笑着摇头道："不知为什么，我从来没有听族中的老人提起过，根本就没有人问过这个问题。"

无夏又问早喻："早喻，你知道吗？"

"我怎么会知道？"

"那为什么你看起来那么伤心，你一定知道些什么。"

早喻不知为什么，突然烦躁起来道："贡觉玛之歌有最神奇的功效，昨天吉玛那个样子，一戴上贡觉玛之歌立刻就平复下来。你再看她现在，提起流云尼玛的惩罚，即使有贡觉玛之歌也不能让她脱离恐惧。你倒是说说，流云尼玛受的是什么样的惩罚？"

无夏不再说话，整个车厢陷入一片沉默中。

早喻别过头不去看任何人。她心头有说不出的压抑烦闷，无比沉重，究竟为什么，她也说不清，只觉这一路追查下去，等待他们的就是宿命的结局。她忽然有些后悔，不该抛下一切，跑到这里来追寻一个远古的传说。此刻，车上每一个人的命运，似乎都系于一千多年前的那个流云尼玛身上。

从那曲到文部并不太远，边巴一如既往风驰电掣地驾驶，却变得十分沉默。无夏几次想与他搭话，他的回应都是淡淡的，无夏见没趣，便也沉默下来。

当惹雍错位于文部西北，放眼望去，波光粼粼，澄澈清净，倒映着湖边达尔果雪山的七座山峰和蓝天中的缕缕流云。有朝圣者行着五体投地的大礼，绕湖而行。湖畔堆放着一个个玛尼堆，经幡在风中飞扬，空气中充满了雪山散逸出的凛冽、清新。达尔果山的七座山峰绵绵相连，肩并着肩，手牵着手，浑然一体，气韵天成。

边巴在湖畔停下车，早喻、无夏依次下车，经过无数奇幻的经历，她们终于来到了神秘的当惹雍湖，两人心中都有莫名的激动。

早喻站在湖边的草甸上，环顾四周，那股奇妙的熟悉感再一次袭来。一切都是那么亲切，湛蓝澄澈的湖水，巍峨挺立的雪山，就连湖边的枯柳也像是无数次在梦中见过一般。她甚至隐约听见了青稞收割时族人们的歌声，闻到了祭祀山神湖神时青稞酒的香味。有生以来，早喻从没有这样肯定过自己是曾经属于这里的。

无夏的感觉却与早喻不太一样。这一切对她来说也是熟悉的，可那熟悉中又带着些生疏。除了那一汪湖水，其他的一景一物都令她莫名地不安。一路上对喇尔扎措的期盼，到了这里却突然消失了。这里静谧的天空、慵懒的浮云、衰黄的草甸，似乎都想从她的记忆深处搜刮出一些什么。

边巴来到两人身边，道："这里就是喇尔扎措人世代定居的当惹雍湖了。喇尔扎措族现有人口八千余人，散居在湖畔一周。也有些人家住在达尔果山里，不过不多，不足百户。这当惹雍湖里出产一种银白色透明的小鱼，是此地的特产，许多族人捕这种鱼拿到那曲去卖。"他用手指指当惹雍湖，"这湖水滋养了喇尔扎措，这里的青稞长得最好，水草也丰美，连柳树都可以长成材，所以喇尔扎措族人一直认为当惹雍湖女神贡觉玛是他们的保护神。"

这时已有族人看见了他们，陆续过来，见索杰大师带着吉玛从车里出来，都露出欢喜的神色。索杰大师指着早喻和无夏说道："她们都有可能是冬日先知。"

那些人一听，又惊又喜，立即就有人将洁白的哈达挂在两人的脖子上。

虽然索杰大师说的是喇尔扎措的土语，可早喻、无夏都听明白了。无夏扬声问道："你真的认为我们是冬日先知吗？"

索杰大师微笑着指了指吉玛手腕上的手链道："是贡觉玛之歌引领你们回到这里，贡觉玛是最清楚的，问过贡觉玛就知道了。"

"贡觉玛？你能见到贡觉玛？能和贡觉玛交流？"无夏的好奇心又起来了。

索杰大师笑眯眯地摇摇头道："不是我见贡觉玛，是你们见。"

"我们？"

"昨夜边巴对我说，他认为你们就是冬日先知，早喻是先知，无夏就是冬日。这我以前从没想过。喇尔扎措族上下一千余年，寻寻觅觅的冬日先知，竟然是两个人？可转念又一想，为什么不能这样呢？贡觉玛从没说过冬日先知就是一个人呀。那么多年了，我们一代又一代地寻找，一次又一次地失望，这次有了发现，为什么不试一试呢？至少是一线希望呀。"

"可是要见贡觉玛，我们该怎么做？"

"月亮每年要在达尔果山山顶停留三天，每当这个时候，贡觉玛都会在湖心接引使者。"

"湖心？"

索杰大师屈指算了算，奇道："莫非真是贡觉玛的安排？这么巧，今夜就是月亮升过达尔果山的日子。"

"今夜？"早喻突然兴奋起来，她看了看天色，"那是什么时候？"

边巴看看表道："再过四个小时天才黑。"

无夏过来，握住早喻的手，她五指沁凉，手心有汗。早喻知道她心中紧张，拍拍她的手背，轻声道："终于到了。"她脸上忍不住露出微笑。

无夏惊异地看着她，不明白她为什么看起来欣喜异常。

索杰大师过来说："先到我的家里休息一下吧。"

早喻忽然伸了个懒腰道："昨夜没睡好，真是倦了。阿爸，我想睡一会儿。"

众人闻言均是一怔，呆呆地望着她，这实在不像平日那个稳重沉着的早喻。早喻却丝毫不觉，继续道："晚饭也不想吃了，让他们给我端一碗酥油茶来就好。"

索杰大师不动声色道："天凉了，还是回屋睡吧。"

"不嘛，"早喻跺跺脚，"人家就喜欢睡在这棵老柳树下。"

无夏见她如此，又惊又怕，刚想上前去唤醒她，就被边巴拉住了。

"边巴，早喻她这是怎么了？"

早喻听见无夏的声音，转过头来，看着她笑："无夏，你也陪我在这里待会儿吧。让他们去说正经事。你看，这多美呀，来吧。"

无夏挣开边巴的手，到早喻跟前，细细打量她，只见她脸上带着微笑，眼睛微眯着，扬着脸，让风吹在她脸上，鬓角的发丝被轻轻吹起。

"无夏，你跟不跟我来？"她娇嗔着。

无夏手足无措，求助地看向边巴，边巴点点头。于是无夏强自镇静地道："在这里会着凉的。"

早喻甩甩头道："我不理。"说着，竟向不远处的湖边跑去。

无夏连唤了好几声，见她不理，无奈，问道："这到底是怎么回事？"

边巴想了想，道："无夏，你就跟她一块去吧。我看这事情有蹊跷。"

无夏追着早喻来到湖边一棵老柳树旁，看见早喻正在折一枝柳条。见到她来了，早喻笑道：“你看这柳枝，虽然看起来叶子已经全落了，枯了，可仍然有韧性，生命还在里边。”

无夏看着她递过来的柳枝，道：“既然还有生命，为什么要把它折下来呢？”

早喻一怔，偏头想了半天道：“为什么呢？”

无夏上前拉住早喻问：“到底是怎么回事？”

早喻打着哈欠，说：“我好困，这里这么美，就在这儿睡一会儿吧。”

无夏刚想劝她，就觉一阵睡意袭来，眼皮止不住地向下沉，她也打了一个哈欠，道：“那就睡一会儿吧。”

朦胧间，只见影影绰绰，有许多人在眼前晃。天已经黑了，人人手里都有一支火把，将湖畔照得亮如白昼。

有人弯下腰，火把晃着她的眼，让她看不清对方的面孔。

有人说：“小姐，公主来到文部了。”

她一惊：“谁？”

“右丞相桑杰扎措大人和金城公主，他们已经到喇尔扎措了。赞普迟两日也要来。”

她唰地站起来。“他们？他们怎么会来？”她诚惶诚恐，又满心疑惑，“我从桑杰扎措那里逃出来才一个月，他们就知道我回了喇尔扎措？”

那个人弯着腰，不敢出声。忽然间，她明白了。

她蓦然仰起头，一双灿若寒星的眸子在火把的映照下，冷峻绝望，她问：“是老族长说的？”

那个人唯唯诺诺道：“老族长说小姐不能体会喇尔扎措族复兴的大计，他很失望。他说现在不是意气用事的时候，有什么事情应该好好商量。”

她不怒反笑，道：“是我意气用事？”

那人不敢接话。这时一个女性的声音道：“流云，我知道你心中有委屈，但事已至此，我不希望你有任何事！”

火把向两边移动，空出一条路来，一位盛装丽人在十几个护卫的簇拥下，缓缓过来。

她连忙躬身行礼道："公主殿下，流云有罪，辜负了公主的厚望……"

金城公主面露难色道："是因为他吗？"

流云尼玛苦笑："我现在只希望天神赐给我一双翅膀，无论他在哪里，我都能立刻飞到他的身边。"

金城公主皱着眉，未及再开口，就有人插言道："他是天神也难容的恶魔，念青唐古拉已经下了令，无论是谁，只要找出西亚尔，他就会得到高原所有神的庇佑，而知情不报者，会遭天谴！"流云尼玛循声望去，说话的正是身着武官服饰的桑杰扎措。她一怔，扭过头去，不与他对视。

流云尼玛闭上眼，淡淡道："我也不知道他在哪里。"

桑杰扎措冷笑道："是不知道，还是不愿意说？我说你与他有私情，你敢不承认？"

流云尼玛忽觉无限疲惫，低声对桑杰扎措道："我知道我对不起你，也对不起赞普和公主的厚爱。可是，事已至此，我真的无能为力。你若……还念我们夫妻一场的情分，就别再追究。我欠你的，定当还你。"

桑杰扎措冷笑连连道："夫妻情分？你还知道有这四个字？"

流云尼玛的脸色渐渐泛白。

桑杰扎措继续说："我倒是想把你当作我的妻子呢，可你是怎样对我的？你不帮我也就算了，你还勾结外人，处处跟我作对。念青唐古拉要抓西亚尔，你隐匿不说；赞普要我推行佛教，你全力阻拦。你为了一个西亚尔，不惜跟众神作对，与念青唐古拉为敌，陷我于不义。你说我不顾夫妻情分，可你看看你的所作所为，又何曾顾惜一点我们的情分！"

他越说越气，上前一步，捉住流云尼玛的双肩，切齿道："你自已摸着良心想一想，成婚这一年来，我何时不是对你呵护备至？你再怎么受公主宠爱，也只是一名侍女，是我娶了你，我给你富贵，给你地位，让你成为一名贵妇人。我为你做了这么多，你又是如何回报我的？"

流云尼玛被他握得双肩生痛，却咬牙忍住，冷冷地望进他的眼睛里道："你娶我是为了争取我祖父的旧部支持;全力推行佛教，是为了讨好念青唐古拉;所谓捉拿西亚尔除魔，只是为了排挤、顶替他。你给我什么了？名利地位都不是我想要的，我所期望的无非是族人的平安，还有安宁平静的生活。你把这一切都夺走了，还说给了我一切？甚至……”

她哽咽了一下，环视身边的族人。这些人，每一个她都是那么熟悉，可在火焰妖异的映照下，每一个人的脸都变得那么陌生。这些族人，她为了他们的安危做出了那么多的牺牲，他们却把她的行踪透露给赞普。“你夺走了族人们爱我的心。我这一生，为了大局，为了族人，不断地委曲求全，不断地辜负西亚尔，到最后，你们一个个都离我而去，我所剩下的，不过是西亚尔而已。你们还要逼我出卖他？不，我不知道他在哪里，我倒希望我知道，我愿意舍弃所有的一切，只追随他的脚步。你们说，我怎么会说出他的下落？”

她仰头望青天，缓缓道:“我知道这一天迟早会来，走到今天这一步是我咎由自取。我不会再错下去了。流云尼玛今天就在这里，哪儿也不去，你们就把我交给念青唐古拉吧。”

胸口一阵猛烈尖锐的剧痛，无夏惊醒了，几乎喘不过气来。她的手捂着胸口，那剧痛是那么真切，仿佛心脏也被剜了出来。她靠在柳树上，庆幸心脏仍在胸腔里跳动，血液仍在血管里奔流。那是一个什么样的梦？梦境中流云尼玛悲凄的处境，是真实的吗？上一次自己在梦中体会到的，正是这种背叛，这就是早喻梦中贡觉玛所说的背叛吧？

流云尼玛，那个表面上风光的头人之女，有着显赫的家世，却悲惨地一再被出卖。被迫离开喇尔扎措，成为金城公主的侍女，是第一次;被迫嫁给桑杰扎措是第二次;被族人泄露行踪是第三次;被交给念青唐古拉是第四次。不知还会不会有第五次、第六次？等待她的还有什么？想想令吉玛崩溃的惩罚，所以当年加诸她身上的，会是什么样的惩罚？想到这里，无夏心中一阵阵发冷，她甚至衷心地希望梦中流云尼玛那一刀，真的会结束她的生命。

天仍然亮着，寒风在湖面掀起层层波浪，雪峰顶上的雪被风扬起，逐渐在半空中布下一层淡淡的白雾。这真不是睡觉的好天气。无夏望向倚着老柳树熟睡的早喻，她脸上挂着满足而甜美的微笑。看来，她正在做一个好梦。

第七章 贡觉玛

无夏猜得不错，早喻的梦境充满了幸福喜乐。

仍旧是在当惹雍湖畔，早喻发现自己正骑着牦牛，漫步在青翠的草原上。青草中，星星点点地散落着蓝色的野花，沐浴在明媚的阳光下。从达尔果山吹来的微风，送来了冰雪的沁凉。宝蓝色的天幕，轻轻搭在达尔果八座山峰的峰顶，四角垂向天地交界的地平线。

清风送来的，还有一阵悠扬的笛声。她循声望去，老柳树下，立着一个面带笑容的少年。

她又惊又喜道："是你，你什么时候来的？"说着她便引着牦牛向他走去。

他不说话，只是望着她笑。

她跳下牦牛，连蹦带跳来到他身边，抑不住欢喜，笑靥如花。她扬着头望着他道："好几天都没见到你了，我天天都来这里等。"

他伸出手，帮她把贴在脸颊上的发丝拨到耳后，眼里盈满了温柔的笑意。她傻傻地看着他，傻傻地笑着，心中有说不出的甜蜜。

他问："你就是流云尼玛？"

流云尼玛一怔："你怎么知道？"

"我妹妹认识你，我向她打听，她一听就知道那个喜欢在湖边迎着月光跳舞的美丽姑娘就是喇尔扎措的流云尼玛。"

"你妹妹？"流云尼玛有些疑惑，"我不认识住在雪山里的姑娘啊。"

"我的妹妹就住在这里。"他忍住笑。

“这里？她叫什么？”

“我妹妹叫贡觉玛。”

“啊！”她退了一步，打量他，“你是谁？赤木拉真，还是岗龙拉真？”

“我叫西亚尔。”

“啊！”她忍不住又一次惊叹，“你就是达尔果八兄弟里最英俊最聪慧的那一个，贡觉玛最崇拜的哥哥西亚尔。”

他笑着点头道：“原来你也知道我啊！”

她贴近他，抬着脸望入他的眼湖深处，道：“我当然知道了，你是我们喇尔扎措族的英雄，是敦巴辛饶祖师的大弟子，也是念青唐古拉的执行官。贡觉玛经常给我讲你的故事，我早就熟悉你了。那天我真傻，有谁会在月光下出现在当惹雍湖畔？当然是贡觉玛的哥哥们了。”

西亚尔轻轻点了一下她的鼻尖：“还有你，你忘了？那天我从贡觉玛那里出来，看见一位像玛瑙一样美丽的姑娘，披着月光，挥舞着长袖翩翩起舞，我还以为是天神的公主来到了喇尔扎措，原来就是喇尔扎措的公主。”

流云尼玛忽然有些伤感道：“我真希望我是天神的公主。”

“为什么？”

“我现在只是一个凡人，而你却是神祇，我多希望能常常见到你，可我不是神……”

“谁说你不是？”不等她说完，西亚尔就打断她，“你比那最美丽的女神纳木错还要动人，你不是神，你是天上的仙女。”他执起她的手，“流云尼玛，我的仙女，我会恳求念青唐古拉，让你成为我的新娘。”

流云尼玛心头流过一丝欢喜，又有些不确定：“可是……”

“没有可是，我西亚尔说得出就做得到，你将会成为我的新娘。”他说完，忽然有些腼腆，“我生于天地间已有上万年，你是第一个让我在睡梦中也牵挂的姑娘。”

他的话让流云尼玛心头无比甜蜜。她轻轻靠在他的胸前，脸上掩不住幸福的笑容。

早喻醒了，懒洋洋地伸了个懒腰，回想起梦境，她仍止不住笑意。偶一抬头，却看见无夏背对着她面湖而立，身影甚是萧索。

早喻笑吟吟地走到她身边，与她并肩而立。

无夏问："梦见什么了？笑得那么甜？"

早喻居然红了脸，只说了三个字："西亚尔。"

无夏已经明白了，点点头，回以两个字："幸福。"

早喻问："你呢？"

无夏望着天边的红云，一字一顿道："背叛！"

早喻的笑容凝在脸上，她望向无夏，等着她进一步解释。

风越来越大，在当惹雍湖面掀起巨浪。晚霞汇聚于达尔果山山顶，颜色渐渐浓重，似一团鲜血染在天边，将两个女子的脸也映成了不祥的红色。

无夏就在这晚霞中，向早喻描述了她的梦境，血淋淋真实的梦境。

早喻受了极大的震撼，半天说不出话。

无夏又问她的梦境。

"我……我不记得了，只是觉得开心，具体的情形却记不得了。"不知为什么，早喻对无夏隐瞒了梦境，这是不是也是背叛？

"在谈什么，这么投机？天黑了都不知道？你们不饿吗？"这时突然传来边巴的声音。

早喻、无夏回过头，见是他，都怔了一下。早喻笑道："你来多久了？"

边巴一反这两日来眉头紧锁的凝重神情，看来十分轻松悠闲，笑着问道："你们又有什么收获了？"

这一问，问得早喻、无夏脸上都没了笑容，久久没有作答。

边巴见她们神情如此，便不再问，只说："索杰大师家里已经备好了饭，吃点吧，今天晚上是重头戏。"

一顿饭吃完，天已经全黑了。一屋子人正喝着酥油茶，这时有族人进来，道："月亮已经升到了达尔果山山顶。"

索杰大师站起来，从怀中掏出那串贡觉玛之歌，道："吉玛睡了，这贡觉玛之歌我就拿下来了。你们要见贡觉玛，需得有这贡觉玛之歌的接引。”

一行人来到湖边，满天的星光下，当惹雍湖深邃宁静，波光粼粼的湖水，被湖畔星星点点的火光包围着，那是喇尔扎措人为她们燃起的火把。

无夏走到早喻身边，握住她的手。早喻将贡觉玛之歌递向无夏，替她戴在手腕上。月光照在这串小小的石头上，折射出绚丽的光彩，吸引了周围众多族人的目光。众人看了，都不由得点头，那闪着诡异光彩的石头，就是传说中西亚尔的信物——贡觉玛之歌？

索杰大师指着湖面道：“贡觉玛住在四方宫殿中，制了五彩的宝石，赐给她的信徒，唯独这串贡觉玛之歌是她用自己头上的颇西化成的，专门送给喇尔扎措的公主流云尼玛。别人接触了，会折福；冬日先知却只会令它大放异彩。”

当惹雍湖澄澈如镜，达尔果雪山白色的顶峰上空此时悬着一轮明月，一切倒映在水中，月影堪堪处在巨大湖面的中心点。绕着湖畔，玛尼堆顶的牛角，在粼粼波光的映衬下，显得诡异狰狞。

无夏显然也注意到这一切了，她向早喻身边靠了靠。早喻拍拍她的肩，问索杰大师：“我们要怎样才能见到贡觉玛？”

老人指了指湖边，那儿停着一个牛皮筏子，说道：“坐上去，它会送你们去的。”

无夏怀疑地看着那独自打转的筏子，问：“它能承受两个人的重量？”万一这小筏子未行至湖中就突然泄了气，那两个人就祭了贡觉玛了。

就在此时，围观的族人中走出四个大汉，走到她们面前，鞠了一躬，然后昂着头唱起歌来，唱至兴起，手舞足蹈，甩起长长的袍袖，跳起了祝福的舞。

在愕然间，无夏被早喻催着上了筏子。

索杰大师解开系在岸边大石上的绳子。牛皮筏子慢慢地离了岸，仿佛有一双手推着筏子，让它在水中悄无声息地行进着。

在无风的湖面上，牛皮筏子载着早喻和无夏向湖心驶去。早喻紧张得说不出话来，心中却暗暗称奇，或许这真的是贡觉玛在使用法力。

她们两人背靠背坐在筏子上，行至湖心那个倒映在湖面上的月影旁，原本无波的湖水突然泛起圈圈涟漪，撕碎了玉盘。无夏握住早喻的手，两个人都紧张不安。

过了一会儿，涟漪渐渐散去，水面竟不复见月影，这时她们耳边隐隐约约响起歌声。

“早喻，快看！”无夏低呼着将手臂伸到早喻面前。她手腕上戴着的那串贡觉玛之歌，正隐隐地发出红色的光芒。

早喻被这奇异的光迷住了，盯着它移不开目光。耳边的歌声越来越清晰，越来越嘹亮。

“早喻，早喻，你听！”无夏推着早喻的肩，脸上不知是因为兴奋，还是因为腕上的手链而泛着红光。随着歌声越来越高亢，贡觉玛之歌所发出的光也越来越强烈。

“早喻，那歌声，我在梦中无数次听过。”

歌声已经振聋发聩了，早喻只能看见无夏不停地挥舞着手臂，却听不见她在说些什么。她感到她们在下沉！冰凉的湖水，浸过脚面。她平静地望着深沉的湖水，心里突然“听”见了贡觉玛的呼唤：“早喻，早喻。”

“贡觉玛？”

“你终于来了早喻，我要让你先看些东西，然后，你会明白的。”

早喻忽然陷入一片黑暗中。

狂风肆虐，天地昏暗，这就是美丽的喇尔扎措？那个富饶秀美的喇尔扎措去了哪里？为什么天色如此黯淡？为什么当惹雍湖水冒着惨绿色的泡沫？为什么达尔果山连绵的八峰断成了两截？

风咆哮着，摧枯拉朽，成千上万只牦牛倒毙在地。帐篷、围毡飞得满天都是。人呢？为什么一个人都没有？死亡的气息弥漫在空气里，这里即将被死神所统治。

一串小小的气泡忽地冒出水面，冲破凝成片的绿泡沫，随之逸出的是轻柔如叹息般的歌声——贡觉玛的歌声。

狂风中，一女子念着经文，向湖边走去。在她的身后，隐隐约约有数千人跪在地上，出奇地沉默着，默默地注视着她走向湖畔。

湖水翻腾着，歌声渐响，听起来似乎是由远而近。刹那间，一道水柱升起，托起一个端坐着的少女，她的下身是条鱼尾，她的头上有贝壳结成的宝塔状冠饰，长发披在身后，随风飘扬。

就在这时，原本呼啸暴虐的狂风突然离去了，漫天沙土悄悄落定，岸上的身影渐渐清晰起来，现出无夏白皙细致的面庞——是的，不是无夏又是谁？只是她面上沉静坚毅的神情，淡然无畏的目光却不是无夏所拥有的。她身着白色的藏袍，腰间系着红色的腰带（这腰带是多么眼熟）和五彩的氆氇，黑亮的头发梳成唐式的高髻。她右手握着一个转经筒，垂在身侧，左手则持着一柄拂尘。

她们互望着，忽然间，两人的眼中都盈满了泪水，水柱上的人鱼终于打破沉默。

“流云尼玛，念青唐古拉山神发怒了，他要惩罚喇尔扎措人的固执，现在只有你才能救喇尔扎措了。”

流云尼玛！这白袍少女，这酷似无夏的少女，果然就是流云尼玛！她没有说话，泪水却淌下来，在她的面颊上留下晶莹的痕迹。

“敦巴辛饶带着魔鬼堆恰巴离开了文部，念青唐古拉有心要让恶魔堆恰巴荡平喇尔扎措，”人鱼说到这，转身向她身后的达尔果八座山峰，“布麦拉真、吾麻拉真、介古拉真、岗龙拉真、赤木拉真、巴威拉真、玛木拉真，还有西亚尔，看看他们，他们已经被念青唐古拉分开了。现在要保全喇尔扎措，只有去求在拉萨的赞普，只有你去拉萨。”

流云尼玛的目光随着她转向达尔果山。原本连绵不绝、神采奕奕的达尔果山现在四分五裂，八座高峰，零乱散落，连峰顶的皑皑白雪也失去了往日剔透晶莹的韵致，变得黯淡无光。这凄惨落魄的景象，令流云尼玛失神。

“大风雪就要到了，如果我再不能令当惹雍湖结冰，只怕恶魔堆恰巴就会冲破格萨尔的封印，重现在神山脚下。”贡觉玛的眼中流露出淡淡的哀愁。

又是良久的沉默，之后流云尼玛缓缓抬起手，手中握着纯银打造的转经筒。“贡觉玛，”她哑声道，“只要这经筒转动起来，这里，本教的圣地就成为佛教的领域了。你想清楚。”

人鱼贡觉玛叹了口气道："我的哥哥们都是本教门徒，我更是喇尔扎措的守护神，但保护喇尔扎措是我的责任，只要能让喇尔扎措兴旺，念青唐古拉说'佛本是一家'，那就是一家了。"

"可本教在神的土地上流传了八千四百年呀！"

"流云尼玛，你身后跪着上千的信众，他们片刻间就会被堆恰巴所吞噬，只有你才能救他们。"

流云尼玛心头一震，回转身，望向身后密密麻麻跪着的族人，他们手捧着的哈达在风中飘拂着，远远望去，白花花的一片，反射着阳光，刺痛人的眼。

"摇起转经筒，你就是释佛的弟子了，拉萨金城公主身边的空缺，就由你去填补。"人鱼贡觉玛继续说道，"文部诸神，敦巴辛饶的后裔，他们也会体谅你的苦衷的。"

流云尼玛不再出言，她低声念着世代相传的祷文，右手一甩，转起了经筒。

身后的族人们伏下身去，随着她念起祷文，数千个人的低声呢喃汇成一片海，伴着怪叫的狂风，塞在空气中，回荡在神山圣湖之间，回荡在天地之间。突然一个高歌的声音插进来，贡觉玛又开始唱歌，歌声引导着祷声四处回旋，直上云霄。

流云尼玛停下来，看着族人们挥着哈达起舞，数千条哈达飞扬起来，遮天蔽日，反射着耀眼的日光，像一缕缕飞舞的流云。风更大、更急了，它呼啸着、冲杀着，低低掠过人们的头顶，刹那间，千万条哈达脱手飞起，真的变成了千万缕流云，向天边飞去。

人们停止了祈祷，不再舞蹈，盯着飞远了的哈达，忘了该做些什么。风也戛然而止，没了声息，突如其来的寂静笼罩在每个人头顶。天地间，只余下流云尼玛寂寞的叹息。

当惹雍湖水恢复了清澈，达尔果山的裂缝愈合了。人们静静走到流云尼玛面前，一个个恭敬地向她行礼，致以祝福，然后静静地走开，去修补他们的毡房，去寻找、医治他们的牛羊。

"流云尼玛，"贡觉玛担心地望着失神的她，"别多想了，你拯救了喇尔扎措族，你看，当惹雍湖开始结冰了。"

流云尼玛顺着她所指，向湖面看去，果然，湖面上开始凝结出晶莹的冰层。

阳光穿破云层，投射在湖面上，湖中凝起的冰层反射出五彩绚丽的霞光，映着贡觉玛鱼身上的鳞片，闪耀变幻，伴着霞光直升上达尔果山顶。

“今晚月圆之时，湖面就会被冰封了。来年水草丰美，牛羊肥壮的时候，喇尔扎措美丽的公主也将代表我们去向拉萨的金城公主献上圣洁的哈达，从此佛本一家。”族中的长老向贡觉玛施以五体投地大礼，衷心祈福，“美丽的贡觉玛，当惹雍湖的女神，请赐福我们的流云尼玛。”

贡觉玛点头，向流云尼玛招招手道：“你过来。”

流云尼玛走到水边，向贡觉玛跪下。贡觉玛摘下头上血红的颇西，摊在掌心，颇西缓缓升起，向流云尼玛飞过去，轻轻落在她手中。接着贡觉玛的鱼尾拍动了一下，溅起的水花向颇西飞去，将颇西溶化，又凝为十几颗血红的珠子并串成了手链。“这是给你的，流云尼玛，喇尔扎措族的女儿，戴着它，历经万世，你仍会回到喇尔扎措，回到神山圣湖来。”

流云尼玛凝视这手链良久，而后坚毅地点点头，目光投向远方。西沉的太阳织出铺天的晚霞，覆在达尔果八座山峰之上，将峰顶的白雪染成了红色，与五彩的湖水交相辉映。

忽然间，狂风大作，第八座山峰西亚尔在一声巨响中断裂开来，巨大的石头从空中落下来，纷纷砸入湖中，将晶莹的冰层砸得粉碎。

刚刚恢复平静的族人们惊呆了，他们愣愣地望着突然从天际而来的灾难。当惹雍湖已凝结的冰层碎裂，代表着灾星的降临，而神山居然自己一分为二！人们惊恐地发现西亚尔峰分裂后坠下来的山顶积雪立即开始融化，顺着裂缝流下来，在晚霞的映衬下，像是神山在流血，一溪血水汇入了当惹雍湖，把湖水染成了血色。

地动山摇，山呼风啸。贡觉玛惊惶地望向天边，似乎想寻出灾难的源头。

流云尼玛依旧面色不改地看着眼前发生的一切，只是，她的目光中闪过一丝不舍。

贡觉玛突然找到了答案：“西亚尔，你想做什么？”

空中传来回应：“你们怎么可以为了自己的幸福而出卖神山圣湖的女儿，葬送流云尼玛的一生！”

“我们是为了喇尔扎措的兴亡着想啊！”

“喇尔扎措的女儿怎么能离开这块土地！如同羊羔不能离开羊群！”那声音在空中回荡。

“西亚尔，其他人同样也是神山圣湖的儿女，难道你忍心看着他们灭亡？”贡觉玛嘶哑了声音。

“不能是流云尼玛。”

“为什么？”

那声音沉默了一下，才道：“她是我的新娘。”

贡觉玛吓坏了，转身盯住流云尼玛，用眼神询问她。

流云尼玛终于缓缓开口道：“西亚尔，你愿意在这里承认我，我就再无遗憾了。我会永远记得你的，生生世世，我都会回到你的身边。”她解开系在腰间的红腰带，“这是念青唐古拉赏给你的，你又送给了我。拿去还给他吧，我们喇尔扎措不欠他什么了。”

狂风大吡，流云尼玛松开手，红腰带在空中打着转，随风而逝。

那声音在空中叹息：“流云，你就任由一生如此终了？你同我一起发的誓，你难道忘了？如果是喇尔扎措逼迫你，我毁了它，你就了无牵挂了。”

流云尼玛的泪水滚滚而下道：“西亚尔，你下不了手，你和我都知道，你舍不得这片土地，这里有你的兄弟和姊妹。”

“跟我走，流云，跟我走。”那声音温柔得令人心痛，“我们离开这儿，到羌塘高原去。”

流云尼玛摇着头，泪珠四下飞溅道：“不行，西亚尔，你知道我必须到拉萨去，你放我走吧，求你。”

西亚尔再没有回答，流云尼玛的头低垂着，在突来的寂静中，人们只听见她低声的啜泣。

贡觉玛的双眼潮润着，不知该说些什么好，只是轻声呼唤着流云尼玛的名字。

突然，空中传来一声刺耳的大笑：“好，我不逼你，可没有你的喇尔扎措，还有什么值得留恋的？流云，我会在羌塘高原等你，等一千一万年，也要等下去！”悲怆凄厉的笑声中，第八座山峰轰然坍塌，一股青焰冲天而起，夹着红腰带向北方的天际飞去。

贡觉玛嘶声叫道：“西亚尔，回来！西亚尔，念青唐古拉山神会发怒的！”

回应她的，只有天地间回荡不绝的狂笑。

当惹雍湖卷起滔天巨浪，铺天盖地打下来，之后的黑暗，有一千年那么长……

“早喻，早喻。”叫她的这个温柔的女声，属于贡觉玛。早喻睁开眼，发现自己坐在一块冰凉的石板上，耳边是水波拍打着石头的声音。眼前，则是一块白玉基座，上面端坐着一个人首鱼身，做藏人打扮的少女——玛瑙和美玉堆结在头顶，丰泽的头发里缀着各式奇彩的贝壳，圆润的珍珠串成串，垂在耳侧。

终于亲眼见到传说中的女神贡觉玛了，奇怪的是早喻竟十分镇静，对眼前这个沐浴在晶莹月光下的人鱼，她有说不出的亲切熟悉。

“贡觉玛？”

贡觉玛微笑，眼眶却有些红，说道：“早喻，我等你已经很久了。”

“等我？为什么？难道我真是流云尼玛？”

贡觉玛的鱼尾在水中轻轻划动，推出圈圈涟漪，沉吟良久，却不作回答。

“怎么了？有什么问题吗？”早喻忍不住问。

“你和无夏，可以说都是流云尼玛，又都不是，究竟是谁，要问西亚尔。”

“西亚尔？他在哪里？在来这里的路上，我曾在多巴山谷的绝壁上见过他的影像，他说，只有你知道我该如何找到他。”

“是的，”贡觉玛叹息着，“西亚尔哥哥是真性情。当年他被念青唐古拉放逐时，心灰意冷，不愿再见到任何人，连我也不行。但是，他说他会永远等待流云尼玛，他的风雪宫殿只为流云尼玛敞开，只有流云尼玛不会为他所设下的结界伤害。”

“什么是结界？”

“那是西亚尔以法力设下的障碍，阻止外人进入他的领地。”

“我以为他是被念青唐古拉囚禁在那里的。”

贡觉玛忽然笑了，她的目光盈盈，依恋地望着身后的七座雪峰：“念青唐古拉虽是高原上最大的神，可西亚尔也是当年格萨尔王法力的传人，若是他自己不愿意，谁也不能囚禁他。他把自己封闭在荒原雪山中，只有一个原因。”

“流云尼玛？”

“对。他认为流云尼玛是因为他而受难的，虽然他已经尽了力，可仍然不能救回流云尼玛，才任由念青唐古拉将他放逐在荒蛮死寂之地，之后自我封闭，饱受每年三个月的风刀凌迟之苦。”

“风刀凌迟？”早喻的心没来由地猛抽了一下，忙问，“那是什么？”

贡觉玛叹了口气，声音有些颤抖道：“羌塘高原极北的边缘，是厉风肆虐的地方，那里的风像刀子一样锋利，所到之处，野草也无法生存。就连牦牛那样粗厚的皮毛，也无法抵挡狂风的袭击，曾经有牦牛一夜之间就被厉风割成无数的碎块。西亚尔将自己囚禁在那里，每年有三个月的时间，每一天都要承受这样的酷刑。”

早喻听得全身的热度尽失，脸色煞白，道：“这样的酷刑，他就受了一千余年？为什么？就因为他不会死？因为他是神？”

贡觉玛眼中含泪道：“就因为不会死，所以才比死了更可怕，他会有痛的感觉，痛彻骨髓，却没有任何伤痕，每一天都被凌迟，每一天都像生活在地狱里。”

“他为什么对自己那么残酷？”早喻不解。

“他认为流云尼玛是因为他才被送上祭台的，他内疚，所以要让流云尼玛所受的苦千万倍地施在他身上，以此来赎罪。”

早喻忽然想起吉玛所说，西亚尔要将流云尼玛所受的苦难照样施在那些侮辱她的人身上，当时自己还对此颇有微词，暗暗认为西亚尔行事有些偏激，没想到，他对自己，也如此严厉地施以重刑。

“流云尼玛所受的，到底是什么样的惩罚？”

贡觉玛听她这样问，竟噎了一下，一时没有说话。早喻不由得疑心大起，为什么从索杰大师到贡觉玛，他们都对流云尼玛受的惩罚讳莫如深？西亚尔要将流云尼玛所受的惩罚千万倍施加在自己身上，那是不是说，流云尼玛所受的，也是凌迟之刑？

“那只是其中一部分，”贡觉玛竟似知道早喻心中在想什么，不等她开口问，自己就先说了，“她到底受了什么样的酷刑，我现在不能告诉你，但你要明白，如果西亚尔所受的折磨及得上她的万分之一，他就不会将自己封闭这么长时间了。”

早喻只觉浑身发冷，心底深处有说不出的恐惧。她想象不出，还有什么样的刑罚比凌迟更残酷？“我该怎么样才能找到西亚尔？到底我和无夏，谁才是流云尼玛？谁才能通过西亚尔的结界？”

想到这里，早喻才发现无夏并不在身边，忙问：“无夏呢？她在哪里？”

贡觉玛犹豫了一下，回答道：“她正在与我对话。”

“什么？”早喻四下里看了看，午夜的湖面映着月光，人的视野极好。这里除了贡觉玛与她，没有第三个人。

“别找了，她不在这里。”

“那她在哪里？”

“无夏此刻也在这湖面上，与我谈着话，可是你看不见她。”

“为什么？我不明白。”

“你现在所见的我，并不是我的原身，而是我的化身。佛教里有三万六千化身的说法，就和我现在的情形相类似，只不过我有十万化身。”

早喻咋舌：“这么厉害？那西亚尔呢？他有多少化身？”

“我们职司不同，所以所具有的能力也不同。西亚尔，他的法力在于与别人争斗，而我的却是与别人沟通。”

早喻听罢，不再去理这些她弄不明白的事情，又问了一次：“到底我和无夏，谁才应该去找西亚尔？该去哪里找？”

“我想，你们两个应该一起去，有贡觉玛之歌的指引，你们都可以通过结界的。”贡觉玛用鱼尾轻轻划了一下水面，平滑如镜的湖面漾起圈圈涟漪。很快涟漪退去，湖面上出现了一片绵延雪山的影像。不同于达尔果雪山，这出现在湖镜中的雪山高绝险峻，由顶至踵覆盖着厚厚的积雪，狂风卷起的雪雾盘桓在山腰，炙热暴烈的太阳却照耀着雪山顶上的万载坚冰，反射着闪烁夺目的七彩霞光。

早喻道："咦，我梦见过这雪山，我曾走进去过，有人对我说话。"她忽然明白了，抬起头，注视着贡觉玛，问道："西亚尔就困在这座山中吧？"

"是的，那个对你说话的声音，就是西亚尔。实际上，你早已经去过那里了。"

早喻盯着贡觉玛的脸问："是你的安排？"

"是西亚尔安排的。"

"那么之后我在梦中频频遇见他，也不是巧合了？"

"都是西亚尔的安排。"

早喻苦笑道："我还以为是贡觉玛之歌的缘故，所以总是在奇怪，为什么不管有没有戴贡觉玛之歌在手腕上，我都会有那些梦境。原来，那些梦不是由贡觉玛之歌引起的。"

"那些梦，在远古时，就已被西亚尔放入了贡觉玛之歌中，只有流云尼玛才能看见。"

"那为什么无夏和我都能梦到？然而却是完全不同的梦境？"贡觉玛越是不肯说到底谁是流云尼玛，早喻就越想弄明白，这似乎才是关系全局的关键。

贡觉玛只是微笑道："去吧，去找西亚尔，一切的答案都在他那里。我只是传个口信，不能说太多。"

当惹雍湖的夜色，深沉静谧，湖上波光闪耀，与天上的繁星呼应，黑暗中，分辨不清楚究竟什么地方是湖，什么地方是天。早喻独自立在湖边，从雪山上吹来的风钻进衣服里面，带起刺骨的寒意。脚步声从背后传来，渐渐接近，她回过身，看见了无夏。

"你在这里啊，我找了你好久……"无夏轻快的声音在看清早喻的神情后戛然而止。

"天一亮，我们就要出发了。"早喻望着湖面，似乎将整个人都沉浸在了星光中。

"是啊。"无夏小心翼翼地观察着她的表情。这些日子，为了准备他们三个人的远行，整个喇尔扎措都在忙碌着，有人为他们画地图，有人给他们缝制足以抵御风寒的皮袍，还有人教他们捕食猎物的方法，一切都在紧张而有序地进行着。可是早喻仿佛有什么心事，常常陷入沉思。

“你有话想问我？”

和早喻并肩而立，无夏望着反射着星光的湖水，长长地叹了一口气，说道：“我很担心你。你看起来似乎……”她想了一下，找到一个合适的形容词，“很疲惫？”千奇百怪的传说和奇遇纷至沓来，他们每一个人一路走来，都已经是身心疲惫不堪。然而早喻不一样，表面看起来她精神尚好，与人相处也和以前一样随和睿智，只是不知道从什么时候开始，她开始悄悄避开人群，常常独自一人陷入沉思。她仿佛完全融入了这个地方，只字不提在都市中的生活。这样的情况，反倒让人觉得她与周围的一切格格不入，即使在聆听别人谈话的时候，无夏也觉得她的心思不在这里。

“疲惫？”早喻摇头，似乎是要否认，却渐渐敛住了笑容。星辰在她的眼眸中闪烁，她接着说：“我只是……有些疑惑。”

早喻转头对上无夏关切的目光，使劲儿清了清喉咙。“我在想，师傅当年收养我，只是为了流云尼玛吧？因为我和流云尼玛之间，有着特殊的联系。”见无夏欲言又止，早喻又说，“我常梦见西亚尔，他叫我流云，还有贡觉玛，她对我的期待，也是因为流云尼玛的关系。”她苦笑了一下，有些自嘲地继续说，“可是我分明记得，我的名字是连早喻，我为什么存在？”

无夏哑然，心中莫名地生出愧疚。寻找流云尼玛的转世是喇尔扎措这些人的一厢情愿，作为流云转世的自己寻找自己的前世，也可以说有因果间的必然性，但这一切与早喻何干？然而，她的命运仿佛从一开始就被注定了，要为一个古代的人而活。其实就连无夏自己也不禁怀疑，究竟流云尼玛的存在对她们来说意味着什么，寻到了又如何，她们自己的人生呢？想了半天，她只能说道：“大千世界，万千轮回，我们的路，早在很久以前就被注定了。早喻，格桑花永远不问自己为什么存在，却总是与阳光和彩虹同行。”

“是这样吗？”早喻有些苦涩地笑了，“既然注定了我要与这个传说走下去，希望我带来的，是阳光彩虹，而不是暴风雪吧。”

星光照耀一切，达尔果的七座山峰携手立在湖边，无言地看着两个女子相视苦笑。

第八章　西亚尔

天是惨淡的灰白，地是苍凉的杂色。天地交界的地方，就是传说中放逐的神祇被囚禁的地方。浓重的雪雾将那一脉雪山遮得隐隐约约，看不真切。山脚下，斑斑点点，一个个大大小小已枯涸的盐湖像死神的眼睛，冷冷地注视着这几个陌生的来客。他们，是自天神开创天地以来，第一次出现在这里的人。

无夏与边巴气喘吁吁，脚步踉跄地追上前面的早喻道："早喻，慢一点，别急嘛。"

早喻停下脚步，回头看见那两个人灰头土脸，蓬头垢面，已走得上气不接下气，忍不住笑了："你们怎么搞成这副模样？"

无夏白了她一眼道："你以为你很好吗？还不是一样？"

三个人，你看看我，我看看你，都笑了。

早喻指着前方问："看见了吗？我们脚下还是草原，那边却是荒原了。"

无夏道："有雾，看不太清。"

边巴问早喻："你是说，那里就是了，对吗？"

早喻点头。"应该是了，"她抬起手，腕上戴着那串贡觉玛之歌，"贡觉玛之歌告诉我，就是这里了。"

"哎呀，真是不容易。"无夏大大地叹了一口气，之后竟然席地而坐，仰着脸看着早喻和边巴，"咱们走了快一个月了吧，风雪无阻地，一个星期前，山路过不了车了，我们就步行，到今天，终于到了，我是再也走不动了。"

边巴望着早喻，问道："要不然，今夜就在这里扎营吧？"

其实早喻此时十分心急，但看无夏实在走不动了，只得同意道：“那我们就明天再进去。边巴，明天你就留在外面吧。”

边巴笑了一下道：“明天的事，明天再说吧。”

当下几个人一同支起帐篷，生起篝火。边巴拿出带来的羊腿，放在火上烤，然后拿出匕首切割好，分给无夏、早喻吃。

无夏兴致很高，伸手接过。

早喻却盯住他手中的匕首，半晌没有反应。

“早喻？”边巴试探着唤了她一声。

“哦。”早喻回过神，深深地看了边巴一眼，若有所思。

“不想吃些东西吗？劳累一天了。”边巴说道。

“是呀，早喻，在想什么呢？”无夏也注意到早喻的异常。

“我在想，”早喻向边巴伸出手，从他手中拿过匕首，上下仔细打量，“这匕首怎么从来没见你用过？边巴？”

边巴脸色微变，赔笑道：“用过的，你没注意而已。”

早喻点头，没再说话，只是专心致志用手抚着匕首柄。那上面，隐约雕刻着一只四足、头上生角的不知名动物。

无夏凑过去看，“咦”了一声，道：“这不是那个黑玛瑙盒子上的动物吗？怎么这里也有？边巴，你这匕首是哪来的？”

边巴想了一下，才道：“是我阿爸留给我的。”

早喻看着他问：“祖传？”

边巴犹豫着，不情愿地点了一下头。

早喻喃喃道：“奇怪，为什么我觉得这匕首很面熟呢？好像在哪里见过，不关这图腾的事，就是觉得在哪里见过。”她闭上眼，细细思索。

边巴与无夏也不去打扰她，而是躲到一边小声说话。这一路走来，早喻时时会对过往的事生出些隐约的印象，却总是不真切，所以她常常需要独自静思。

边巴沉沉地说：“我在想，无夏，明天你还是不要去了。”

无夏怔了一下，怀疑自己听错了道：“你在说什么呀？边巴，我们怎么可能不去呢？”

边巴说：“我是说你明天不要去了，让早喻一个人去就行了。”

无夏听出蹊跷，问道：“边巴，你说这话是什么意思？我怎么能让早喻一个人去闯无人区那种死地呢？就算危险，我也不能抛下她呀。何况，我们三个经历了那么多的风风雨雨，终于到这里了，怎么可以不进去呢？”

边巴说：“我不是这个意思，不是让你扔下早喻，不是这个意思。”

“那你是什么意思？”

“我……”边巴欲言又止。

“你到底什么意思？怎么说起话来吞吞吐吐的？”

边巴忽然烦躁起来，他将手中的羊肉掷到地上，道：“我是为你好，我不想你有什么意外。”

无夏愣了一下，刚想再问，忽见早喻睁开了眼，向他们看过来，只得作罢。

早喻走到边巴面前，静静地看着他，目光专注，看得边巴不由得低下了头。她开口问：“边巴，你到底在担心些什么呢？你是不是知道些什么？”

“我……”边巴还在犹豫。自从那一夜早喻和无夏见过贡觉玛之后，他就感觉到两个人都与以前不太一样了。无夏变得更活泼，爱说笑；而早喻，却日渐沉默，言谈举止中透出一种沉静的威严来。边巴明白，这些变化，来自喇尔扎措和贡觉玛的影响。他不知道那夜发生了什么事，第二天早上是族人们发现了昏睡在当惹雍湖畔的她们。她们清醒后，却不约而同地闭口不谈见贡觉玛的事，只是一致要求立即上路去寻找西亚尔。从那时开始，边巴就觉得两个女子有些不一样了，而这转变，必然与她们那一夜的经历有关。

早喻又道：“边巴，不管你知道些什么，告诉我们好吗？”她盯住边巴，“或者，至少告诉我们，你到底是谁。”

边巴一听，突然震了一下，他望着早喻，不敢置信道：“你都知道了？”

早喻平静地摇头道：“不，我什么都不知道。我在等你告诉我。”

无夏问道：“你们两个到底在说什么？为什么我听不懂？”

两个人却似乎没听见她的话，依然互相注视着，过了好久，边巴才道：“我只是不希望无夏受到伤害。”

早喻道：“我也不希望，可是你不说清楚，又怎么保护她？”

无夏急道：“你们到底是怎么了？”

边巴走到无夏身边，道：“无夏，我不希望你进去，是怕你受伤害。你有没有想过，流云尼玛的转世只能是一个人，你和早喻中，总有一个人不是，不是的那个会受到什么样的伤害？”

无夏从来没有想过这个问题，她怔了一下，道：“那你为什么只担心我？流云尼玛也可能会是我呀。还有早喻，你问他到底是什么人，是什么意思？”

早喻脸上的笑容不改，声音却严肃了许多道：“你有没有想过，为什么边巴知道那么多的事情？其中很多事都是喇尔扎措族的不传之密。贡觉玛曾经对我说，我们能追寻这故事到这里，全是她的安排，那么边巴是不是贡觉玛所安排的引导我们寻找真相的人呢？她却没有提过边巴。边巴，你告诉我，这是为什么？”

无夏经她点醒，也忽然觉得这个一路与她们风雨与共的边巴，似乎有着许多不为人知的秘密。她又惊又疑，直直望向边巴。

边巴苦笑，问早喻：“你是什么时候开始起疑心的？”

早喻想了想道：“应该是在无夏告诉你她曾经灵魂出体，而你说不相信开始。”

无夏又吃了一惊道：“早喻，你怎么知道这些事的？”

早喻微笑道：“我全知道。”

“那你相信吗？”

“无夏，当时我虽然昏昏沉沉的，却目睹了一切，我甚至看见了你的灵魂在歌唱。”

无夏颇觉委屈道：“可是边巴不相信我。”

“不，边巴知道你说的全是真的，他相信，他只是不想你相信。”

“这又是为什么？”

早喻看向边巴：“因为他不想你受伤害。”

无夏更是不解道：“我相信了，就会受伤害吗？”

早喻道：“所以，你就要问问边巴，他到底都知道些什么。”

两个女子的目光齐齐射向边巴。边巴却不与她们对视，只望着篝火出神。

早喻又道："我看见边巴的匕首，总觉得眼熟，似乎在哪里见过。刚才突然想起来，很久以前，我在梦中第一次见到桑杰扎措，他的长靴里插着一把匕首，就是这一把。而这图腾，据骆梅说，是念青唐古拉的标志。桑杰扎措有这样的匕首，不奇怪，因为他为念青唐古拉卖命。可是边巴有，就有些奇怪了。"

无夏忍不住上前推他的肩道："边巴，早喻说的，你能解释吗？"

边巴咬咬牙，道："现在我不能说，但你要相信我，无夏，明天你不能去。"

无夏见他不肯直言，又是失望又是难过，冷冷道："我不可能不进去，到了这一步，谁也阻止不了我。"

边巴唰地站起来，说："那好，大家一起去。"

就在此时，不知由何处突来一阵狂风，顷刻间飞沙走石，篝火猛地一颤，突然熄灭。几个人眼前都是一黑，什么也看不清了。那阵风来去倏忽，一转眼，就已销声匿迹。没有了火，在这死寂之地，就如同没有了生命的保护屏障，四周没有一丝声响，也没有一丝光亮。

几个人木然地站着，不敢移动一寸，过了好久，才听边巴唤道："无夏，早喻，你们都好吗？"

早喻、无夏正欲回答，就听到耳边一股强风呼啸而过，紧接着就听见边巴痛呼了一声。

无夏大急，问道："边巴，你怎么了？"

边巴未及回答，又一股风倏地刮过，他又是大叫一声。紧接着，一股更强劲蛮横的风力卷过来，将边巴团团围在中心。就在这时，天边划过一道闪电，几人眼前倏然一亮，早喻和无夏看见边巴被旋风裹挟着卷到半空，又重重摔到地上。

闪电过去，一切重归黑暗，可刚才那一瞬间的所见，足以让人心胆俱寒。无夏尖叫一声，想跑到边巴身边，刚向前迈了一步，一缕风刃掠过，在无夏背上划下了一道血痕。无夏惨呼一声，扑倒在地上，痛晕过去。那边被困在风暴中心的边巴，听见无夏那一声惨叫，心神大乱，大声叫道："早喻，保护无夏！"

一直愣在旁边的早喻，此时才如梦初醒，她抢入风圈中，想要将倒在地上的无夏扶起来。不料又是一波风刃袭来，来势特别凶猛。边巴大喊了一声："早喻小心！"

早喻本能地回过头去，突然间，只觉脸上一阵锐痛，她迅速摸摸脸，脸上竟多了一道血痕。血液顺着脸颊滑落，缓缓滴下，滴在地上，融入土中。

风突然止了，来得猛，去得快，令人措手不及。

边巴浑身是伤，他来不及喘上几口气，就连滚带爬地跑到无夏身边，一把将她抢到怀中，唤道："无夏，你怎么样了？"

早喻惊魂稍定，一边重新点燃篝火，一边道："她受了些伤，不过没有伤及筋骨。倒是你，伤得可够重的。"

边巴仔细检查过无夏的伤口后，知道早喻说得不错，这才放下心来，安心让早喻帮无夏处理伤口。自己也借着火光将身前看得见的伤口包扎好。

无夏缓缓醒转，映入眼帘的就是早喻正在滴血的脸。她伸手想去触摸，结果牵动背后的伤，忍不住呻吟了一声，问道："早喻你也受伤了？"

早喻心事重重，扯出笑容道："别担心，这点伤不要紧。"

"边巴呢？"

"他身子壮，别担心。"

无夏咋舌道："贡觉玛说过的风刀，就是这样的吗？好厉害。"

这时边巴过来，让早喻帮他处理背后的伤。早喻撕开他背后的衣服，只见他脊背上深深浅浅地布着七八条血痕，皮肤上还有大片的瘀紫，手指轻轻触及，边巴立即一颤。

无夏惊问："你怎么伤得这么厉害？"

早喻苦笑："这风来得蹊跷，好像全是冲边巴去的，只团团围着他打转。咱们两个人若是不动的话，原本是很安全的。"

边巴咬着牙，沉声道："早喻说得没错，这风的确是冲我来的。"

早喻停下动作，与无夏齐齐望向他问："什么？"

"他是想让我知道，我根本就进不去！"

"他？他是谁？"无夏问。

早喻一字一顿道："西、亚、尔？"

边巴点头。

早喻唰地站起来道："西亚尔在这里？"

"他不在这里，他仍在那雪山中，但是他的能力可以控制整个羌塘的风，有时候甚至远及文部。"

无夏却有些难以置信道："真的是西亚尔？他出手那么狠？把你伤成这个样子！"

边巴咬着牙笑了："这还是他手下留情了，不然现在世上已经没有边巴了。"

早喻、无夏齐齐摇头道："我不信。"

"你们要明白，西亚尔被人称作羌塘恶魔，不是没有理由的。难道贡觉玛没有告诉你们当年他进入羌塘高原之前，都做了些什么吗？"

"什么？"

"当年桑杰扎措送流云尼玛上祭台，西亚尔救援不及，一怒之下杀了在场的三千藏人，灭了桑杰扎措手下的一万大军，所到之处，寸草不留。桑杰扎措也死于那一役。念青唐古拉见他狂性大发，杀戮太重，才将他囚禁在这里。之后数百年，凡欲踏入羌塘高原一步的人，全都尸骨无存。我们三个，是自有天地以来唯一深入羌塘的人。"

"为什么我们是例外呢？"

"因为你们中有一个是流云尼玛，是他一直等待的人。"

早喻又问："你说这次他手下留情，这又是为什么呢？他为什么对你手下留情？"

边巴看着她的脸，没有回答。早喻也似乎突有所悟，不再多问，只在心中疑惑，边巴究竟是什么人，为什么他连"当年"的事情也知道？

无夏问边巴："你明天还坚持要进去吗？"

边巴注视着她道："进去，你进去我就进去，除非你留下。"

不远处的雪山中，传来厉风隐隐的呜咽，闷闷作响。篝火燃烧着，他们从文部带来的炭哔哔啪啪地响着，几个年轻人各怀着心事，望着在黑暗中舞动的火焰，默然不语。越来越艰难的前路，越来越浓重的迷雾，层层叠叠挡在他们面前。明天会怎么样，谁也不知道。这一夜，注定无眠。

当三个人终于走到雪山脚下时，已是第二日的中午。隔着一摊干涸狭长的盐湖，不过五米宽的距离，对面却浓雾重重，除了迷茫的白色，什么也看不清。

无夏有些犹豫地看了看边巴，他一块青一块紫的脸看起来有些滑稽，神情却说不出的凝重。他咬咬牙，拉起无夏的手，道："走吧。"说着就大步向盐湖对岸走去。

早喻也分外紧张，无声地跟在他们身后。

到了近前才发现，那茫茫白雾并不是凝滞的，而是被风裹挟着，正以极快的速度飞旋着，那是一道一滴水也泼不进的风墙！刀子般锐利的风，他们昨夜已经领教过它的厉害了。早喻拾起一块拳头大的石头，试探着扔过去。那石头才触及风墙的边缘，就啪的一声，突然碎成了粉末状。

众人都是一惊。无夏惊疑道："我们进得去吗？这不得粉身碎骨才怪。"

边巴看了看早喻问："怎么办？闯？"

早喻长长地吁了口气，摇头道："闯是闯不过去的，但我们既然能来到这里，就一定能进去。"

她向前跨了一步，又一步，停下来时，感到内蕴千钧之势的风墙，像是一只伸出千万触角的魔怪，那些细若游丝的触角拂过她的脸，脸颊就隐隐生痛。她缓缓伸出戴着贡觉玛之歌的左手，心中默念："西亚尔，既然你一直在等……我们来了，让我们进去吧。"

刹那间，贡觉玛之歌释放出耀眼灿烂的光芒，光线直直射入迷雾深处，像是在风墙上凿出了一条可通行的甬道。

早喻感到似乎有什么力量在牵引她伸出去的左手，令她不由自主地向风墙移动过去。她回头望向无夏，无夏会意，握住她的右手，那股力量立刻将两个人拖入浓雾中。边巴眼明手快，在无夏没入浓雾前的最后一秒钟握住她的手，也跟着被牵了进去。

忽然一阵强风刮来，边巴大叫一声，终究握不住无夏的手，身子像断了线的风筝，远远地飞了出去。无夏一急，想要追过去，却怎么也挣不脱早喻的手，忙大叫："早喻，放开我！边巴进不来！"

早喻勉力站住，拼命想收回伸在前面的左手，却无能为力。"西亚尔！"她嘶声喊道，"别伤害边巴，没有他我们到不了这里！"

风却更急了，呼啸着，喧闹着。早喻连自己的声音都听不清了，她咬着牙道："西亚尔，如果边巴有什么不测，我绝不原谅你。边巴不进来，我立刻就退出去。"

狂风中，一缕声音清楚地钻入她耳内："流云，你进来了，还出得去吗？他是外人，他所犯下的罪孽，死不足惜，别再为他威胁我。"

早喻心头抑制不住怒气，道："他是我们的朋友，如果因为我们出了什么事，我就用我自己的命赔。西亚尔，你知道我说得出就做得到。"

那声音沉默了一下，忽而笑道："你还是这么喜欢拿自己的命威胁别人，可这一招对谁都没用，除了我。"

早喻坚持道："让边巴进来。"

"好吧，流云，无论你有什么样的要求，我都会答应。你知道的，对不对？"

早喻无言。

无夏听见两人的对话，忽然间明白：早喻才是流云尼玛的转世！原来自己之前的猜测都是对的。一时间她又觉得有些失望，这是她第一次听见西亚尔的声音，不但没有丝毫亲切的感觉，反而觉得这个西亚尔与她心中想象的有情有义的西亚尔相差太远。她担心边巴的情况，遂道："我明白了，我不是流云尼玛，我不能进去了。早喻，他不会伤害你，却会伤害边巴。这里已经没有我什么事了，我想我还是出去吧，这样对大家都好。"

早喻尚未答话，西亚尔却先轻笑了一声："谁告诉你只有早喻是流云？你们两个，都是我的流云。你要留下，没有你，流云就不算回来了。"

"不，不管是不是流云转世，我都不会留下的，你太暴虐了，竟然要伤害边巴。"无夏的话冲口而出，收都收不住。话音未落，就不知从何处飞来一大团雪，重重砸在她的身上。无夏痛呼一声，差点站不住。

西亚尔道："这就是我，愿不愿意，你都没有选择。"

无夏的眼泪冲堤而出。早喻揽住她，怒声问道："西亚尔，既然她也是流云尼玛，为什么你连她也要打？"

"你不喜欢？"西亚尔有些意外，"那我不打了，快到我这里来吧。"

"边巴呢？"

"来吧，你来就看见他了。"

早喻轻声对无夏道："我们已经走了这么长的路，就走下去吧。无论如何，我不会让他伤害你们的。"无夏终于点头。

早喻问："西亚尔，我该如何才能找到你？"

无论如何，西亚尔在同早喻说话时，声音都是温柔如水的，他道："流云，跟我走，你就能找到我。"

早喻正觉这话毫无头绪，就见贡觉玛之歌射出的光芒开始变幻，投映在雾帐之上，竟是西亚尔的影像。

他的长发飘扬，目中含笑，轻轻道："跟我来。"然后他转过身去，向迷雾深处走去。

无夏偷偷问早喻："他就是西亚尔？"

早喻紧紧注视着那个身影，微笑着点点头。

无夏似受了蛊惑，忍不住伸手去碰触西亚尔轻轻飞起的袍角，不料伸手一捞，却是满掌流风。

早喻道："这只是虚幻的影像，真正的西亚尔正在前面等我们。"

西亚尔听见她们的对话，笑着回过头道："我在这里已经等了你们一千三百四十一年又二十七天了，到今天，终于等到了。"

早喻、无夏听了，心中都是一动。一千多年，对她们来说漫长得难以想象，无论是谁，面对这样执着的等待，都会动心。

早喻发现，她们的四周似乎有一层无形的保护罩，任凭外面风雪肆虐，她们所处的空间都是温暖平和的。望着始终在眼前保持一定距离的影像，她想不透，这西亚尔到底是个什么样的人。这一路走来，无论是听见的他的声音，还是看见的他的影像，早喻都觉得他是一个温柔似水的神祇，这感觉令她只想去拯救被贬谪的他，亲近他。可是从藏人的传说，吉玛的遭遇，还有西亚尔对边巴的无情严酷来看，他还是个暴戾残忍的恶魔。到底哪一个才是真正的西亚尔？

自那一夜与贡觉玛长谈后，这些日子以来，早喻的脑中就时时出现一些片断，有时仅仅是几秒钟闪电般出现的记忆，有时是一声叹息，有时是一缕幽香。每一次出现这些记忆的片段，似乎都能令她的心底多生出些什么，但无论如何她还暂且看不清这些片断的本来面目，仿佛它们蒙上了一层纱。而以前那些梦境再也没来过，只留下无数的疑问，比如流云尼玛究竟是被谁抓住交给桑杰扎措的？为什么她被施以不可告知的酷刑，西亚尔却并未受到多严厉的惩罚？还有，流云尼玛是因为不肯出卖西亚尔才受到惩罚，那为什么西亚尔还是被念青唐古拉囚禁？早喻和无夏曾无数次猜想这些问题，但都没有结果。

前面的“西亚尔”忽然停下来，回过头看着她们，笑了一下，有些无奈道：“恐怕今天你们要在这里等着了。别乱走，就在原地休息，我会尽快回来的。”

早喻心头无端闪过一丝惊慌道：“出什么事了？”

他笑着，深深地看着她道：“不是什么大事，别担心。”

无夏追问：“为什么刚才急着让我们跟你走，现在又要抛下我们？”

他叹了口气道：“我现在必须全力去应付一件事，分不开身了。记住，无论发生什么事，你们都千万别离开贡觉玛之歌光芒的范围。”

“那你什么时候回来？”

“尽快，我会尽快回来的。”

他的身影渐渐褪色，眼看就要全部隐去时，早喻忽然喊道：“西亚尔，不要！”

那身影似乎又清晰起来，与此同时，远处不知何方传来一声凄厉的惨叫，随着这个叫声，西亚尔的影像倏地消失了。

贡觉玛之歌的光芒也开始闪烁变幻，红色渐渐浓重，逐渐形成一个硕大无比的光球，散着令人心魂不定的红光，将早喻、无夏严严罩住，宛如一顶巨大的红色帐篷，将她们与风雪隔绝开来。

惨叫一声接着一声，伴着一阵强过一阵的铺天盖地的暴风骤雪。每一声惨叫，都令贡觉玛之歌的光帐颤动一下。风雪不分青红皂白地向光帐砸过来，可一碰到那光芒的边缘，便四下飞散开去。

无夏胆战心惊，问早喻："早喻，这到底是怎么了？"

早喻仰头看着天，双拳紧握，眼中含着泪，颤声道："他在保护我们不受风雪的侵扰，就像一直以来他所做的，他不会让任何人伤害他心中的流云。"

"可是，他去了哪里？"

早喻含着泪，问她："贡觉玛有没有跟你说过，西亚尔每年有三个月都要受风刀凌迟的苦？"

无夏向后退了一步道："风刀凌迟？"她向周围看了看，惨叫声还在不断传来，"那声音，就是西亚尔发出来的？"

"一定是他，这里没有其他人。"

无夏脸上突然变色道："边巴！他在哪里？"

早喻也不由得白了脸。

那惨叫声渐渐低了下去，呜呜的，像是受了伤的野兽在临死前的呻吟。

早喻道："不行，我们不能在这里等着。"

"可是我们出不去呀。"无夏急得团团转。

"贡觉玛之歌！只有贡觉玛之歌能引领我们找到西亚尔。"早喻褪下手腕上的贡觉玛之歌，高举着，试着向光芒的边缘走去。果然，她每走一步，那光芒的边缘就向前移动一步，早喻接着又前进一步。

天昏地暗的苍茫雪域中，贡觉玛之歌的光芒就像一柄巨大的伞，笼罩着早喻和无夏，让她们在风雪中朝着西亚尔叫声传来的方向缓缓移动。

早喻的心中是茫然的，因为她什么也看不见，这块大地对于她来说是陌生的，她不知道下一步脚下将是什么，深渊？还是绝壁？她只是无法在西亚尔凄厉的惨叫声中无动于衷，她觉得自己必须做些什么，哪怕是漫无目的地行进在风雪中。西亚尔每一声惨叫都会拨动她心中藏得最深的一根弦，强烈的心痛支撑着她一步步地走着，她知道自己每迈出一步，就离西亚尔近了一步。

此时的她已经明白了，不管是什么原因使无夏拥有了流云尼玛的面容，不管无夏为什么也被认为是流云尼玛的转世，就凭她对西亚尔发自肺腑的这份关心，她就确信:连早喻才是今世的流云尼玛。

“早喻你看。”无夏指着前方。

借着贡觉玛之歌的光芒，隐隐约约可以看见前方不远处有一个被雪覆盖着的东西，看上去，像是一个躺在地上的人。两个人走近，无夏一眼就看出这正是边巴!

“是边巴，他怎么在这儿?”早喻、无夏合力扶起他，“受伤了吗?”

无夏上上下下检查边巴的身体，眼泪扑簌扑簌往下掉，点着头道:“他本来就有伤，现在更重了。”

早喻叹了口气道:“还活着就是幸运了，这一定是西亚尔照应了他。”

“西亚尔呢?会不会就在这附近?”

边巴勉力睁开眼，听见她们的谈话，向早喻身后看去，道:“西……那儿……”

早喻回头，就在刚才边巴躺着的地方，她原本以为边巴倚着的是一块岩石，此时才看清，那竟是一个盘膝坐在山石上的人!

她走过去，贡觉玛之歌的光芒也跟过去，将那人形也笼罩在光芒中。早喻轻轻地蹲下来，那的确是个人的形状，覆在他身上的雪层至少有七厘米厚，已分不出哪里是头哪里是颈，哪里是手哪里是腰。在贡觉玛之歌的红色光芒中，他就像一个全身浴血的血人。

早喻微颤着伸出手，笼罩着他们的红色光芒开始微微地流动。她拂去他面上的雪，露出了那张她早已熟悉的脸庞。那是一张苍白到没有血色的脸，双眼合着，眉头紧锁，就像早喻第一次看见他的情形一样。

早喻注意到他的脸颊上有一道深深的伤痕，正向外冒着血，但转瞬间就愈合了。她以为自己看错了，揉揉眼，再看，那里已经完全没有了曾受过伤的一丝痕迹。早喻惊讶地睁大眼，忽然间，贡觉玛之歌的光芒转为灿烂耀眼的金色，西亚尔缓缓睁开了眼睛。

他看见了就在眼前的她，笑了，抬起手，动作有些困难，却坚定地抚上了她的额头。

就在这一瞬间，早喻忽然有一种想哭的冲动，她却强忍着，冲他扯出一个微笑。

西亚尔却无视她的笑容，目光四下扫了一周，看见了无夏。他收回手，突然起身，身上的雪簌簌地落下。

无夏跪在边巴身边，看着西亚尔一步步朝自己走来，心中没来由地起了惊恐。

早喻的笑容凝固在脸上，目光追随着他。

西亚尔走到无夏身边，居高临下，审视着她。高大的身影笼罩着无夏，压得她无法呼吸，她低下头，不敢与他的目光接触。

“抬起头。”他说，声音中不带一丝温度。

无夏想照他的吩咐做，却发现全身的力气都没有了，连头也抬不起来。

西亚尔伸出手，抬起她的下巴，让她的脸呈现在自己的眼前。无夏慌乱地闭上眼，逃避他的压迫。

西亚尔已看清了她的脸，满意地点点头，冷凝的双眼中闪过一丝温柔，转瞬即逝。他放开无夏的下巴，手指向下移，来到她的颈上。他的手指冰冷无温度，令无夏的颈上起了一片鸡皮疙瘩。

“流云，我终于等到你了。”他说着，声音轻柔如叹息，却让听入耳中的无夏、早喻觉得冰寒彻骨。

西亚尔的嘴角牵出一丝微笑，双眼中却毫无笑意。突然，他笑容一收，手上加力，紧紧扼住了无夏的喉咙。

早喻大惊，叫道：“西亚尔，你干什么？！”说着她就向他扑过去。

躺在西亚尔脚下的边巴已先她一步，抱住西亚尔的小腿，他拼尽全身的力气，朝他腿上狠狠咬下去。

西亚尔突然吃痛，脚一抖，就将边巴踢出几丈远。他手上并不撤力，无夏在他手中已没了挣扎的力量，两只手软软地垂下。

早喻冲到西亚尔的身边，攀住他的手臂道：“松手！西亚尔，你疯了吗？”

西亚尔并不回头：“放开，这不关你的事。”

“不放，不许你伤害她。你看看她，她是流云尼玛呀，你怎么能伤害流云尼玛呢？”

西亚尔却仿佛听不见她的话，脸上带着残忍的微笑，手上越发用力。

无夏渐渐没了呼吸。早喻红了眼，她不顾一切，张口就向西亚尔的手臂重重地咬下去。西亚尔手臂一痛，不由得松了力，放开了无夏。无夏昏迷不醒，跌落在雪地中。

西亚尔反手抓住早喻，扯着她的手臂，恨恨地问道："为什么？我这是为你好。你为什么不明白？"

早喻咬紧牙，不说话，眼泪却不争气地流下来。她希望现在是在梦中，就像以前的无数次梦境一样，一觉醒来，什么事都没发生过。她不明白这是怎么了，在西亚尔睁开眼的那一瞬间，她清楚地看见他眼中的温柔，可是转眼间，一切全变了，眼前这张狰狞的脸，不应该属于记忆中那个总是含笑望着她的西亚尔……想到这里，早喻又是一惊，她的记忆中什么时候出现了西亚尔？为什么此刻这种印象来得这么自然？

可能是猜到了她此刻的想法，也可能是她脸上的泪珠震动了他，西亚尔愣了一下，松开了她的手臂。他伸手替她抹去泪水，道："为什么你不明白呢？我这是为你好。"

早喻吸了口气，冷冷地看着他道："你不是西亚尔，你到底是谁？"

西亚尔一怔："我？我当然是西亚尔啊，我是等了你一千三百年的西亚尔！"

"你不是！"早喻激动起来，"你是无恶不作、残暴不仁的恶魔，你不是温暖平和的西亚尔！"

"为什么你会如此认为呢？"西亚尔满面不解，向前迈了一步。

早喻忙不迭地向后退一步，道："你对无夏都下那样的狠手，她可是流云尼玛的转世呀，你连她都不放过，你根本就是恶魔！"

西亚尔转过头，看看倒在地上的无夏道："她？不错，她的确是流云尼玛的身躯，可是她的灵魂若不离开，你的灵魂又怎么能进去？流云尼玛又怎么能回来？"

早喻过了半天才反应过来道："你，什么意思？什么流云尼玛的身躯？什么流云尼玛的灵魂？"

这回轮到西亚尔惊讶了，他问："你还没想起来吗？你一点也不明白吗？"

"我应该想起来什么？"早喻露出茫然的神色。

"你初到喇尔扎措，不是就恢复了流云尼玛的记忆吗？不是有一段时间，你连性格也变得像少女时的流云尼玛了吗？"

早喻想起来了，当时她并不觉得突兀，可是后来无夏曾问过她怎么了，为什么说话的语气、神态都不像以前的她了，她那时还感到莫名其妙，原来……"那是流云尼玛？"

"你以为那是谁？除了喇尔扎措的公主流云尼玛，谁会那样娇慵任性？"

"难道，我真的是流云尼玛的转世？"虽然她早就无数次料想过这种可能，可眼下西亚尔的亲口证实还是令早喻震惊不已。

西亚尔摇摇头道："现在还不全是。你现在还是连早喻，但你有流云尼玛的灵魂。只有当流云尼玛的灵魂进入她自己的身体，流云尼玛才算真正地重生了。"

早喻有一丝恍然道："你，还有贡觉玛，你们一直等待的，并不是流云尼玛的转世，你们等的是重生的流云尼玛？"

西亚尔傲然道："那当然，流云尼玛的转世，是别的人，而我的流云尼玛，当然是真正的流云尼玛。"

早喻的脑子转得飞快道："难怪贡觉玛说我和无夏都是流云尼玛，又都不是流云尼玛。照你的意思，叶无夏有流云尼玛的身躯，所以长得与壁画中的流云尼玛一模一样。而我，则有着流云尼玛的灵魂，所以一路走来，都是我不停地听见你说话，看见你的影子，梦见过去那些事情？"

"你终于明白了。"西亚尔显得十分急切，"只要你们两个合二为一，流云尼玛就真的回来了。到那时，你就是真正的流云尼玛了。"

"真正的流云尼玛？"早喻努力想理出头绪来，偏偏力不从心，只觉脑中一片混乱，耳边嗡嗡作响。她心中此刻五味杂陈，有些欣慰又有些失落，有些欢喜又有些伤心。成为流云尼玛，成为西亚尔的爱侣，这是多大的诱惑啊。从见到贡觉玛之歌的那一刻起，这就应该是她的命运了吧？可为什么她总觉得这其中有什么不妥，是什么呢？她却想不透彻。

“早喻，”西亚尔走到她身边，握住她的臂膀，“你知道这一千多年我是怎么过的吗？受风刀凌迟的苦，那痛只在身体而不在心中。这日日夜夜没有流云你的日子，我寂寞得快要发疯了。流云死时的惨状，时时刻刻都折磨着我，我欠她太多，只有看见流云尼玛好好地站在我眼前，我的苦难才能结束。”

早喻的心被强烈的痛楚袭击着，她不知道那是为什么，只能无助地问：“到底流云尼玛受了什么样的酷刑？为什么你们都不愿意告诉我？你们到底还对我隐瞒了什么秘密？”

西亚尔悲悯地看着她，犹豫着什么，迟迟不能决定。早喻的倔劲上来了，盯着他，毫不放松。

终于，西亚尔不再犹豫，他松开早喻，退开两步。早喻的目光追随着他，看着他伸出手，在空中晃了晃，一缕风悄然而至，扬起地上的雪，形成一道薄薄的雪幕。

“我们不能说，不是为了隐瞒你，而是为了隐瞒其他的人。”

贡觉玛之歌的光芒倏然变幻，投射到雪幕上，是蓝天白云和青青草原的美丽景象。

澄净蔚蓝的天空，悠游着纯白的云朵，天幕下是一望无垠的草原。早喻见了却是一怔，她向前几步，试图看得更清楚些。这景象是多么熟悉，她知道这是哪里，因为她看见了那块大石头。石头的表面光滑如镜，只有一块凸起，像是个祭台。

大石头的周围有成千上万的人，有的跪着，有的站着，还有几个人坐在巨大的仪仗下，被众人簇拥着，威严高贵。早喻认得其中的两个人，是金城公主和桑杰扎措。

“中间那个，就是尺带珠丹。”西亚尔指给她看。

早喻点头，将注意力集中在那块大石头上。

大石头上，大约有二十个人围站着。凸出的石台上，一个纤丽的身影盘膝而坐，宽大的衣袖在风中飘扬，高高盘起的唐式发髻上插着醒目的雪莲花。她也闭着眼，神情倔强而决绝。号角声声，威严肃杀，却不能令她有丝毫惧意。

西亚尔在一旁讲解："看见远处的大山了吗？那就是念青唐古拉山。尺带珠丹总是在这里祭山神。这一次，他是要将流云尼玛献给念青唐古拉。"

"为什么？"早喻问，"只是为了逼问出你的下落？"

"不全是。"西亚尔的嘴角扯出不屑的冷笑，"佛教要在全吐蕃推行，喇尔扎措是最大的阻力，流云尼玛和我则是这股阻力中最核心的存在。他们拿我无可奈何，只能实施微不足道的惩罚。可是流云尼玛在本教信徒中有着无上的威信，因为她是本教圣地喇尔扎措的公主，只要有她在一天，佛教都不可能在喇尔扎措顺利推行。其实要抓我，只是他们迫害流云尼玛的一个借口。真正的目的，还是在她。"

早喻有些明白了，这些天来一直放在心中的谜团慢慢找到了答案。

这时，尺带珠丹站起来，扬起右手。念经的声音和号角的声音一起停住，人群也停止了喧哗，偌大的草原瞬间鸦雀无声。

尺带珠丹朗声问道："流云尼玛，这是你最后的机会，你勾结恶魔西亚尔的罪虽然不可恕，但如果你道出他的下落，你的罪孽在今世就可了结。否则的话，你将永无超生的机会。"

桑杰扎措站起来道："流云，只要你说出西亚尔的下落，看在我们夫妻一场的情分上，我会替你向念青唐古拉求情，让你痛快些。"

流云尼玛睁开眼，冷冷地与他对视，神情淡漠，并不说话。

金城公主眼中泛着泪光说："流云，天神的惩罚岂是你一个女子承受得起的？你就说出西亚尔的下落吧！"

"天神的惩罚？"早喻疑惑地望着西亚尔。

"看下去。"西亚尔也全神贯注地看着那雪幕，神情痛惜无奈。

良久的沉默后，得不到回音的尺带珠丹终于悻悻地下了命令："开始吧。"

桑杰扎措沉默了一下，高声道："奉赞普之命，与恶魔勾结的流云尼玛，将受到天神最严厉的惩罚。为防止她的灵魂再次为祸人间，杜绝人世间的邪恶，流云尼玛必须由十万人分别施刀，将她的灵肉剥离。用她自己的血，洗去她的罪，洁净天神赐给她的身体。她的罪灵自此万劫不复，与所有恶魔的灵魂共同沉沦，她将永远不得转世人间。"

早喻闻言只觉全身的血液尽失，站立不稳，向后摔去。幸亏西亚尔一直站在她的身后，一把将她揽入怀中，将自己的力量传给她。

“那是什么意思？西亚尔，什么叫作灵肉剥离？他们要对她做什么？”

西亚尔无比沉痛道：“十万人，一人一刀，每一刀都不致命，但每一刀都要挑出一段经脉，每一刀都会切断一条血管，十万刀，直至身上所有的血流干为止。他们相信，这样，流云尼玛就再也无法转世，就会从这个世界上彻底地消失。”

桑杰扎措继续道：“第一刀，将由赞普亲自执刀。”

尺带珠丹起身，拿起一柄精钢匕首，一步步走到流云尼玛面前，看着她，良久，问道：“你还有什么话说吗？”

流云尼玛苍白着脸，道：“你这一刀，请插进我的胸膛。”

尺带珠丹摇摇头道：“恐怕不行，那样你立即就会死。你不能那样死，你的罪孽必须要流尽你全身的血液才能洗刷。你死时，身体里不可以有一滴血。”

流云尼玛惨然一笑，道：“那就来吧。”

尺带珠丹手中刀光一闪。

早喻突然痛呼了一声，瘫倒在西亚尔的怀中。

西亚尔抱紧她，问道：“怎么了早喻？”

早喻将头埋在西亚尔的肩膀上，浑身发抖道：“我不要再看下去了。西亚尔，求求你，我不要看了。”说话间，她的眼泪宣泄而出，两排牙齿咬得咯咯作响。

西亚尔忙点头道：“好，不看了，别怕，你看，已经没有了。”

过了许久，早喻才渐渐平复，颤抖着将头抬起来。她看着西亚尔，问道：“那一刀，是砍在了什么地方？是不是这里？”她给西亚尔看自己的锁骨，那里有一道暗红色的胎记，乍看上去，就像一道伤痕。

西亚尔看了后大为惊讶道：“就是这里。原来你的身体也有流云尼玛的印记？”

早喻问：“那一切都是真的吗？”

“为什么这样问？”

“如果那一切是真的，为什么我会在这里？为什么无夏会在这里？流云尼玛不是该永世不得超生的吗？”

※第九章　流云尼玛

朔风横卷，雪雾震荡，西亚尔的眼神变得幽幻难测。他伸出手，盖住早喻的额头，让她的思绪随他一起飞回到千余年前那个寒冷彻骨的夜晚。

当他终于赶到祭台时，天已经完全黑了。成千上万的人举着火把，包围着那块巨石，没有人说笑，鸦雀无声。数以万计的火焰扭动着，上下跳跃着，将夜空都映成了暗红色。

他心急如焚，挥舞出一股强风，硬是在人群中分出一条通道来。

金城公主站起来，颤着声音问道："你就是西亚尔？"

西亚尔恨恨地向声音的方向看过去，狂风紧随而至，那一排坐着的王公大臣连同他们身后的亲兵侍卫都觉得眼前一迷，刹那间就被风夺去了呼吸，待能够重新喘息时，只见西亚尔已飞身上了祭台。

倒在血泊中的流云尼玛早已是遍体鳞伤，奄奄一息。此时正有一人手执着刀，向流云尼玛走去，尚未到她身边，悲怒交加的西亚尔就一声长笑，衣袖舒卷，一股锐利的风刃呼啸而过，转眼间就将此人切成了两段。

西亚尔俯下身，想抱起身体渐冷的流云尼玛，无奈她身上无处不伤，竟没有可以落手的地方。他忍不住冷笑连连，道："这就是你们的所做所为吗？魔鬼堆恰巴只怕比你们都仁慈些。"他一手指天，"我起誓，今日你们加诸流云身上的一切，都会十倍报应在自己身上！"旷野中，万籁俱寂，只有他凄厉的声音在风中回旋。

"西……"微弱的声音传来。西亚尔乍喜还悲，忙低下头，只见流云尼玛正勉力想睁开眼睛。她似乎想握住他的手，却没有力气，西亚尔强忍心中的酸楚，以掌心小心地贴上她唯一完好的右手掌心。

“你……”她吐出这一个字，也是吃力的。

西亚尔放柔声音道：“别担心，我不会有事的。”自生于天地间以来，他第一次感到无助。流云的血止不住地流出来，染红了石头，又滴淌下去，渗入了草地。他眼看着她的生命渐渐流逝，却无能为力，更令他心如刀绞、五脏俱焚的是，随着她生命的逝去，她的灵魂也将永远消失。可他必须等，他在等贡觉玛，只有贡觉玛有希望挽救流云尼玛。可是，流云能支撑到那个时候吗?

人群中，不知是谁突然大吼了一声：“杀死他，杀死恶魔！”

成千上万的人开始骚动，人们如潮水般向祭台涌来，声浪一阵高过一阵：“杀死他！杀死他！”

流云尼玛的眼皮微微颤动了一下，西亚尔知道她还有知觉。

“别担心，流云，我不会让他们打扰你的。”

他长身而起，双目凝光，一声长啸，刹那间，化身为一缕疾风，如一柄利剑，直直插入人群中。瞬间便听见哀鸣四起，疾风所到之处，血肉飞溅，哀鸿遍野。

西亚尔正杀得兴起，忽听耳边传来贡觉玛焦急的声音：“西亚尔哥哥，快去看看流云！”

西亚尔猛地惊醒，忙向祭台奔去，远远地，就看见有一个人正将匕首插入流云尼玛的胸口。

西亚尔嘶吼一声，肝胆俱裂，飞身扑过去。那人十分警觉，一察觉到西亚尔赶回，立即转身向祭台下跳去。这祭台高十余丈，西亚尔顾不得追击那人，先去看流云尼玛。那匕首插得十分深，却已不见有太多的血涌出。

贡觉玛的声音又传来：“快，用贡觉玛之歌套住匕首。”

西亚尔依言而行。

贡觉玛继续道：“拔出匕首，让血浸染手链。”

西亚尔有些犹豫，他知道，匕首一旦拔出，流云也就随之毙命了。

贡觉玛十分焦急道：“快，若不赶在她的血流干之前浸染贡觉玛之歌，就来不及了。”

西亚尔的手抚上流云满是血迹的脸，难道流云的生命真的要由自己亲手结束？他不忍心。可是这样做，至少在以后还有机会再见流云。

终于，他咬咬牙，将匕首拔出来。

流云尼玛的胸口随之一颤，不再有任何气息。

西亚尔强抑心头的悲痛，将贡觉玛之歌浸入流云胸前的血液中。

贡觉玛深深叹息，有片刻失神。

西亚尔沙哑着声音问：“然后呢？”

“流云尼玛的生命已经融入了贡觉玛之歌，由石头的能量滋养着。若干年后，会重归人间，只是她的身体与灵魂已被分离，无法再重合。除非身体与灵魂同时来到你的面前，只有你能令她们结合。”

西亚尔无措茫然道：“茫茫人海，身体与灵魂分别出现，怎样才能找到她们？又该怎样做才能让她们回到这里？”

“喇尔扎措的人承诺会世世代代寻访她们。”

西亚尔冷哼一声：“他们？如果不是他们，流云也不会这样！”

贡觉玛叹了口气道：“他们也是为了部族的兴衰啊。”

“牺牲了流云，他们就能兴旺？我看未必！”

“喇尔扎措族人也没想到尺带珠丹他们会这样对待流云，他们都十分愧疚。”

西亚尔沉沉地叹了口气，只觉心灰意冷，问道：“要等多久，流云才会回来？”

贡觉玛的声音放轻：“短则十年，长则千载。”

早喻缓缓睁开眼，望入西亚尔的眼湖，终于，她记起了那个远古发生的故事。

“一切都是贡觉玛安排的？”她问。

西亚尔点点头。

“一切都是安排好的？我的身世，我的过去，都是被安排好的？还有我的师傅？他到底是什么人？是喇尔扎措族派出来寻找冬日先知的人吗？”

“不，喇尔扎措族的人也不知道他的真实身份。他是贡觉玛的使者，受贡觉玛的派遣，寻访贡觉玛之歌。贡觉玛对喇尔扎措人已不再信任了。”

早喻点点头，却有些心神不宁，她心中有一个问题不断地冒出来：“那么，我到底是谁？如果是流云尼玛，那为什么我会有连早喻的一切记忆？如果是连早喻，那我为什么却继承了流云的感情？”她十分疑惑，“我是谁呢？”

西亚尔深深地望着她，眼中激荡着期盼道：“现在的你还是平凡的连早喻，可是很快，你就会成为我的流云尼玛了。”

早喻凝住，她忽然想起了无夏。“成为流云，是要以牺牲无夏为代价吧？”

西亚尔犹豫了一下，点头。

忽然有一个声音传来：“不只是牺牲无夏，还有你。”

早喻一怔。西亚尔却已经出声：“谁？”

从浓雾中蹒跚着走来一个人影。

“边巴？”

边巴不顾两人诧异的目光，走到无夏身边，用力掐她的人中。无夏嘤的一声醒来，缓缓睁开眼。

早喻忙过去问：“无夏，你没事吧？”

无夏的目光一接触到冷眼旁观的西亚尔，就浑身一震，手脚并用地向边巴身后爬去，惊慌失措之际，她的眼泪扑簌扑簌向下掉：“边巴，边巴，为什么他要杀我？”

边巴一面护住她，一面道：“别担心，我不会让他伤害你的。”

早喻也道：“无夏，别害怕，他是西亚尔呀，他怎么会杀你呢？”

边巴忽然转向早喻道：“你还不明白吗早喻？西亚尔为了要流云尼玛复生，他什么都干得出来。他不只要牺牲无夏，还要牺牲你。”

“我？”早喻退了一步，“为什么？”她问，并向西亚尔看去。

不会吧，早喻心中不信。过去的几个小时，她和西亚尔一起，重温了千年前那段刻骨铭心的悲痛，感觉像两个人再次一同经历了一场生死之劫。她望着西亚尔，他会像边巴说的那样吗？为了流云尼玛的重生而牺牲自己？可是为什么她早已觉得自己就是流云了，而西亚尔刚才还说现在的她还是早喻？难道……

早喻一惊，终于明白了边巴的意思。是呀，无夏的身体，要装入灵魂，才能使流云复生。那灵魂，不就是早喻的吗？

“西亚尔，你要怎样做？我愿意留在你身边，成为流云尼玛。可是你不能伤害无夏，你答应我，不要伤害她。”

西亚尔走到她身边，伸手替她将耳边被风吹乱的发丝整理好，声音低哑而温柔，“早喻，你是好姑娘。你一直都在做着关于流云的梦对不对？在梦中，你就是流云，你希望梦醒后自己也是流云，对吗？你是愿意陪在我身边的，对吗？你一直回忆着我们的过去，你也一直想要重温我们的过去，你看，现在梦想就要实现了。经历了这么多的波折，你，还有无夏，终于回到我的身边了。就像贡觉玛说的，我会让你成为流云，我会让你的梦想实现，这不就是你到我这里来的目的吗？来，到我这里来，把手伸给我，很快你就会永远和我在一起了。把手给我，看着我为你扫除障碍，看着我迎接你的回归。”

早喻如受了蛊惑，缓缓地将手交到他的手中。

西亚尔握紧她的手，又柔声说：“早喻，你闭上眼，准备好，一旦流云的身体准备好，你就跟我来。”

早喻点着头，心中一片透亮喜悦，她似乎看见了一条七彩的大道，接引到自己的脚下，另一头通向宛若天堂的一处地方，向前走，等着她的就是西亚尔充满深情的微笑。

西亚尔的声音在她耳边萦绕：“早喻，看见了吗？流云的生命在等着你呢。”

浓雾渐渐消散。无夏与边巴相互搀扶着，惊恐地看见消散的浓雾后边，竟是万丈悬崖！早喻如受了催眠般向悬崖走去，这一幕令他们两人全身上下瞬间变得冰冷。

边巴知道，西亚尔已经控制了早喻，他要让早喻自己走过去，从悬崖上跳下去，粉身碎骨。下一步，他就要对无夏不利了。

无夏知道正一步步走向悬崖的早喻处在极大的危险中，万分情急之下，她大声喊道：“早喻！早喻！不要听他的，他是要杀死你呀！”

她的声音在寒风中听起来格外凄厉，早喻却似什么也没听见，仍然茫然地笑着，追随着西亚尔的声音，一步步向前走去。

西亚尔轻轻笑着道：“早喻现在听不见你的声音，除了我的声音，她什么也听不见。”

无夏颤着声音，不顾一切地问他：“你为什么要这样做？为什么要这样对待我和早喻？”

西亚尔理所当然地回答：“这你我都明白，是为了流云尼玛。”

“我不明白，你要杀我，这可以理解，可是为什么要迷惑早喻？”

西亚尔叹了一口气道：“无夏，你知道你有多幸运吗？我需要的是你的身体，我所要做的只是在不破坏这身体的同时将你的灵魂驱除，你不会有太多的痛苦。可是早喻不同，我要保护她的灵魂不会消散，又要剔除早喻自己那部分记忆，那样早喻就会受很多罪，她的身体我不管，可我怎么能让流云再受哪怕一点点的煎熬呢？我这样做，对早喻，对流云，甚至对你，都是最好的。”

无夏不可置信地瞪着他，不顾边巴的阻拦，冲他吼道：“你这个恶魔，我终于相信，传说中的西亚尔果然是个十恶不赦的恶魔！你怎么可以对早喻做出这种事？你这样做，和那些凌迟流云的人有什么不同？”

西亚尔凶狠地看向她道：“别再拿我和那些人相提并论，他们不配！他们害了流云，我却是为了救流云。”

无夏摇着头，眼泪飞溅开来，她的心中此刻有说不出的悲凉、失望，身体摇摇欲坠。边巴扶住她，她却甩开边巴的手，飞身抢到悬崖边道：“西亚尔，你知道我现在心中最恨谁吗？不是你，不是别人，是流云尼玛！都是因为她，你变得这样暴虐残忍，连早喻这样好的女孩都要伤害。我恨她，也恨我这个身体。你想要流云尼玛复活是吗？可是没有了这具身体，你办得到吗？你想伤害早喻，我不会让你得逞的，即使杀了我自己也在所不惜，我绝不给你留下一具完整的身体！”

西亚尔皱起眉道：“一个是这样，两个还是这样，怎么都有如流云那样拿自己生命做威胁的毛病？”他轻轻挥手，微风乍起，无夏一阵眼迷，站立不稳，被一股力量拖离悬崖。

扰攘间，早喻就在距悬崖只有两步的地方，双目凝滞，看上去就如一具人形的木偶。西亚尔并没有让她停下来的意思。无夏被推到一边，眼看着她一步步走向深渊，心急如焚，知道自己已来不及救助早喻，无夏慌乱间无助地向边巴望去。

边巴担心无夏的安危，忙上前扶住她，然后回头对西亚尔怒目而视道："我心目中，西亚尔虽然行事偏激，但也是一个至情至性的人。但如今看来，传说并没有冤枉你，你果然残忍，连早喻都不放过！"

西亚尔到此时才正视他，"我并不在意别人怎么说，可是，你倒是告诉我，你是谁？"

无夏推着边巴道："快去救早喻。"

边巴点着头，却没有行动。无夏大急，道："你快去呀，快呀！"

早喻已走到了悬崖边缘。

边巴颓然道："来不及了。"

早喻一脚踏空，向悬崖下跌去。无夏尖叫一声，捂住眼不敢看，只觉心痛如绞，脑海中一片空白。一阵短暂的静默后，耳边忽然传来边巴失控的大笑声。

无夏茫然地睁开眼，只见边巴手指着悬崖的方向，嘿嘿笑着："西亚尔，你果然还和以前一样，你永远也无法对她下手，即使是为了流云尼玛的复生也不行。"

边巴站起来。无夏眼前一亮，只见由贡觉玛之歌发出的柔和光芒正包围着早喻，将她缓缓地由悬崖底部托起。西亚尔背对着他们，长发在风中飞扬，在那光芒的映衬下，他的身影柔和了下来。

无夏心中一阵狂喜，早喻还没死！她推开边巴，颤巍巍地站起来，想过去。边巴却拦住她："无夏，小心。"

无夏冷冷地看着他问："为什么你不去救早喻？"

边巴不答。

西亚尔突然回头，眼中精光四射，唇边扬起神秘莫测的微笑道："我知道。"

无夏直视他，扬起眉。

西亚尔缓缓走到边巴身边，笑容不改，眼中却有说不出的深沉。"这些年来，除了喇尔扎措族人，还有其他人在寻找流云尼玛。我一直猜不透那些人是谁，直到你跟着她们来到这里……”

无夏闻言，惊疑不定地望向边巴道：“他？他也在寻找流云尼玛？”

西亚尔的目光停在边巴身上道：“让他自己说吧。”

边巴深深吸了口气道：“不错，确实有另一族人也一直在寻找流云尼玛。但是与喇尔扎措族人不一样，他们不是为了令流云复生而寻找她，而是为了阻止她的重生。”

无夏脸色刷白，问道：“是谁？别告诉我那人是你。”

边巴抬起头，望着灰暗的天空，幽幽地笑了一下道：“不错，到我这一代，就是我。”

无夏的声音发颤：“你，究竟是谁？”

边巴转向西亚尔道：“当年曾经有人将一把匕首插进了流云尼玛的胸膛，可是你竟然没有杀了他，大概是情急之下乱了方寸吧？”

西亚尔凝起眉问：“他是谁？你是他什么人？”

边巴笑了道：“你应该认识他的，你怎么可能不认识他呢？他就是流云尼玛的丈夫桑杰扎措呀。”

“他？那么你呢？你又是谁？”

“你说过，有一族人世世代代寻找流云尼玛。我，就是桑杰扎措的后人。”

西亚尔眼中闪过一丝光芒，唇边扯出一丝冷笑道：“果然是你。”

无夏着实吃了一惊，怔怔地盯住边巴，半天说不出一个字来。

边巴继续说道：“我的祖先桑杰扎措临终前曾立下一条家规，他所有的后人，无论男女，必须竭尽全力去寻找一个被称为冬日先知的人，一年找不到，找两年，十年找不到，找一百年。他说我们的家族得到念青唐古拉的神谕，必须找到这个冬日先知，并尽一切努力阻止贡觉玛的法力在她的身上实现。千百年来，我的祖先们遵守着这条家规，不停地寻找，可是一直毫无头绪。直到我这一代，我想，既然这冬日先知的身上有可能实现贡觉玛的法力，那势必与贡觉玛有非同寻常的联系。于是我刻意接近喇尔扎措人，了解关于贡觉玛的传说，终于从点点滴滴中得知了流云尼玛的一些故事。而且，我发现，其实除了喇尔扎措人，贡觉玛还安排了她的专使去寻找冬日先知。我和索杰大师成了朋友，并主动帮他联系贡觉玛的专使，那就是早喻的师傅。”

无夏脸色煞白道：“原来你早就知道早喻才是流云尼玛的转世。那你为什么又说是我呢？你为什么要骗我呢？”她因为昏迷，所以没有看到流云尼玛经历过的酷刑，也不清楚早喻、流云尼玛和自己之间的关系。她只是凭直觉感到，早喻与西亚尔之间的关系，要比自己与西亚尔亲密得多。

边巴看着她，眼神复杂道：“第一次见你的时候，我真的吃了一惊，我真的以为你就是流云尼玛的转世。直到我发现早喻的师傅才是我要找的人之后，我才知道我搞错了。但我想，你长得与流云尼玛一模一样，一定是有原因的，所以我什么也没有说。记得你说自己灵魂离体的事吗？到那时，我才恍然大悟，你只是拥有流云尼玛的躯壳，早喻恐怕才是流云尼玛真正的转世。我终于明白，我的家规中所说的‘贡觉玛的法力’是什么意思。我想，那是指贡觉玛会让你们两个人合二为一，成为另外一个人——流云尼玛。”

西亚尔冷郁的笑声响起：“终于明白了吧，无夏？”

无夏冷冷地瞪着他，嘴唇哆嗦着，说不出话。

边巴怒道：“你究竟想怎么样？”

西亚尔走到早喻身边，贡觉玛之歌的光芒将他脸上的神色映衬得诡异难测。“我的目的，你们都知道。只是……”西亚尔的目光如箭一般射向边巴，“不弄明白到底还有哪些人会对流云不利，我又怎么会贸然置流云于危险之地呢？”

边巴恍然大悟道：“你做这一切，只是为了逼问出我的身份？”

西亚尔不答，却向无夏一步步逼近，阴冷的声音令人不寒而栗：“现在，无夏，你全明白了吧？你应该知道，我不是要杀你，我这是为你好。相信我，我会给你一个美好的来世做补偿的。”

无夏尚未从震惊中恢复过来，只觉得一片茫然。早喻已经被西亚尔控制了，边巴原来是不可信任的，西亚尔要取自己的命……在这苍茫的荒原中，自己根本没有反抗的能力。况且，此时的她已是万念俱灰，完全没有了求生的欲望。

西亚尔的承诺令她怦然心动。美好的来世，属于自己的生命，不必再为这一千多年前的恩怨而活，不会有人为了别人的生命来杀她，也不会有人为了不可告人的目的接近她——这听起来，充满了诱惑。

无夏又问了一遍："完全属于我自己的来生？"

西亚尔微笑着点头。

无夏长长地出了一口气道："我愿意，用这身体去换取美好的来生。"她闭上眼。

边巴大吼了一声："无夏，别！"

西亚尔笑了，柔声说道："别害怕，不会痛苦的，只一小会儿。你的来生正等着你呢。"

无夏点点头，扬起脸，露出自己的颈项。

边巴冲到无夏身边，挡在她身前道："无夏，无夏你怎么了？你怎么可以这样？你别上他的当，他是要杀你呀！无夏，无夏你睁开眼，你看我一眼呀！"

无夏倔强地不肯睁眼，眼泪却不受控制地渗出来。

西亚尔冷眼看着边巴，冷笑不已道："你还不明白吗？她是因为你才选择来生的。她又怎么肯看你呢？"

边巴不理他，仍苦苦哀求着无夏。

西亚尔忽然失去了耐性，凝起眉，一阵狂风卷过，边巴的身体如断线的风筝遥遥飘开。

西亚尔走到无夏面前，盯着她，良久。那是流云的面庞，要下手，他也需要勇气。

边巴重重地摔在地上，只觉五脏六腑都被摔移了位。顾不得身体的剧痛，边巴手脚并用，挣扎着爬起来，跑到早喻身边。

早喻阖着眼，神态安详宁静，身体飘浮在半空，衣袂翩翩，似乎游离在世界之外，对周遭发生的事丝毫不觉。

西亚尔的手抚上无夏的脖子。她很紧张，微微颤抖着，一滴汗自额角滑下。西亚尔的手上加力，死死扼住她的喉咙，他也想尽快结束这一切。强烈的不适还是令无夏猛然睁开了眼睛。

边巴红了眼，从怀中掏出一柄匕首，寒光一闪，他冷笑着叫道："西亚尔，你认识这把匕首吗！"

西亚尔停下来，望着他，眯起了眼睛。他当然认识，当年，就是这把匕首插进了流云尼玛的胸膛，结束了她的生命。

"这是念青唐古拉赐给我先祖的，用它，我可以突破一切的阻碍。"

西亚尔瞬间明白了，因为他看见边巴手中的匕首，正如一缕银光，缓缓刺入贡绝玛之歌的光芒中，渐渐接近早喻的身体。

"边巴，你想干什么？"西亚尔紧张地问。

"你知道的。"边巴笑得狰狞，手却丝毫不停，"你要杀无夏，我就杀早喻。没了她，你什么也做不成。"

西亚尔道："想威胁我？没用的。别忘了我本来就是要早喻死的。"

"在你杀死无夏之前，早喻的魂魄就会飞了，你的流云尼玛就回不来了吧？"

无夏眼见边巴的匕首一寸寸地接近早喻，心急如焚。她不明白，为什么边巴和西亚尔口口声声说着些正义凛然的话，却又实实在在地不断伤害她和早喻。她可以放弃自己的生命，却无法目睹早喻丧命。她知道，早喻心甘情愿死在西亚尔的手下，因为她想成为流云尼玛。可是，边巴的匕首只会让早喻含冤而死。

西亚尔僵直地看着边巴的匕首，手上不自觉地有些许松懈。

"边巴，你疯了！"

在西亚尔和边巴怔怔的注视下，无夏也不知从哪里生出的力量，竟然挣脱了西亚尔的控制，竭力向边巴扑过去。

边巴原本只是想威胁西亚尔，万万想不到无夏竟疯了一般地向他冲过来，愕然间，他躲闪不及，便与无夏撞了个满怀。

西亚尔大声喊道："小心！"说着已飞身过去，想要救援，无奈却是晚了一步。

边巴的匕首脱手，深深插入了早喻的胸膛！

几个人都呆在了当场，眼看着早喻的鲜血缓缓地滴在雪地上，融化了冰雪，汇成一摊鲜红的血水。

西亚尔不相信自己的眼睛，他疾步抢过去，一把将早喻的身体揽进怀中，心中悲愤欲绝，忍不住仰头狂呼："早喻！！"

西亚尔心中卷起千丈狂澜，形于外则是遮天蔽日的狂风。边巴和无夏成了他迁怒的对象，被这扫荡千军的狂风波及，瞬间气滞，身上多出无数血痕。无夏吃不住痛，惨呼一声，昏死过去。边巴紧咬钢牙，将无夏挡在身下，拼死相护。

西亚尔的痛呼一声高过一声，如受伤的野兽垂死哀鸣。早喻的身体在他的怀中渐渐冷却。相隔千年，他再一次面对心爱的人在怀中死去的悲痛，这难道是天神对他的惩罚？他守候了一千三百年，为什么还是不能改变命运，还是要面对相同的结局？此时此刻，他所能做的只有紧紧地抱着她的身体，奢望用自己的身体堵住早喻的伤口，让她的血流慢点。

贡觉玛之歌的光芒渐渐微弱，如将灭的灯，在狂风中摇曳挣扎。

"西亚尔哥哥，快让我进来！"

西亚尔突然听到一个声音，一怔之后他茫然地问道："是你吗？贡觉玛？"

"是我。我在你的结界外面，快让我进来！"

西亚尔如梦初醒，赶紧施法撤去结界。迷雾消散，狂风渐停。迷雾后，是人首鱼身的女神贡觉玛。

"贡觉玛……"西亚尔的眼眶发热，这是一千多年来他第一次见到妹妹，然而又是在这种情况下，"救救她，救救早喻，你一定可以的。"

贡觉玛蹙起眉道："可她并不是你的流云尼玛呀，我救了她，你还是要杀她的呀。"

"这……"西亚尔一愣，低头看着怀中的人儿，怆然一笑，"救救她吧，只要是她，是不是原来的面目有什么要紧？有没有原来的记忆有什么要紧？最主要的，这灵魂还是流云的。"

贡觉玛长长舒了口气，轻轻念起咒语。片刻之后，她睁开眼道："边巴的匕首非同寻常，早喻为他所伤，二十年内无法恢复元气。幸亏这里是极阴寒的绝地，她的身体可以在这里长期存留。我用贡觉玛之歌锁住她的元神，二十年之后，她才会苏醒。"

西亚尔急切地点头道："我愿意等，一千多年我都等了，再多等二十年算什么？”

“可她今后再也无法成为流云尼玛。”

西亚尔眼神一黯，旋即释然道：“她是！流云尼玛就在她的身体里，她就是流云！”

贡觉玛又望向边巴及无夏，无夏仍在昏迷中，边巴还在挣扎。“他们，你打算怎么办？”

西亚尔眷恋地看了看无夏的脸，终于摇头道：“随他们去吧。只是，让他们忘了这一切吧，别再和我们纠缠不休了。”

贡觉玛终于露出微笑道：“西亚尔哥哥，你终于从流云的影子中走出来了。”

西亚尔仍有些惆怅，却紧紧搂住怀中的早喻。

迷雾散后的大雪山，千万年来，终于沐浴到了阳光。峰顶的万年积雪和坚冰，在阳光的照耀下泛出五彩的霞光，宛如女神头顶的冠冕。

番外 雪山神说

他是神的孩子，披着神界的万丈光芒；她是人间的公主，脚踏着凡世的滚滚红尘。当他们在神山圣湖之间相遇，满天星辰都为之璀璨闪烁。然而，等待他们的，也许是天神的震怒。

青藏高原的双湖无人区，传说中是恶魔居住的地方。在那里狂风肆虐，风雪无情，上千个大大小小的盐湖如同恶魔的眼睛，冷冷嘲讽着任何想要闯入的生物。这里曾经是阳光都无法照耀到的角落，连格桑花也无法存活。

至少，裴显听过的传说是这样的。

然而传说只是传说，裴显看到的双湖无人区却是另外一番景象。"有阳光呀。"他呼出一团白气，兴奋地拍拍手，特制的手套上积存的雪簌簌地落下。隔着雪镜，看到远处反射出霞光的大雪山，裴显兴奋得忘记了向导的叮咛，他一边跳起来朝那边猛跑，一边大声对向导说："扎西，你看看，太美了！这就是天工造化吧！什么恶魔之境，我再也不信你的话啦。哈哈哈……"

向导扎西苦笑着摇头，收拾好自己的东西跟上去。

裴显，二十一岁的地质系大学生，热爱登山探险，并打算以此为终身职业。这是他第四次深入藏地。在此之前，他曾经在二十岁那年登上了珠穆朗玛峰，还有另外两座全球登山者必攀的高峰。这一次他打算挑战双湖无人区的大雪山，把这作为申请成为全球职业探险家协会正式会员的作业。

双湖无人区的清晨一片死寂。大大小小的干涸盐湖之间，是大片的冻土。

暴风雪刚刚过去，新雪遍地，放眼望去，一片苍茫的白色占据了全部视野。即使隔着雪镜，眼睛也吃不消这十分刺目的光线，裴显停下来，狠狠地眨了一下眼睛，用电子罗盘重新定位。

向导扎西是一个四十多岁的藏人，他虽然经验丰富，却没有年轻人旺盛的体力，赶上裴显的时候，他喘息得厉害。“往那边，大概还有二十公里的路，就是大雪山了。”扎西说道。

裴显顺着扎西指的方向望去，极远的地方，一碧如洗的天空下，一圈七彩的光晕时隐时现，勾勒出一座山峰的轮廓来。裴显点点头，没有说话。世界上的名山大川他见得不少，青藏高原上的山峰，绝对海拔高度在世界上是数一数二的，相对海拔高度却并不如何惊人。即使是珠穆朗玛峰，其相对海拔高度也不过四千多米而已。然而这座无人区的大雪山，却如平地拔起的通天塔，高高耸立在天地交界的地方。

扎西的声音有些异样道：“这就是传说中恶魔居住的地方。我们藏地的山，都是神灵。只有这一座，从远古开始就被恶魔所占据。”

“是吗？”裴显漫不经心地搭腔，顾不上眼睛的干涩，他不错眼珠地盯着那一圈光晕看。亲眼看见这座大雪山，让他的心里生出奇异的感觉。这座雪山在所有职业探险家的眼里是一个神话般的存在。它没有正式的名字，所有人都只是用“无人区的大雪山”来称呼它；它没有精确的坐标定位，所有定位设备在五百平方公里的范围内完全失灵；没有任何关于这座雪山的详细描述，因为从来没有人接近过它，甚至有很多人相信这座雪山只存在于传说中。就像扎西所说，双湖无人区自远古以来就是恶魔的领地，没有人可以接近。

“传说中魔鬼堆恰巴与格萨尔王决斗失败后，就逃到了这里。后来，恶魔西亚尔取代了堆恰巴，统治了这里。这里是生命的禁区，任何人都不能靠近那座大雪山。”

“是吗？”裴显显然不信。他似乎被什么声音所吸引，抬起头，恍惚中见到一只雄鹰从头顶掠过，光线一闪，便隐入了雪山无边的山影中。“你看见了吗？一只鹰。”

“什么？”扎西也望着山体，却满脸茫然，“我什么都没看见。”

澄澈剔透的天色在瞬息间暗淡下来，扎西心头一沉。“又要起风了。”他一边说着，一边掏出卫星信号接收仪，调出云团运动图，看了半天，却只喃喃说了一句，“奇怪。”

裴显听他语气怪异，连忙凑过来看，卫星云图上，这双湖无人区的上方清澈透亮，完全没有任何云团。然而，两人抬起头，分明能看得出天色正迅速变暗，乌云积聚，风裹挟着寒意，从四面八方袭来。“不可能呀。”裴显夺过接收仪，连续刷新，但云图一点变化都没有。

扎西经验丰富，朝着雪山的方向观察了一会儿，他果断地说道：“我们没办法再前进了，先安顿下来看看，如果明天情况没有改善，就只能放弃。”

裴显愣住。他为了这次探险，筹备了整整三个月，现在离雪山还有二十几公里，却要铩羽而归，少年人充满热血的心没有办法接受这样的事实。然而他毕竟不是一个鲁莽、没有头脑的年轻人，丰富的登山经验告诉他，在这个极其特殊诡异的地带，向导扎西的经验是唯一可以信赖的。

狂风在天边形成气流漩涡，把大雪山上的雪高高扬起，如同贵妇脸上的面纱，轻轻袅袅，摇曳生姿。扎西皱起眉头道：“赶快扎营，暴风雪就要来了。”

风雪来势迅猛，他们刚刚搭起帐篷，天色就已经变得墨黑。风吹在脸上，像刀割一样疼，风的气势狂猛，几乎要将他们的皮肤给割裂开来。两个人几乎是连滚带爬地冲进帐篷，然后他们马上用特制的胶条把帐篷的门帘从里面加固。狂风就像是紧追在他们身后的怪兽，千钧一发之际被关在了外面，猛地撞在帐篷上，将这小小的避风港撞得一阵歪斜，然后这怪兽发出尖锐的呼啸声，风驰电掣而去。

裴显和扎西面面相觑。半晌后扎西才摇了摇头，苦笑道：“这么多年来，我从来没见过这么诡异的天气。刚才还是好好的万里无云，说变就变，突然一下子就天昏地暗。”他用力拍打卫星接收仪，微微带着恼怒，“这东西一点作用都没有，还说什么最先进？要是全靠这个，我们的命早就被恶魔收去了。”

风越来越狂猛，帐篷被摇得拼命晃动，里面的小型照明灯的光线也变得晦暗不明。裴显正因为计划可能要流产而心中烦躁，索性伸手灭掉了照明灯，翻身躺下道："真是见鬼了！"

"嘿。"扎西也躺下，在黑暗中他摸出压缩饼干，递给裴显，"在恶魔统治的地方，什么事情都有可能发生的。"

"我才不信什么鬼神呢。"裴显嗤笑，"极端的地理环境造就了极端的气候环境，如果这样就说成是恶魔作怪，那这个世界就是恶魔统治的世界了。"

扎西一开始没有搭腔，沉默了一会儿，他才沉沉说道："别处我不知道，双湖无人区的恶魔，我相信。"

"哦？"裴显的心情有些烦躁，语气就不那么客气了，"就是你说的那个什么西亚尔？你见过？"

"西亚尔……"扎西苦笑了一下，"如果不是因为西亚尔，我还不来呢。"

对方这话中有话，裴显不得不仔细思量了一下。他回想起来，当初他在拉萨寻找向导的时候，当地所有的人一听说是去双湖无人区，都像看疯子一样盯着他，连连摇头，别说向导了，就连一个愿意跟他细说的人都找不到。不到半天，整个拉萨的登山圈子就都知道了，有个不知死活的年轻人想去双湖无人区的大雪山。看着四面八方异样的眼光，裴显觉得自己就像个白痴，不过他天生有股倔劲，丝毫不退缩，仍然在向导聚集的酒吧街里一家一家地问过去。

扎西闻讯找到裴显的时候，天已经快要黑了，就见那年轻人一手拿着地图，一手端着酒碗，正缠着一个三流向导追问："要多少钱你才肯去？从拉萨出发，只要一个星期就行，我给你算十天，双倍报酬。怎么样？怎么样？"

扎西上去拍拍年轻人的肩膀道："孩子，要去双湖大雪山？不要在这里找向导，他们都是驯养出来的兔子，也就只能去林芝、日喀则。去双湖大雪山，你需要的是长翅膀的雄鹰。"

裴显虽然年轻，识人经验却丰富，看见扎西脸上被风吹裂的皮肤、明亮坚定的眼睛，立即知道自己的运气不算太差，连忙问道："您愿意去吗？双湖无人区，大雪山。"

旁边看热闹的酒客们大笑，纷纷起哄道："没错，喇尔扎错的扎西身上长了翅膀，可以驮着你飞到大雪山去，哈哈哈。"

扎西对那些人的嘲笑毫不在意，只说了一句话："去大雪山可以，不过你要答应我一件事情。"

"请说。"裴显的态度异常恭敬。

扎西说："行程你决定，是停是留我们可以商量，但是你绝对不能对那里的神灵和恶魔口出不敬。"

酒馆里突然安静下来。扎西环视周围，然后追问裴显："怎么样，你答应吗？"

这个要求提得奇怪，裴显难免要多思量一下。这时旁边有酒客大声说："别答应他，他是恶魔西亚尔派来的。"

扎西听了也不生气，回头冲着那人露牙一笑，那人立即就不再出声了。

裴显看得出奇，好奇心大起，一连串地追问："恶魔西亚尔是什么人？为什么不能对那里的恶魔口出不敬？是不是我答应了，你就愿意为我做向导？"

扎西写下自己的联系方式，放在裴显面前："你要是答应我的条件，就打这个电话通知我。三天之内，我都会等你。"

"扎西，你究竟是什么人？"躺在黑暗中，听着帐篷外面的狂风在呼啸，裴显忍不住问，"你跟你口中所说的恶魔有点关系吧？"

"你是说西亚尔？"扎西在黑暗中微笑，眼睛熠熠闪亮，"应该算是吧。记得我们第一次见面，大家让你不要相信我吧？因为我是从喇尔扎措来的。在喇尔扎措，恶魔西亚尔是我们的神。"

"呃？"裴显真的有点糊涂了，"你是说，恶魔是神？"他继而一笑，"这说法倒很有哲理呀，神和魔本来就只有一线之隔嘛。"

扎西的眼中忽然光华闪动，他道："你这么认为吗？裴显，你真的这么看？"

"喂喂，别这么认真好不好？"裴显讪笑，"我不信鬼神的，这你应该知道嘛。不过我的确觉得，所谓善恶呀，所谓神魔呀，都只是一线之隔，差别不大的。怎么？你干吗这么激动？"

"你不是问我是什么人吗？"扎西再开口的时候，声音中带着一丝感慨，"我告诉你了，我是来自喇尔扎措的人。"

"嗯，那是什么地方？"

"你一定听说过当惹雍湖吧？喇尔扎措就是受当惹雍女神贡觉玛护佑的部落。而大雪山这里的恶魔西亚尔，原本也是我们的守护神，是贡觉玛的哥哥。别的人不敢来这里，因为这里是恶魔横行的地方。可是我不怕，因为我是喇尔扎措人，西亚尔不会伤害我的。"

"等等，等等，"裴显打断他，"我有点糊涂了，你说的西亚尔，他是你们的山神，怎么又成了这里的恶魔？"

扎西长长地叹了一口气，缓缓道："这是一个流传了千年的传说，达尔果山的第八个兄弟西亚尔，爱上了喇尔扎措族的公主流云尼玛，神界的光芒被凡世的红尘所沾染，因而触怒了天神和念青唐古拉，最后西亚尔就被放逐到这里了。"

"所以他就成了恶魔？"裴显轻声问。扎西说话的口吻平淡，听在他的耳朵里，却有点惊心动魄的感觉。隐隐的，他预感到自己将要听到的，会是一个不同寻常的故事。

扎西却沉默了，过了一会儿才说："中间发生了许多事情，但是最后的结果就是，西亚尔成了恶魔。"

有什么东西簌簌地落在帐篷顶上，压得整个帐篷一阵摇晃。扎西盯着顶上，说："下雪了，说不定不等风雪过去，我们就会被大雪掩埋。"

裴显倒是毫不担心。"没关系，这顶帐篷密封很好，被雪埋起来反倒帮助我们保暖。"他现在更关心西亚尔的故事，于是追问道，"中间都发生什么事情了？"

扎西侧头去看他，虽然黑暗中什么也看不见，但他还是扯出了一个笑容来。"传说中，流云尼玛，就是那个与西亚尔相爱的公主，为了部族的复兴，去了拉萨，嫁给当时的权相，却被族人出卖，成为念青唐古拉山脚下祭台上的祭品。而西亚尔因为失去爱侣大开杀戒，被念青唐古拉放逐到了这里，成为恶魔。"他顿了顿，强调道，"传说中，是这个样子的。"

裴显是多聪明的人，立即听出他的话外音来："难道事实不是这样？"

"我不知道，裴显，我不知道。"扎西语气惆怅，"只是西亚尔是天神的孩子，又是格萨尔王的亲传弟子，他是神。神和魔之间那道线，他究竟是如何轻易跨过去的？我不知道。”

风呼啸着，寒气从地底向上泛，丝丝缕缕侵入睡袋。裴显挪动了一下身体，似乎是想避开那股寒冷的感觉，却又无能为力，遂问道：“好冷，有酒吗？”

扎西递过来水壶道：“我们那里产的青稞酒。喇尔扎措是高原上的江南，青稞长得好，酒也香。”

青稞酒烈，裴显自知酒量平平，只小口抿着喝了一点驱寒，然而酒气还是直冲他脑门。“好烈的酒。”他的脸有些发烧，有一搭没一搭地聊天，“你们真的相信那些传说吗？什么神呀魔的，看你刚才说话的样子，不知道的还以为是历史系的学者在研究历史悬案呢。”

“不能不信呀。”扎西咕噜一口吞下一大口酒，“前些年，我们找了一千多年的流云尼玛的转世就出现了。”

“什么？！”

“嘿，”扎西在黑暗中想象着裴显吃惊的样子，有些得意，“要不然你以为我们怎么能这么靠近大雪山？要知道，原先这里的风力可是能把一头牦牛生生撕裂的。”

裴显摇摇头，徒劳地想让自己的脑袋清醒一点，他问道：“转世？真有这种事情？”

“是呀，真的是转世。连贡觉玛女神也认可了，是流云尼玛的转世，最后把她送到这里来了。一千多年呀，西亚尔在这里等了一千多年的人。”

“我不信！”裴显直觉地摇头。他是学科学的人，总觉得连这样的事情都能信的话，对科学是一种亵渎。

扎西却似乎是酒力上来了，根本没听见他的话，自顾自说下去：“其实很多族人都不相信。当年念青唐古拉的酷刑让流云尼玛魂飞魄散，永世不得超生，谁能想到她到底还是回来了。那要多强烈的念力，才能历经千年仍想起前世呀。”

“越说越匪夷所思了。”裴显觉得寒意开始侵入骨头，勉强笑着，摸过酒壶，咕噜又是一口。

“告诉你一个秘密，”扎西的舌头有点转不过弯了，“以前，我曾经是族里的神侍。知道什么是神侍吗？就是侍奉神的使者。我是侍奉贡觉玛女神的神侍。族人里有一种人，据说出生时受了天神的祝福，在十五岁之前能够看见神的真身。我就看见过贡觉玛女神的真身，所以在十五岁之前，我负责侍奉贡觉玛女神。”

“这么说你见过贡觉玛？你见过神？”裴显笑得直打嗝，“哈哈哈，我不信，不信。”

扎西一边喝着酒，一边冷笑。“我就知道你不会相信。见过神有什么了不起？据说当年念青唐古拉发怒，当惹雍湖上结成的冰破裂，贡觉玛女神现身恳求流云尼玛为族人牺牲，当时全族的人都见过她。不假的！”他想了想，又说，“不信？我给你看……”一边说着，他一边摸索着点亮了照明灯，从最贴身的衣服里掏出一张残了边的照片来，递给裴显。

那是一张熏黄了的照片，借着灯光勉强能看清上面的图案。扎西在一旁解释：“这是当年见过贡觉玛的人画下的图，一直供奉在神庙里。我小时候也见过贡觉玛，就是这个样子的！”说着，他还重重地点了下头表示确定。

照片中的图片十分模糊，勉强看得清楚是一个人身鱼尾的女子，长发以珠贝装饰，堆结在头顶，身下是一个形式古朴的莲台。她像是坐在水面上，远处有七座连绵的山峰，和一堆崩裂的山体，乱石一样堆着。

“看见没有？”扎西凑过来指着那堆崩裂的乱石，“这就是西亚尔。他原本也是达尔果山的山神之一，因为流云尼玛要去拉萨，他一怒之下离开了，这才有了后面的各种各样的故事。”

说完，扎西又熄灭照明灯，幽幽地说：“其实当年流云尼玛也是神侍。她也是受了天神祝福的孩子，比别人都福厚，所以她不但能见到贡觉玛女神的真身，还曾经去过贡觉玛在湖心底的宫殿。那是几千年来我们最高的荣誉呀。据说，流云尼玛最初就是在觐见贡觉玛的时候，遇见了山神西亚尔。她是唯一一个能够同时看见山神和湖神的神侍，谁知道……”

裴显在黑暗中躺着，静静等待着扎西继续说下去。没想到良久后，那边传来的却是扎西的鼾声。裴显愣了一下，不禁好笑，翻个身也想睡去。然而，虽然他喝了酒，脑袋昏昏沉沉的，一时间却怎么也睡不着觉。扎西的话还不停地在他脑袋里转着，缭绕不去。

流云尼玛、西亚尔、贡觉玛，这些名字来来回回出现在他脑中，让他不由自主地细细咀嚼，总觉得有股回肠荡气的感觉在胸口憋着。原来神话也可以如此动人，从小就迷恋科学的裴显，第一次发现西藏这个地方，除了坐标、海拔、各种气象数据和地质材料，还有一些东西能吸引他的关注。

青稞酒后劲大，渐渐地，裴显发觉自己的思维开始不受控制地四处飘荡，整个人都有点恍恍惚惚……

电光石火的一刹那，一团七彩的光芒从他眼角边上闪过，如同极光一样映亮整个宇宙。裴显一惊，睁开眼，发现自己置身于一处荒野。

疾风劲草，旷野无边，一团十分柔和的霞光出现在天地相交的地方。走近了看，光团的中间，一个身材颀长的青年安详地立在中央，长发束在脑后，一双鹰翼般的浓眉将整个脸庞点缀得分外英朗。似乎感觉到裴显的靠近，他突然睁开眼，眼中光芒闪烁，让裴显无法直视。裴显突然醒悟，失声问道："你就是西亚尔吧？"

大地突然震动，山崩地裂一样，巨大的石块从天而降，重重地砸在他周围，泥土飞溅而起，惊心动魄。裴显大惊，抬头望去，那团光芒倏然消失，世界陷入一片黑暗之中，巨石落下带起的风扑面而来，一团黑影从上而下压下来，仿佛末世的最后一刻。极度的恐慌让他失声大叫起来："啊！"

"裴显？裴显！"有人用力摇晃他的身体，"你醒醒，做噩梦了吗？"

裴显猛地睁眼，眼前是扎西那张像被风割裂过的脸，还有帐篷里柔和的照明灯光。原来是梦，他喘了口气，脱力般地跌回充气枕头上，张了张嘴，只觉口干舌燥，说不出话来。扎西明白了，递过水瓶。裴显咕噜咕噜灌了几口，这才平复下来，他摇摇头，让扎西不要太担心，说："没事，做了个梦而已。"一开口才发现自己的声音沙哑干涩，竟像是刚刚从荒漠中跋涉回来的人似的。

"做梦也能做成这样？"扎西看着他笑，眼里全是对孩子善意的讥讽。若是平时，这样的笑容肯定会激怒裴显，让他跳起来跟这老东西好好理论一番，然而此时他像是耗尽了所有的精力，只能苦笑。

“你不明白，太真实的梦，有身临其境的感觉。”

“究竟是什么梦？”

裴显没有回答，有些疲惫地合上眼。一团黑影压顶而来，飞溅起的泥土夹带着血腥味，大地因为纷落的巨石而震动。他一惊，连忙睁开眼，可帐篷内仍一派平和。

扎西见他转瞬间脸色突变，连忙问：“怎么了？”

裴显刚想要说什么，突然，有什么东西落在帐篷顶上，沉重的“啪”的一声，紧接着又是一声，周围也发出那种重物砸在地上特有的沉闷声响。整个帐篷晃动起来，照明灯闪了两闪，倏地熄灭。

裴显呆住，一时间不知道这究竟是真是梦。扎西反应快，一把拉起他，扔过一件御寒服，沉声道：“下冰雹了。”

“什么？！”话一出口，裴显就知道自己问了一句废话。他当然知道冰雹是什么东西，虽然从气象学的角度来讲，眼下这种气候环境绝对不可能有冰雹出现，但是在双湖无人区，大概没有什么事情是不可能的吧，毕竟这里自远古起就是恶魔横行的地方。

这么想着，他倏然一惊，是从什么时候起，他开始相信这些鬼神之说了？

冰雹出乎意料的猛烈而巨大，帐篷柔软的材质很快就经受不起这沉重的砸击，从内部出现了裂痕。扎西拿着特制的胶条，看见有裂缝的地方就贴过去。不一会儿帐篷的顶上就到处是横七竖八的胶条，千疮百孔，不堪一击。

“这样只怕撑不了多久了！”裴显一边匆忙地套上御寒服，一边大声吼，在一阵重物砸落的声音中，他显得特别狼狈。

扎西点头，什么也没说，只是迅速把各种装备收拾起来，然后抛给裴显一个防风头盔：“我们要出去，小心别被砸死了。”

裴显一边在两个人腰间系上绳索，一边开玩笑道：“扎西，这冰雹来得蹊跷，会不会是你们那什么恶魔干的好事？”

扎西大笑，豪气顿生，啪的一声弹出匕首，划向帐篷。狂风卷着雪花，冰雹狰狞嘶吼着冲进来，不过一瞬间的工夫，就把特种材料制成的帐篷撕扯成千百块碎片。裴显和扎西紧紧拽住连着两个人的绳索，一头扎入劈头盖脸砸过来的风雪气流中。

这阵冰雹，最小的也有鹌鹑蛋那么大，砸在身上痛彻骨髓，还没走几步，扎西的膝盖就中了一个冰雹，他一个踉跄趴倒，裴显被他拽得一晃，也倒下来。冰雹像是长了眼睛似的，冲着他们劈头盖脸地砸下来。风愈加狂，大地上厚厚的积雪被扬起，如同沙漠中的沙暴一样，横卷着，排山倒海般移过来，大有压顶之势。

裴显大急，拼了命挣扎起来，拖着扎西拔腿就跑。冰雹被风卷着，打横着飞，裴显前胸后背都挨了不少下，几乎连气都接上不来了。风刮在脸上，生生地痛，裴显一边跑，脑子里一边想起扎西说的“以前这里的风能把牦牛割成碎块”，当时他将信将疑，这个时候他却忍不住在心中嘀咕：再这么下去，只怕两个人真的会被切成碎块了。

沉闷的风啸声紧随身后，裴显不敢回头，他的力气逐渐耗尽，雪暴却仍在他们身后寸步不离，如同怪兽触角的冰雪探上他的后背，他背心一凉，隐隐生痛，回头一看，才发现背后的衣服竟然被撕扯掉了一块！

“可恶，这是妖怪，还是雪暴？”他忍不住大声骂道，却一开口就被灌了满肺的凉气，一呛之下，一时间上不来气。雪暴铺天盖地地扑过来，裴显脚下不稳，整个人摔倒在扎西的身上。

“别动！”被他在雪地上拖出很远的扎西已经浑身是血，此时他一把按住挣扎着想要爬起来的裴显，拼命地吼，“趴下！趴下！别乱动……”话还没说完，山一样多的雪尘就落下来了，把两个人深深地埋在雪地里。

裴显只觉天旋地转，漫天飞雪、狂风和冰雹都张牙舞爪地向自己扑过来。眼看着一片巨大的黑暗就要彻底地笼罩这整个世界了，在最后一秒钟，已经彻底绝望的裴显突然发现眼前的末世景象后面，似乎有什么力量在不动声色地操纵着这一切。

他睁大眼，拼尽全力，目光穿透了重重迷雾。天空飘舞的雪、横行的冰雹、迷障般的云渐渐幻化成一个目光冷峻、线条刚硬的面孔。裴显觉得眼熟，却不敢相信。气流漩涡突然增大了气压，让他无法呼吸，在最后的一瞬间，他终于放下所有的疑虑，呼唤那个神祇的名字："西亚尔！"

接下来的事情，裴显到后来也没有搞清楚到底真实发生了什么，还是自己的幻觉。阴霾几乎在瞬息间消弭于无形，点点光芒从天空的各个方位闪过，五颜六色，如烟花般绚丽。隐藏在迷雾后面的那张面孔逐渐清晰，身形也逐渐显现。

裴显忘记了呼吸，身上被大大小小的冰雹砸出的伤处还火辣辣地烧痛着，背后被冷冽的冰雪侵入皮肤，还有身下扎西喃喃的呻吟，都让他清楚自己不是在做梦。他眼睁睁看着任何科学都无法解释的事情就在自己的眼前发生。那个传说中的恶魔——西亚尔，高高地站在半空中，五彩的霞光在他周围汇聚，光彩映亮整片荒原，远处大雪山上的坚冰绝壁也在这样的光芒照耀下幻出水晶般的纹路。

狂风已经停下来，被扬起的雪雾飘飘荡荡落下，狂风起于微澜，止于瞬息，若不是破碎的帐篷还散落在雪地上，谁能相信就在分秒之前，那夺人魂魄的狂躁风暴还在肆虐？此刻，霞光映在雪地上，整个世界都变成了霓虹的天地。裴显怔怔看着天空中那个披着霞光的身影，半晌后，他脑子里只有一个念头：难道这就是传说中神界的万丈光芒？

天光渐亮，裴显早前喝了烈酒，之后逃命般地狂奔，此时已耗尽了所有的力气，眼皮渐渐沉重，精神恍惚，像一条脱水的鱼倒在雪地上，看着天上的人缓缓落在自己身边，一股带着花香的风轻轻拂上他的面孔。裴显发现自己正看着那人微笑，他听见自己问："你是神的孩子吧？披着天界的荣光，来到尘世，你爱上了凡尘的公主，是吧？"他已经精疲力竭，却还在强撑着。他也不明白自己为什么会问这样的问题，总觉得对方的答案对他来说非常重要，非常非常重要。

"为什么你想知道？"那个被光芒笼罩的人，面容隐藏在光晕中，看不真切，只有明亮的目光，穿透一切阻隔，直射入裴显的心中。

"因为，"裴显有气无力地笑着，"你总要给我一个理由，让我放弃过去一直相信的事情吧？"

那人蹲下来，他身后的光照得裴显睁不开眼。但是真真切切的，那个人的声音从天际飘落道："没错，我的脚被一个人束缚在了凡尘中，她的名字叫作流云尼玛。"光线变幻，裴显感到对方的目光第一次真切地落在了自己的身上，他听见那个声音里带有一丝久违的熟悉，“这个名字，你应该很熟悉吧，多咄。”

多咄？多咄是谁？为什么自己那么熟悉？多咄贡嘎？裴显觉得心里有一层壳开始龟裂，碎片一一剥落，被深藏了很久很久的一点什么东西，开始清晰地浮现，那是一池湖水，一座雄山，或者是高飞的雄鹰身上迎风竖立的羽毛……记忆在蜕变，那人身上的光芒照进他心里很深的地方，年代久远的故事萌出新芽。

一直支撑自己的力气消失无踪，裴显的头软软地埋进冰冷的雪地里，他叹了口气，有些明白了，自己这前半生对于雪山难以名状的迷恋，终究是着落在了这里。

风云流荡，日月逆转，岁月迅速抽离，裴显发现自己的血肉、思绪尽皆风化于历史尘埃中，神魂逐渐回归到千年前的那个肉身中去，再次睁开眼之前，他隐约已经知道将会发生什么样的事情了。

“多咄，多咄贡嘎，你又在这里偷懒！还不快去把香油添上！”

青草的芳香袭面而来，裴显睁开眼，深邃湛蓝的天像是要迎面压下来似的，天空中低低的浮云，浮云下雄壮的雪山和碧绿的湖水，一切都是那么熟悉，却又那么陌生，曾经拥有的切身体会，流落在千年时光中的记忆，此时完全恢复。是的是的，在很久以前，世界上还没有裴显这个人的时候，他叫多咄贡嘎，是当惹雍湖畔喇尔扎措部族中，一名伺候山神西亚尔的神侍。

“多咄，你听到我说话没有？”这倨傲的语调却掩不住声音里的稚嫩。多咄懒洋洋地朝说话的人望过去，那是有汉人血统的江南，是公主流云尼玛身边的侍女。

“听见了，听见了，这不是就要去了吗？你催什么？”多咄慢腾腾爬起来，拍拍身上的草屑，“添香油这样的事情，为什么要我来做？我是神侍，不是伺候祭司的侍童。”

江南斜着眼看他，鼻子里不屑地嗤笑：“神侍？你见过西亚尔几面，传达过什么样的神谕？就自称神侍了？你都十四岁了，要是再见不到山神的真身，就不要告诉别人你曾经是神侍，连当惹雍湖里的银鱼都会笑话你的。”

多咄语塞，脸涨得通红。喇尔扎措人里，有人在十五岁之前能见到神的真身，起到沟通人和神的作用，是为神侍。神侍并不是什么神都能见到，作为山神西亚尔的神侍，多咄本应能看见西亚尔的真身的。全族几千年来，只有头人的女儿——公主流云尼玛，受到了天神的祝福，能够看见所有的山神和湖神，别人自然不能跟她比，尤其是多咄。

三岁那年，多咄被选为神侍，因为他在测试中准确地描述出了神庙中寻常人看不见的山神莲座。然而跟别的神侍不一样，多咄从来都没有见过西亚尔。无论是在神生之夜，还是在月亮升过达尔果山顶的夜晚，这些山神和湖神照例要来为族人降福的时刻，别的神侍都能从各自侍奉的神那里得到启示，唯有西亚尔，从来没有一言一语，甚至一丝头发显露在多咄的面前。

虽然族中的长老和头人并没有说什么，可是族人们暗中嘲笑他是被西亚尔摒弃的神侍，多咄是知道的。这是他多年来最大的心病，这会儿被江南毫不客气地指出来，自然面子上挂不住，他尴尬得不知道该说什么好，只能一味地大声驳斥："你胡说！你懂什么！你不要瞎说！"

"瞎说？我是瞎说吗？"江南鼻孔朝天，根本懒得跟他多说，趾高气扬地继续指使他，"还不快去把香油添上，不能得到山神的欢心，你自己也不去想办法，唉……"她老气横秋地摇摇头，一副恨铁不成钢的样子，"我都替你着急。"

"江南，你又在欺负谁呢？"清亮带着笑意的声音从身后传过来，江南和多咄转过身来，就看见一个年轻高贵的女子，她穿着天青色的藏袍，腰间系着五彩霓霞般的氆氇，长长的头发辫成无数细辫，发间缀满白色的格桑花，正微笑着看着他们两个。

多咄连忙躬下身子，垂手过膝，恭谨地问好："天神赐福的公主流云尼玛，祝你永远安康吉祥。"

江南却已经蹦蹦跳跳到了流云尼玛的身边道："谁说我欺负人啦，我不过是让这个懒家伙赶紧起来干活嘛。"

流云尼玛没有搭理她，而是走到多咄身边，上下打量道："你也是个神侍吗？"

"是的，美丽的公主，小人也被天神赐予过浅薄的福分，有幸成为神侍。"

多咄连头也不敢抬，声音激动得直发抖。

流云尼玛微微皱起眉头，年轻美丽的脸上现出一种奇怪的神色，看了看低低埋下头去的多咄，又回头看看身边无辜眨着大眼的江南，摇摇头，问道："他为什么要这样说话？难道你们刚才也是这样说话的吗？"

多咄不知道她的话是什么意思，却也明白公主是不满意自己的回答，他的一颗心怦怦地狂跳，腰弯得更低，头几乎就要触到地面了。

感觉到流云尼玛走到自己面前，多咄紧张得更加不敢妄动。同为神侍，他与流云尼玛之间的天差地别，他还是清楚的。人们都说，流云尼玛是几千年来，最得天神眷宠的人，在族人的心目中，除了达尔果的八位山神以及贡觉玛女神，流云尼玛应该是最接近神的那一个。

"你……"流云尼玛不紧不慢地说，"你抬起头来。"

"小人不敢……"

江南不耐烦，嗤笑道："喂，你刚才不是很硬气的吗？怎么现在连头也不敢抬了？"

流云尼玛的声音依然温和："你抬起头来。"

多咄这才依言而行，第一次这么近距离地与流云尼玛对视，一接触到对方明湖天光一样的眸子，他的心头便忍不住猛烈跳动起来，耳根子有一种烧灼的感觉。

流云尼玛终于看清了他的模样，侧头想了想，似乎有点印象："对了……你是侍奉西亚尔的那个神侍吧。我说怎么没见过你呢，历次山神祭祀上，你都没有参加。"

这句话又触到了多咄心中的痛处。山神祭祀，通常在每年月亮升过达尔果山顶的那一个月里举行，七天之内，诸位山神都会通过各自的神侍传达神谕，表明对祭祀的要求，之后族人就根据神侍的转述来筹备祭品。可是因为多咄从来没有得到过任何来自西亚尔的神谕，所以久而久之，族人在祭祀山神的时候，就把西亚尔给绕过去了。每次祭祀，看着别的山神神坛前丰足的祭品，多咄都惭愧得要死。他有时候会忍不住想，也许自己根本就没有得到天神的祝福，当年他认出西亚尔的神座，不过是个误会。

“是……”面对流云尼玛的问询，他只能更深地埋下身子，无颜以对。

“怎么？”流云尼玛见他不说话，仔细想了想，便明白了，然后轻轻笑着，宽慰道，“西亚尔没有神谕，不是你的错，你不必内疚。”

那笑声轻软，听在多咄耳中，如同被羽毛扫中了心里最柔软的地方，浑身上下引起微弱的战栗，不知道怎么回事，一股热潮直奔着他的眼眶而去，长久以来的积郁不受控制地随着大颗大颗的眼泪宣泄而出。

“这是怎么了？别哭呀，”流云尼玛被他突如其来的眼泪吓了一跳，她是头人的女儿，从小被众人捧在手心里，众星拱月一样，她从来没有安慰过人，眼看着这个十四岁的半大少年突然在自己面前失声恸哭，她竟然手足无措，不知道该怎么办好，一急之下，她转头就责备起江南来，“是不是你刚才欺负他了？”

“才没有！”江南嘴利，连连喊冤，“是他自己……”

“是我自己……”多咄抽噎着打断江南的话，“流云尼玛公主，江南没有欺负我。我得不到西亚尔的神谕，一定是我自己的原因。我……我……”他几次张开口，都没有勇气说下去，只是胡乱用手背抹着脸上的泪水，仍然止不住地呜咽。

“是你怎么样？”流云尼玛明亮的目光驻留在他身上，多少有点明白他的意思了，温声问道，“你以为，是因为你不具备神侍的资格，所以西亚尔才不给你神谕，对吗？”

一直以来深深隐藏在心中的恐惧，突然被点破，多咄反倒有一种解脱的轻松，他抬起头，第一次鼓起勇气直视流云尼玛天光一样剔透的眼睛道：“是，我想，一定是搞错了。也许，我根本就不是神侍。”

“是吗？”流云尼玛不置可否，仍然仔细打量他，突然伸出一根手指，抵在多咄的眉心。

多咄浑身一僵，不由自主地闭上眼睛。阳光般的温暖在眉心处徘徊不去。他一动也不敢动，少年易感的心渐渐因流云尼玛身上的花香味而沉醉，平生第一次，他全身心地有了一种舒爽的惬意。他暗暗希望，这一刻可以一直持续下去，永远不要结束。

良久，流云尼玛收回手，还是轻轻地笑着，说："我明白了，你跟我来。"

多咄睁开眼，有一瞬间的惆怅。江南牵来一头雪白色的牦牛，流云尼玛坐上去，微笑着说："江南，你先回去，我带多咄去一个地方。"多咄发现流云尼玛真的很喜欢笑，这让他觉得只要这个深得天神眷宠的女孩笑容不改，当惹雍湖畔就永远不会有风雪肆虐，不会有苦痛饥饿横行。

当惹雍湖像一块湛碧的翡翠，镶嵌在达尔果八座雄峰中间，从天地初创之时开始，当惹雍湖就在高原上静静迎接着从天界投射下来的天光和云色。这里离天界非常接近，甚至比高原上诸山之主——念青唐古拉山还要接近天，所以，这里得到了天神的另眼相待。

"天神让他最心爱的九个孩子住在这里，他们就是达尔果的八位山神，还有我们的贡觉玛女神。"流云尼玛一边驱使着白色牦牛，缓步走在雪山碧水之间，一边对跟在一旁的多咄说起从远古流传下来的传说，"所以我们喇尔扎措族是与众不同的，我们得到了天神子女的看护。在以前，喇尔扎措是高原的中心，所有的人都要带着他们的贡品到这里来朝拜，因为这里有神山圣湖，天神会直接听到他们的祈祷。"

她停下来，望着八座高高的山峰，现出向往的神色来，说道："长老们告诉我，那是咱们喇尔扎措最荣耀的日子。"

"那么现在呢？"

"现在……"流云尼玛仍然淡淡笑着，只是笑容中多了些无可奈何，"念青唐古拉才是高原最大的神，他现在喜欢别的东西。"

多咄很想问"现在的念青唐古拉喜欢什么"，可是流云尼玛已将脸转向湖心的方向，似乎不想再说下去。

他隐约听老人们提起过，以前的头人，流云尼玛的祖父，曾经是拉萨那位伟大赞普身边的重臣，因为一些事情才回到了喇尔扎措，还带回来了流云尼玛的祖母，一位从大唐来的美丽女子。江南的祖上似乎也是那个时候一起来的，所以江南的祖父为了寄托思乡之情，才给她起了那么一个古怪的名字。

耀目的阳光给湖水披上了一层银亮的粼光，清风送来雪山沁凉的气味。多咄看着流云尼玛的发丝在风中飘飞，便想：谁是高原最大的神，神喜欢什么东西，这些其实并不重要，喇尔扎措是不是能找回昔日的荣光，也不重要，只要他眼前这一刻能延续下去，什么都无所谓了。

过了一会儿，流云尼玛忽然回头冲他一笑，问道："你知道我为什么要带你来这里吗？"她算定了多咄回答不出来，便继续道，"我是带你来见一个……呃，一个人的。"这么说着，她脸上露出了有点狡猾的俏皮。

"见谁呢？"多咄四处张望，离这里最近的毡房要走很远的路才能见到，他的确不知道在这个空旷没有人烟的地方，他们会见到什么人。

"再等等……"流云尼玛抬头看天，夕阳西下，一弯皎白的月亮不动声色地升上半空。

湖水在夕阳的映衬下微微起了变化，原本的湛蓝逐渐变得深沉，点点粼光因为夜风变强，随水面荡漾，逐渐连成了片。看着闪着霞光的水面，流云尼玛从牦牛背上跃下，沿着湖水的边缘漫步而行。多咄不知道她的用意，只得亦步亦趋跟在她身后。

太阳终于全部隐在了雪山的身后，天空只留下一抹血红的霞光。流云尼玛抽出一支横笛，放在唇边。多咄认识那支横笛，据说那是贡觉玛给她的圣物。

笛声乍起，清越穿空，惊飞湖边的水鸟，连湖水都仿佛被惊动了，泛起阵阵涟漪。流云尼玛留心观察了一会儿，忽然说："是时候了。"她转头向多咄伸出手，"跟我来。"

霞光下，她的笑容绝美，宛若非人世所有。多咄心魂荡漾，满腔的疑问早已经飞到了九霄云外，他毫不迟疑地就将手交过去。

流云尼玛握紧他，说："你要相信我哦。"

多咄大力地点头，目不斜视。流云尼玛带着他涉进湖水中，朝着当惹雍湖的中央缓步行去。

湖水冰凉刺骨，激得多咄浑身一震。流云尼玛紧紧拉住他的手说："别害怕，我不会害你的。"

水面渐渐漫到了两个人的胸口，略微沉重的压力让多咄有点呼吸困难。流云尼玛转过头看他，脸上笑容依旧：“冷吗？”多咄点头。

“很快就不会冷了。”流云尼玛安慰他，继续朝湖心走。多咄却没有动。

她诧异道：“怎么了？”

多咄冻得牙关发颤，声音发抖，但还是大声说：“流云尼玛公主，不管你要带我去哪里，我都会跟着你去。即使是死，我也愿意！”

流云尼玛一怔，知道他误会了，拉着他的手又紧了紧，柔声说：“我怎么会让你死呢？我是要带你去见贡觉玛女神呀。”

“啊？”多咄以为自己听错了。他一愣神的工夫，流云尼玛当先一头埋进了已被夜色染成深蓝色的湖水中。多咄被她一拉，也不由自主地扎进水中。

冰凉的湖水从四面八方涌过来，周围一片黑暗。难耐的恐惧从心底冒出来，他猛地一动，奋力想向水面上挣扎，手却被牢牢地拽住。他低头，看见流云尼玛在深深的水底，仰头看着他，目光好像水中的珠贝，明亮异常，满头细辫如水草般在水波中摇曳，像极了传说中水中魔女的样子。

多咄无可自抑地张口大叫，湖水立刻从口鼻涌进来。流云尼玛几乎就要拉不住他了，忽然一道柔和的红光从水下很深处传上来，陷入狂乱中的多咄似乎听见缥缈柔和的歌声。这歌声随着荡漾的水流将自己包围，一股暖流从心口的地方融入他的全身。歌声越来越清晰，是一个女子梦语般的呢喃，红光逐渐映亮周围，多咄甚至以为自己正身处一个红色的奇异世界里。

流云尼玛终于放开手，松了口气，朝着红光传来的方向，微微笑了一下：“贡觉玛，幸亏你赶来了。”多咄惊异地发现她居然可以在水中说话。

红光逐渐变得耀眼，映得多咄什么都看不见。歌声、暖流、红光，这一切都让他以为自己是在做一个神奇的梦。他不再挣扎，索性放开手脚，闭上眼，任由自己在水中沉浮。一股水流带着他的身体，向湖心深处缓缓漂去。

“传说中的贡觉玛女神住在当惹雍湖底四四方方的宫殿中，宫殿的墙壁上嵌满了宝石，会在月光照耀湖面的时刻散发出瑰丽的光芒。每逢红色的宝石光从宫殿里发出的时候，贡觉玛女神就会坐在宫殿的屋顶上放声歌唱，吸引湖中所有生灵前来朝拜。”

流云尼玛的声音在多咄的心头流过，他感觉周围的水流似乎静止了，便睁开眼，发现自己不知何时已经置身于一座宽敞明亮的宫殿中，周围一滴水也没有，自己的身上也干燥清爽。他环顾四周，发现照亮整个宫殿的光线来自墙壁上明亮闪烁的宝石明珠。宫殿里有一面巨大的水晶镜面，有一堵墙那么大，一个白袍长发的少女站在水晶镜面前，细细观察着镜面另一边摇曳游走的水草和鱼虾。那是……流云尼玛？

只见她用手指轻轻点了一下镜面，一圈涟漪在平滑的镜面上荡漾开来，吓得外面的鱼群突然散开。多咄被这样奇异的情景迷住，“咦”了一声，惊动了流云尼玛。

“醒了？”她的声音里依然带着柔和的笑意，“多咄，欢迎你来到贡觉玛的宫殿。”

多咄茫然地站起来，摸摸自己的后脑勺，又揉揉眼睛，环顾四周道：“我是在做梦吗？”

“你掐掐自己的胳膊，如果痛的话，就不是。”

多咄迷迷糊糊，没有多想就伸手在自己的胳膊上拧了一下，用力过猛，疼得自己忍不住低低呼痛。流云尼玛清朗的笑声在宽敞的宫殿里回荡，多咄这才知道她是在捉弄自己，脸立刻涨得通红，可是看着她笑意盈盈的美丽面孔，他又什么话都说不出来，嗫嚅半天，才讪笑道：“流云尼玛公主，你欺负人……”看来江南喜欢欺负别人，也是受了她的影响。

流云尼玛冲他招招手道：“你过来。”

多咄走过去，和她并肩而立，面对着那面水晶镜面。隐约中，他已经知道将会发生什么，可是还是不大相信。镜面上的涟漪渐渐消失，有什么东西出现在深处并快速接近，很快就到了近前，从形态上看，像是一条巨大的鱼，可是，可是……

多咄终于看清楚了，“啊”的一声惊呼，向后退去，重重喘息。那是一条人身鱼尾的人鱼！她有着少女的面孔，镶嵌着贝壳明珠的长发堆结在头顶，身体像鱼一样在水中自由地摆动，正冲着多咄招手。

“传说中当惹雍湖的女神贡觉玛是一位人首鱼身的姑娘，她性情柔和，心地善良。她每天在当惹雍湖底游弋逡巡，守护着圣湖的安宁祥和。”流云尼玛的声音再次在多咄心头流过，像是在专门向他解释。多咄看过去，流云尼玛果然正看着他微笑点头：“多咄，还不快来拜见贡觉玛女神？”

多咄只觉得手脚发软，也顾不上再追究这究竟是真实还是梦境，扑通一声跪倒，以头触地，口中喃喃不断地念着女神的名字：“贡觉玛，贡觉玛……”又忽觉这样做还是不足以表达自己真挚的敬畏，必须要更加虔诚才行，于是他伸直了自己的四肢，整个人趴在地上，行出五体投地大礼。

“你就是多咄贡嘎？”贡觉玛的声音祥和温柔，听在他耳中，心灵突然有一种少有的宁静。

多咄头也不敢抬，口中称是，眼眶突然潮热，他终于见到神了，这么多年以来，加在自己身上的种种耻辱似乎瞬间被洗濯干净了。他的脸埋在地上，失声痛哭。

流云尼玛并没有劝解他，而是看着他恸哭的背影，深深叹息。贡觉玛似乎想扬声说什么，却又改变了主意，身体一探，哗啦一声，水晶镜面溅起水花，她的身体竟穿过镜面，进入了宫殿。

多咄听见异响，抬头，正看见贡觉玛的身体从镜面中穿过来，在自己的面前站定。他愣愣地张大嘴，这一天他经历了太多不可思议的事情，而此时，贡觉玛的真身就站在自己面前，含笑俯视自己，这样的事情即便是在最离奇的梦里，也不会出现，他已经惊讶到不知道该如何反应的地步了。

贡觉玛伸手扶起多咄，笑容依旧祥和：“流云尼玛都跟我说了，好孩子，你受委屈了。”她的面容不过是十几岁少女的样子，说话却语重心长，宝相庄严。多咄觉得绝对不是自己眼花，他真的看见这位女神身上散发出玛瑙一样莹润圣洁的光芒。

贡觉玛一边拉着他的手，走向宫殿中央，一边絮絮地低声说：“你不要怀疑自己，你是天神选定的神侍，而且比别人都强，你能像流云尼玛一样，看见我们所有山神湖神的真身，这是天神给你的礼物。”

多咄恍恍惚惚地任她拉着，只能呆呆地点头。他回头看看站在远处不动的流云尼玛，又看看拉着自己一步步朝前走的贡觉玛，突然像是惊醒过来一样，大声惊呼：“你的腿……你的腿……”

贡觉玛停下来，有些愕然，旋即笑了：“没错，在这个宫殿里，我也会有一双腿。”她神情有点怅惘，仰起头望着宫殿的天顶，深邃的目光却像是穿透了一切阻隔，上升到无人可以企及的高远之处，“只有在两个地方，我能像一般人一样用腿行走，一个就是这座宫殿里，还有一个……”她顿了顿，声音轻得只有自己才能听见，“是我的故乡。”

多咄耳尖：“故乡？”贡觉玛女神的故乡在哪里？他突然想起流云尼玛告诉他的，他们都是天神的子女，来自天界。

贡觉玛突然回过头来看他，眼神晶亮，如同神界的光芒，直射入他的内心，又穿透了他，看清了凡尘遮掩住的未来。多咄恍惚地想，这位女神的周围似乎随时都有光芒流动，并且不停变幻着颜色，虽然此刻他们手牵着手，但那种神和人的隔阂始终无法消弭。

贡觉玛似乎能看透他的心思，淡然一笑，松开手，微微叹息道：“只是，你跟流云尼玛还是不一样呀。”

多咄疑惑地望着她，不明白她这话究竟是什么意思。直到很久很久以后，又发生了很多事情，他才明白，在贡觉玛女神那一刻看着他的目光中，那无法抑制的悲伤和失望，代表着什么。

“多咄，多咄贡嘎。”低低的呼唤仿佛从遥远的地方传来，穿透时光的迷障，闯进脑海。

裴显翻了一个身，不愿意睁眼。

“多咄，该醒了……”那个声音停了一下，讥讽地笑了，“或者该叫你裴显？”

那个声音挟带着耀目的光芒，让裴显无法安心阖目。

“多咄……”

“裴显……”

同样的声音唤出的两个名字隔着时空彼此呼应，似乎有人在他的腰间踢了一脚，千年前的多咄，千年后的裴显，同时吃痛地跳起来：“哎哟——”

“怎么，还要睡下去？”坐在石头上的俊美青年戏谑地盯着他，语气嘲讽，“还没睡够吗？”

“西亚尔？”裴显的意识逐渐清晰，看清了对方。历经千年的风霜，那个自己曾经无比熟悉的面容竟不曾改变，阳刚的线条勾勒出天神般的俊美。据传说，达尔果八个兄弟中，只有最小的西亚尔继承了天神的容貌，所以他最得天神的宠爱。他曾经是天地间的骄子，拥有无与伦比的耀目光芒，他的骄傲令日月失色，他的喜怒几乎主宰着高原上一切的风雨变幻。

然而此刻，坐在自己对面的这位神祇，在他一如既往的讥讽笑容中，好像多了些什么，似乎是眼中覆盖着的一层寒霜，将他那曾经拥有的万丈光焰隔绝在了遥远的地方，令人不可亲近。

“多咄，多咄……我们很久不见了呀。”西亚尔轻轻说着，唇边讥讽的笑意越发浓重。

“西亚尔神……”裴显毕恭毕敬地对着他行五体投地之礼，诧异于自己此刻的心情，竟然平静得没有一丝波澜。

“原来你还记得我……”西亚尔仰面看天，“难得啊。”

“您……这些年来可好？”

“嗯，”西亚尔淡淡应着，不置可否，忽而笑了，“没想到你居然会到这里来，这算不算是惊喜呢？”

裴显低低垂着头，他能感受到西亚尔刀子一样锐利的目光在自己身上逡巡，一周又一周，就像看不见的钢丝，一圈圈缠绕在他的身上，让他逐渐感到皮肤发痛，无法呼吸。过了很久，他才勉力从喉咙里挤出一句话来：“我不知道您会在这个地方。听扎西说，这里是恶魔被流放的地方，难道，难道……”他被自己的话吓了一跳，突然抬起头望向西亚尔，“难道您就是传说中横行羌塘的恶魔？”

西亚尔的脸上也闪过一丝诧异：“你居然不知道？”旋即他释然了，“是了，你去得太早，后面的事情都不知道吧。”

难道自己错过了什么重大的事情？裴显有些茫然，努力从久远的记忆里搜出一些往事的片段。“我记得，我记得流云尼玛离开喇尔扎措，去了拉萨，您一怒之下分裂山体，然后我也离开了。”寒意充塞了他的记忆，离开，多么隐晦的一个词，“后来的事情，我都不知道了。”

西亚尔的神情并没有什么变化，裴显却分明能感觉到他的气息平复了不少，良久，才听见他说：“流云死了。”

裴显猛地抬头，震惊地看着西亚尔，这简单的四个字，在他心头撞击出的震荡，竟然强过再次见到被称作恶魔的西亚尔。

“被族人出卖，死在了祭台上。念青唐古拉要她魂飞魄散，永世不得超生。贡觉玛帮我留住了她的一丝魂魄，所以我在这里等她转生，等了一千多年……”西亚尔静静地诉说，不见波澜的声音里蕴含了巨大的悲伤，压在听者的胸口，令其无法呼吸。

“那么……”裴显的喉咙变得干涩，说起话来异常困难，“流云尼玛她……”

“她再也没有回来。”西亚尔悲伤地低喃，“再也回不来了。”

这句话仿佛巨雷炸响在耳边，裴显觉得胸口突然空了，原本该在那里跳动的心脏竟不知去向了，锐痛从千年前一直延续至今，在他身上产生强大的震动，再回荡到千年之前。

西亚尔看着他，说：“多咄，如果当年我放弃的话，也许会更好。”

裴显低低地垂下头，他想，如果当年的多咄真的是一个没有得到天神祝福的假冒神侍，也许会更好。

“这么说我真的能看见西亚尔？哎，流云尼玛，你别走那么快，你告诉我好不好？”多咄跟在流云尼玛的白色牦牛后面，紧追不舍，“流云尼玛，流云尼玛公主，你停下来告诉我呀。”

流云尼玛勒停牦牛，看着他叹气。“多咄，你就算不相信我，也应该相信贡觉玛呀，她不是都说了吗？你是天神赐福的孩子，不仅能看见西亚尔，还能看见其他神的真身。你之所以一直收不到西亚尔的神谕，是因为他在念青唐古拉那里担任职务，一直就不在喇尔扎措。”她想了想，又说，“你别告诉别人你见过贡觉玛呀，不然我会被责备的。”

“那么……你呢，你见过西亚尔没有？”此刻，多咄的心里只念着这件事。也许是因为共同经历过那些神奇的事情，两个人之间的距离不知不觉地拉近了很多，多咄把流云尼玛当作了最好的朋友，没有了初见时的拘谨和生疏。相处下来，多咄发觉她丝毫没有身为天神宠儿的骄矜，反倒比族中别的女孩都更好相处。

“我……”流云尼玛突然神色忸怩，“我也只见过一两面。”

“咦？”多咄被她奇怪的神色弄糊涂了，“你脸红什么？”

“啊？”流云尼玛赶紧捂住双颊，“谁脸红了？你别瞎说。”

“我瞎说？”多咄斜视她，不怀好意地笑着，努力压抑住胸口突然升起的憋闷。十四岁的少年，还不懂得人间风情，却已经凭着本能，敏锐地感觉到了一些不同寻常的迹象。而这迹象，正是他少年情怀最不愿意看到的。

“这么说，这些年西亚尔还是回来过的嘛，但就是不愿意让我看见他。”他闷闷不乐，也不知道是因为西亚尔，还是流云尼玛。

“西亚尔跟别人不同，不喜欢那些烦琐的虚礼，又没有什么重大的事情，别说你，就连他的兄弟们都未必知道他的行踪。”流云尼玛说着，脸上的笑容变得有些意味深长。

多咄看了，更是不开心，他折下一条柳枝，一下一下地轻轻抽打白色牦牛，惹得牦牛非常不悦地使劲儿甩尾巴。

“怎么了？”流云尼玛不明白他的心思，却看出他的闷闷不乐，以为他还在因为没见过西亚尔而介怀，于是想了一下，说，“你别这样，要不然，我就让你见到西亚尔，好不好？”

多咄猛地抬起头看着她。

流云尼玛神秘地冲他眨眨眼道：“我来安排，相信我好啦。”

多咄警觉地后退一步道：“别再让我去跳湖了，昨天都吓死我了。”

“胆小鬼！”流云尼玛忍不住笑道，“你放心，又不是去见贡觉玛，不用跳湖啦。”

贡觉玛，贡觉玛……听见流云尼玛说起这个名字，多咄就不由自主地想起在那座宫殿里，贡觉玛看着他的眼神，还有那种仿佛从神界俯视下来，带着怜悯和宽恕的神情，明明近在眼前，却仿佛远在天边。这样的神情让他心里没来由地发寒，总觉得在那样的目光下，自己仿佛是一个染满尘埃的罪人。她说自己与流云尼玛终究是不同的，究竟哪里不同，却又没有明说。

多咄停下脚步，看着前面那个白袍少女，姿态优雅地侧坐在白色牦牛的背上，悠然走进清晨湖畔弥漫着雾气的晨光中。晨光映亮水面，晃花人的眼，多咄看着她逐渐模糊的背影，突然有种不祥的预感。

“流……”他张口想叫，另外一个声音却插了进来。

“流云，流云，终于找到你了。”是江南的声音。

多咄一个激灵，回过神来。那边伶牙俐齿的江南已经一连串地开说了：“我找了你一晚上，你到哪里去了？头人让大伙都出去找，如果中午前还找不到，就要去请长老询问神意了……幸亏，我突然想到这个家伙，”说着她朝多咄指了一下，“我想起来你说要带他去一个地方，所以我猜你一定是到这里来了。”

流云尼玛也被她的一串话轰得头疼，连连摇手道：“江南你慢点说，我听得头都大了。”

江南喘了口气，瞪着流云尼玛道：“我说完了。头人在等你回去呢。”

流云尼玛俏皮地吐了吐舌头道：“知道啦。”然后回头看看跟在身后的多咄，吩咐江南：“这孩子，你送他回去吧。别欺负他哟。”

江南显然不喜欢这样的安排，可是虽然平时她们两个人说说笑笑，相处起来情同姐妹，但对于流云尼玛，她还是有一种无法抗拒的敬畏的，所以嘴上虽然嗔怪着，但主人的吩咐她仍不敢不从。

江南不情不愿地走到仍然有些恍惚的多咄面前：“走吧，还等什么呀。”

“啊？哦……”多咄有些失魂落魄，他跟在江南身后，一步三回头。流云尼玛已经独自走远了。

他心头徒生怅惘。从懂事开始，他就知道流云尼玛了，那是头人的女儿，最受天神眷宠的宠儿。同为喇尔扎措的神侍，他们的处境却有着天渊之别。他只能在每次族中的盛典时，在人群中遥遥观望她。一直以来，流云尼玛在他心中都是一个不亚于诸神的存在。

然而昨天的初识，却让他发现流云尼玛并不是一个高高在上的公主，她温和亲切，就像族中的其他少女一样，喜欢笑，会开玩笑，有着一双能看透人心的明眸。短短一夜的相处，一段奇异的经历，飞速拉近了两个人之间的距离，让他觉得他们可以成为无话不说的好朋友，不，比这还要进一步，在多咄的心目中，流云尼玛已经占据了一个特殊的位置。

然而，此刻她独自离去，仿佛在瞬息间，又变成那个拥有无上地位的流云尼玛公主了。多咄有种感觉，昨夜两人之间那种亲密的感觉，只怕是再也寻不回来了。十四岁的少年，生命中第一次体会到了无奈的伤感。

“你还发什么呆呢？”江南回头，看见他站在那里不动，有些不耐烦，“快点呀。”

“江南……”多咄忧伤地问，“流云尼玛公主，她究竟是个什么样的人？”

“呃？”江南愣了一下，跑到他面前，摸摸他的额头，“你没事吧？”

“没事……”多咄避开她的手，“我只是……突然觉得……觉得……”

“觉得就像做梦一样？”江南安静下来。

多咄终于正眼看着她问：“你怎么知道？”

“我当然知道啦。”江南胸有成竹地笑开了，“所有跟流云尼玛打过交道的人都会有这样的感觉。她是我们喇尔扎措的明珠嘛。”说着她神秘地一笑，“我告诉你啊，说不定，流云会成为咱们喇尔扎措的荣光呢。”

“怎么？什么意思？”

“我也是听头人说的，拉萨的赞普就要迎娶从大唐来的公主了。”江南的眸子里闪着光，满脸兴奋，期待地看着多咄，“第二个嫁到咱们吐蕃的大唐公主。”

多咄摸不着头脑道：“那又怎么样？”遥远的拉萨，还有比拉萨更遥远的大唐，对于这个从小生长在神山圣湖之间的少年来说，没有任何特殊的意义。

“唉……你……”江南气结，面色变了几次，无比失望，“算了，你不明白。”她有些赌气地转身就走，“不跟你说了，快点走吧。”

“你等等。”多咄追上去，“我想起来了，你的祖父就是从大唐来的吧？难怪你那么高兴呢。”

江南叹了口气，回身正视多咄道：“你真是个单纯善良的孩子，难怪流云喜欢你。”

“啊？”一阵莫名的喜悦没头没脑地冲上来，多咄有点不相信自己的耳朵。

江南自顾自说下去：“你也不算说错啦。大唐……我真的很想知道，大唐是什么样子的呢。”她眼中满是向往，“祖父说，我名字的意思，代表着他的家乡。他说那里是人间的天堂，比咱们喇尔扎错还要美。”顿了顿，她又有点不甘心地说，“我倒是想看看，这世界上还有什么地方比喇尔扎措还要美。”

“你是想去大唐吧？”多咄愣愣地问。

“谁说的。”江南呆了一下，仿佛最隐秘的心思被人窥见了，有点恼羞成怒，大声说，“什么都不懂，你就不要乱说，谁稀罕什么大唐……”一边说着，她转身又走。

多咄不明白自己哪句话得罪了对方，根本无从解释。江南因为是流云尼玛最贴身的侍女，所以很受族人的尊敬，她一向颐指气使惯了，此时脸色说变就变，多咄早就习惯了，所以只是闷声不响地低头跟着她往回走。

翻过一座小小的山坡，下面就是喇尔扎措族人千百年来聚居的地方，此刻晨雾已散尽，碧绿如茵的草场上，牦牛星星点点地点缀其中，毡房星罗棋布，炊烟袅袅升腾，空气中弥漫着酥油茶的味道。江南站在山顶往下看，良久，都没有挪动脚步。多咄不明所以，却也不敢再说话。

“多咄，”江南的声音出乎意料的低沉，“你说得没错，我是想去大唐看看，祖父说那才是被天神眷宠的地方，和那里的天可汗相比，我们的达尔果山神、贡觉玛，甚至是念青唐古拉，这些所谓的神，连尘埃都不如。”

“你胡说！”多咄跳起来，这话算是犯了他的忌讳，他怒气冲冲地大声反驳，“你胡说，你胡说！达尔果，还有贡觉玛，他们都是天神的子女，他们……他们……”他一时气急，反倒找不到准确的词来表达了，脑子里反复出现的，都是贡觉玛从水晶镜面里走出来时，周身绚丽闪烁的光芒。“反正贡觉玛是最好的神！”他突然想起自己作为西亚尔神侍的身份，又补上一句，“西亚尔也是！”

“嘿……”不知道是谁笑了一下，声音醇厚。多咄一愣，环顾四周，没见有人。

“哼!”江南毫不客气地嗤笑，“你见过贡觉玛和西亚尔吗？你怎么知道？”

“我……”多咄差点说出自己已经见过贡觉玛的事情，关键的一瞬间，他想起流云尼玛的叮嘱，才生生地把话咽下去。

“你什么，算了吧，你根本不会懂的。”她轻蔑一笑，头也不回地朝族中走去。

多咄的性格再怎么随和，被她这么几次三番地耻笑，也难免生气。他一赌气，便就地坐下，打算等江南走远了，再独自回去。

太阳暖洋洋地照在身上，通体舒坦，多咄索性躺倒，把脸埋在青青的碧草中，嗅着格桑花淡淡的香味。雄鹰在蓝天里翱翔，灿白的云朵低低的，迎面压下来。多咄觉得眼前一花，仿佛有什么东西拂过面庞，挟着雪山气息的风让他精神一振。

“你还真睡得着？”一个醇厚的声音在他耳畔响起，带着浓浓的戏谑的味道。

多咄心中一动，这声音，他好像在哪里听见过。

“喂，叫你呢，你听不见吗？”声音没有来处，像是从四面八方同时卷过来似的。多咄想，大概是自己耳鸣吧，自从见了贡觉玛之后，他一直有些恍惚。

那声音终于不耐烦起来：“你到底听不听得见我说话？不是说你是我的神侍吗？再不回应，我可就走了！”

“西亚尔？”仿佛一道电光在脑海中划过，多咄突然睁开眼，难道刚才那个声音是西亚尔的？他跳起来，四处张望。周围一片静谧，连野羚羊都只是在远处徘徊，一个人影也没有，那声音究竟是从哪里传来的？究竟是不是西亚尔？他想起流云尼玛的承诺，让他能见到西亚尔，从早上起就郁结在胸口的不快，更加强烈了。

“有眼无珠的小子，这也配做我的神侍？”虽然是苛责的话，但那个声音里更多的是戏谑的味道。

一阵凌厉的风从头顶刮来，多咄抬头，刚才蓝天中的那只雄鹰正张开双翅，呼啸着朝他俯冲下来。

“啊呀……”多咄吓得抱住脑袋滚倒。

雄鹰在低空盘旋，旋即拉高身架，朝远处飞去。“哈哈，哈哈哈，胆小鬼！”

笑声在天空中回荡，好一会儿才散去。

半晌，多咄才从草丛中爬起来，惊魂未定，眯眼看着雄鹰消失的方向。蓝天下，那里有一池清澈透明的湖水，湖水的边上，八座宏伟的雪山连绵起伏，最边上那座叫作西亚尔的雪山顶上，千年的冰雪在阳光下反射出绚丽的光晕。

“西亚尔！”多咄忍不住大叫，一声又一声，“西亚尔，西亚尔，西亚尔……”他拔腿飞奔，不顾一切地朝那座雪山跑去。

入夜，牛羊归圈，人畜歇息。只有头人的毡房里，还有红红的火光传出，在一片黑暗中分外醒目。族中的长老们和头人都聚集在这里，火盆里炭火跳跃。喇尔扎错人喜欢在上面架烤当惹雍湖特产的一种银鱼，诱人的鱼香味混合着呛人的炭烟味，弥漫在这间整个部族最豪华的屋子里。

从清晨开始的会议，到现在都还没有结束，长老们还在争论。

“既然拉萨方面特意传来消息，那么就是有愿意缓和关系的意思，我们如果不答应，只怕会驳了赞普的面子。这大概会不好吧。”

“有什么不好？”另外一位长老瞪圆眼睛，把手中的青稞酒碗往桌子上重重一放，“当年老族长敢弃官，咱们如今还用在乎他的面子？雄鹰什么时候要操心野狼有没有面子了？”

“布麦大叔，你别乱说，”头人脸色微沉，低喝了一句，“尺带珠丹赞普才是天上的雄鹰，是伟大的赞普松赞干布的后裔。什么野狼不野狼的，让别人听去了怎么得了？”他口气缓了缓，又说，“当年老族长离开拉萨没有错，那是为了咱们喇尔扎措千百年来的荣光，可是如今我们还有荣光可以维护吗？喇尔扎措衰败，是不争的事实。”

屋里一时极其安静，只有炭木燃烧发出的哔啪声，火星四下飞散。

流云尼玛坐在角落里，手中把玩着横笛，若有所思。窗外隐隐的风声引得她侧耳关注。

长老们继续讨论：“自从老族长离开拉萨，咱们喇尔扎措就被排除在吐蕃八百四十二部之外，但这次赞普下令在全藏遴选大唐公主的侍女，竟然包括了咱们喇尔扎措，这是多好的机会呀，千万不能错过。依我看，喇尔扎措能不能恢复当初的荣光，就看这一回了。”

“难道真要送我们的小公主流云尼玛去拉萨？头人只怕第一个舍不得呀。”一句话说得屋里所有人的目光都集中在流云尼玛的身上。

突然意识到自己成了众人的焦点，流云尼玛回过头来，淡淡地问：“几位大叔觉得我去了拉萨，喇尔扎措就能找回昔日的荣光吗？”她顿了顿，又说，“我看未必。”

“哦？来来，流云，你说说为什么？”

“当年老族长是为了什么离开拉萨的？咱们被排除在诸部之外，只是因为老族长离开拉萨吗？”流云尼玛环顾室内，火光映得所有人的脸色明灭晦暗，不知怎么回事，她心里突然有了一丝不祥的预感，她深深吸了口气，摇头摆脱那莫名的感觉，继续道，“所有人都知道，这些年喇尔扎措得不到赞普的承认，只因为咱们信奉的是敦巴辛饶祖师，而不是释迦牟尼。”

长老们神色一凛，彼此对视了一眼。这个事实人人都知道，可是刚才大家都刻意回避了。这才是喇尔扎措跟拉萨关系的死结，只是他们都存着侥幸，仿佛这个问题不被人提起，就等于已被遗忘一样。所以此时被流云提出来，长老们的脸上都有些挂不住。

流云看得比所有人都清楚，她叹了口气，站起来，在众目睽睽之下，推门出去。夜间寒冷的风迎面扑来，挟带着雪山清新的气味。她重重地呼吸，像是要把刚才在室内吸进去的令人窒息的浊气都呼出来。守卫在门外的侍从牵来白色的牦牛，却不见江南，她也没问，只吩咐别人不用跟着，径自离去。

月光皎洁，映在达尔果八座山峰上，雪光融融，此处与寨子中的人间繁华截然不同，另有一种清冷静谧的美。流云尼玛抽出别在腰间的横笛，摩挲了片刻，放在唇边。笛声乍起，如离巢的鹰隼直飞冲天。恰有一缕游云从月亮前飘过，月光在那一瞬间仿佛抖动了一下。

“流云，流云尼玛……”呼声由远及近。

流云回头，看清从雪山脚下向自己奔来的人，有些意外道：“多咄，怎么是你？”

“我听见你的笛声，就来了。”多咄跑得太狠，到了她的面前，立刻叉着腰大口喘气，半天才笑嘻嘻地回话。

“可是……可是……”流云尼玛表现出罕有的不知所措，四下里张望，像是在寻找什么东西。

“你是在找西亚尔吗？”多咄问。

“我……”流云尼玛觉得自己的脸像被火烧一样红，也许是最隐秘的心事被窥探到了，她竟有点生气，“你问那么多干什么？”

多咄不说话，一味嘿嘿地笑，笑得流云尼玛疑心突起，更加频频地四处张望：“你……是不是遇见谁了？”

“你别急呀！”多咄兴奋得双目闪亮，“你早就知道对不对？西亚尔，他已经从念青唐古拉那里回来了。”

“你已经见过他了？”流云尼玛果然没有太多惊讶，她的目光越过多咄，看向远处，旋即一丝难以掩饰的甜蜜笑容从眼角眉梢流露出来。

多咄回头，果然看见夜色中，一个身披着月光的年轻人，正含笑环抱着胸站在不远处，他的长发束在脑后，袍角随着夜风轻轻飞扬。

“西亚尔！”多咄大声叫他，又回过头来对流云尼玛说，“今天白天西亚尔神就出现了，一开始我还不知道是他，后来我跟着他跑进雪山，他还拿我取笑……”少年兴奋的话说到一半就戛然而止了。他发现无论是自己面前的流云尼玛，还是身后的西亚尔，谁都没有听他说话。

流云尼玛的目光莹润，光华夺目，脸上掩不住的美丽笑容如同盛开在暗夜雪山之巅的雪莲，只对一个人绽放。他们的目光一经接触，便紧紧纠缠在一起，再也无法放开对方。多咄不由自主地侧过身，仿佛怕被他们火热的视线灼伤。

虽然是在黑暗中，西亚尔的笑容却异常耀眼，他气定神闲地向流云尼玛伸出手来，做出等待的姿势。

多咄连连后退，眼看着流云尼玛脚不沾尘地走向西亚尔，投入他的怀抱。心头突然传来的钝痛，让多咄难受得几乎无法呼吸。胸中好像有一团火焰在燃烧，煎熬着他的五脏六腑，也让他突然明白了之前提起西亚尔时，流云尼玛唇边神秘的笑意究竟意味着什么。

他一步步后退，仿佛是要逃离这个尘世。十四岁的少年，初尝人世间的无奈，不知该如何应对，他一味地想：如果这不是真的就好了，那样就好了……

这样的痛楚悠远绵长，延续到千年之后，那个叫作裴显的青年身上。

“西亚尔，西亚尔，为什么我的心这么痛？”裴显忽然呼吸困难，跌坐在雪地上，他向不远处那个被放逐的神祇伸出求援的手。

西亚尔垂目看着他，眼波不兴，那神情就像所有庙宇中俯视红尘的佛祖。裴显悚然心惊，愣愣地看着他这陌生的表情，伸出去的手无力地垂下。当年的天神之子因为沾染了红尘而引出一段流转千年的眷恋，而如今，他却将自己隔绝在了红尘之外，只剩一副冷眼旁观的样子。

“西亚尔？”这究竟是不是记忆中，多咄熟悉的那个西亚尔？

西亚尔忽然长身而起，走到裴显面前，手掌抵住他的心口，侧头感受他的心跳，淡淡的讥讽的微笑在他面上若隐若现。不知为什么，这个简单的动作竟然让裴显脸色大变，冰冷黑暗的记忆仿佛堤坝后面的洪水，不断冲击着记忆的闸门，随时都会宣泄而出，只不过一时间被阻隔在很深的地方，无法探知真相。

西亚尔凝视他的眼睛，语声轻柔：“知道为什么你会心痛吗？”他做出一个掏心的手势，“因为你本来就没有心。”

西亚尔行走在雪山之巅，眺望遥远不可及的天边，任狂风吹乱他的头发。他卓然而立，与风雪为伴，甚至在常人无法立足的地方悠然自得。

裴显看着西亚尔的背影，努力开动自己那因为空气稀薄而变得迟钝的脑筋，想要想明白西亚尔刚才那句话究竟是什么意思，然而思绪竟完全不受他控制，只围绕着眼前这位天神之子打转。

裴显看着风雪在西亚尔的鬓边凝出冰花，忍不住想笑——西亚尔本来就是雪山之神，无论是当惹雍湖畔的达尔果山，还是双湖无人区的大雪山，对他来说，有什么区别呢？别人眼中的恶魔之境，正是他的家园。究竟是谁，想出把他流放到这里的主意？

仿佛感受到他心中的疑问，西亚尔突然回过头来，凝视他的眼睛中精光绽放，令裴显无端地感到一阵眩晕。西亚尔这种略带狡黠的神采飞扬，他一点都不陌生，那时候……

那时候，多啪倔强地跟在西亚尔身后，不肯离去。西亚尔也不回头，任由他跟着自己，不疾不徐地穿过湖畔广阔的草甸，直到远远离开了喇尔扎措的范围才停下来，微笑着对多啪说："离家很远了，你该回家了。"

"我……我不走。"多啪被他明亮的眼睛盯得不自在，却仍然鼓起勇气大声说，"我再也不会离开你的身边，我是你的神侍！"

"哦？"一直有些心不在焉的西亚尔终于将全部注意力都放在了眼前这个少年身上，"你就是那个据说除了我，还能看见其他神的人？"

谁对他说的？这么高的评价让多啪忍不住脸红，嗫嚅了半天，他才不好意思地说："我……我不知道能不能看见别的神，我只见过你和贡觉玛女神。"

"嗯……"西亚尔似乎并不在意他回答了什么，只是依着自己的思路问下去，"你去过贡觉玛的宫殿吧？并不是人人都能到那里去的，即使是贡觉玛自己的神侍，这么多年，也只有流云尼玛一个人去过呢。"他拍拍多啪的头顶，"你不错，很难得。"

多啪兴奋得耳朵都红了，他满眼盼望地仰头看着西亚尔道："那么……"

"不行……"不等他说下去，西亚尔就打断他，"我要去的地方太高太远，你到不了。"像是不忍心看他失望的样子，西亚尔又说，"你已经看见我了，并且跟我到了这里，这是任何人都到不了的地方，你已经很厉害了。"

多啪回头，这才发现他们不知何时已经置身在一处空茫没有边界的地方，周围一片白茫茫的，像是云雾缭绕在脚边。"这里……这里是什么地方？"

"这里是去往天界的必经之所，凡人到这里就是极限了。"西亚尔抬头向上望去，"那上面就是天界，是我们兄妹九人的故乡。"

多啪想起来，贡觉玛也满怀向往地说起过他们的故乡，于是问道："可是贡觉玛好像不能回到天界？"

“即使是天神之子，也不能随意往来于天地之间。我是例外。”西亚尔的话语中流露出不经意的傲气，“因为我是敦巴辛饶祖师的弟子，所以我可以……”

说这些话的时候，多咄觉得他的身上散发出一种令人不可正视的光芒，漫天苍茫的白云，似乎都被这光芒染成了七彩。多咄不由自主地后退一步，满心惶恐，那是一种对于神的敬畏，只有在亲眼看见所谓的神迹的时候，才会从心里深处产生的感情，这种敬畏会让人不由自主地低下头去，顶礼膜拜。

西亚尔再次挥手：“你回去吧。不要跟来了……”

“可是，我怎么样才能找到你？”想起之前十几年的委屈，多咄患得患失，他尽最后的努力想要抓住一丝保障。

西亚尔似乎能够了解他的心情，点点头，不假思索地说：“你可以去找流云尼玛，有任何需求，她都会帮你的。”

忽地一阵风起，迷雾消散，西亚尔消失在云层的深处。多咄仿佛瞬间从半空跌落，重重地摔在草地上。“西亚尔——西亚尔——”他一跃而起，大声呼唤。然而四野茫茫，只有成群的野羚羊站在不远处，警惕地盯着他看。

天色渐暗，很远的地方，喇尔扎措的方向隐约有灯光闪烁。多咄独立在那里，心中有种奇怪的感觉，仿佛这尘世的灯火玷污了西亚尔那从天界带来的光芒。尤其是……尤其是当他提起流云尼玛的时候，那种感觉愈加强烈。

多咄突然有些愤怒。西亚尔是神，是身披天界光芒，降临人世的神，高于普通的神。而流云尼玛是人，即使她得到了天神的赐福，也不过是一介凡人而已。他们两个怎么能在一起呢？神就应该高高在上。

“是呀，神和人，怎么能在一起呢？”一个声音在他耳边响起。惊了多咄一跳，他连忙环顾四周，一个人也没有。一定是幻听，他安慰自己，心中却始终难安，不由得想起西亚尔化身雄鹰时，对他的捉弄。

一想起这个，多咄越发觉得不开心。他郁郁地往回走，浅浅的月色在他脚边拉出一道长长的影子，他看着周围的一切，忽然觉得从没有过的孤独寂寞，只觉天地无限，却没有他可以倾吐心情的对象。

正在自哀自怜的时候，身后一串脚步声赶上来。他转过身，一个蓝袍的中年人不知何时跟在他身后，双手拢在袖中，微笑看着他。

多咄见他衣着打扮都与喇尔扎措人有很大不同，腰间系着玛瑙宝石镶嵌的腰带，下面还缀有从大唐来的丝绸绣花的精美荷包，气派举止竟然比头人还多了几分雍容贵气，便不敢怠慢，连忙垂手过膝，毕恭毕敬地问道："客人是从哪里来？"

那中年人对他的态度似乎十分满意，点点头道："果然有点眼色，难怪比别人多了点天赋。我从拉萨来。"他看着多咄，笑道，"你是喇尔扎措的人吧？你们头人在哪里？"

虽然已经有了心理准备，但听到这人自称从遥远的拉萨来，多咄还是吓了一跳，对他来说，那是一个比天边还要遥不可及的地方。也许因为拉萨太遥远，多咄反倒没有直观的感受，只是更加恭敬地回话："头人在寨子里，小人愿意为远来的客人带路。"

"带路倒不必，"客人上下打量他，状似不经心地问道，"你们族里，是不是有个叫流云尼玛的姑娘？"

"流云尼玛是我们头人的女儿，是喇尔扎措的明珠，客人远在拉萨，也听说过她？"多咄与有荣焉。

"当然了，"客人意味深长地笑着，"大名鼎鼎的流云尼玛，只怕全吐蕃的人很快都会知道她了。"

不知道怎么回事，多咄听见他这么说，突然有一种很不舒服的感觉。在他心目中，流云尼玛是属于喇尔扎措的，所以他作为喇尔扎措人，对她有一种理所当然的占有感，即使是西亚尔提及流云尼玛，也会让他觉得受到了侵犯，何况这个人说的，是让全吐蕃的人知道，那仿佛就代表着他们要跟全吐蕃争夺流云尼玛。

客人似乎猜出了他的心思，说："你放心，流云尼玛不会被抢走，她只会为你们喇尔扎措带来无尽的荣光。"

"真的吗？"无尽的荣光，即使多咄年纪小，也听得出这后面有着巨大的诱惑。他想起来流云尼玛对他说起过的喇尔扎措的过去，而"找回过去的荣光"是他从小就听族里老人们说的话，如果问有谁能做到这件事，除了流云尼玛，他自己确实想不出第二个人来。

“当然，”客人看出多咄心动了，趁机问道，“听说流云尼玛是你们的神侍？能见到贡觉玛？她只能见到贡觉玛吗？别的神呢？”

“怎么？”多咄虽然被他说得心痒，却还是保持着警觉，“你问这个干吗？”

“你不是希望流云尼玛能给你们的部族带来荣光吗？可是她能做到吗？她有这个能力吗？”

“当然有！”到底是年少气盛，经不起刺激，多咄抢着说，“流云尼玛是得到天神赐福的人，她不仅能见到贡觉玛，还能见到西亚尔。”

“哦？西亚尔？那可是诸神中的骄子，他独得天宠，性情高傲，很少与凡人来往，即使是他的神侍，也很少见到他。你要是说流云尼玛见过达尔果别的神，我还信，说她见过西亚尔……”客人摇摇头，“我不信。”

“我说的是真话，”多咄大声说，“西亚尔对别人怎么样，我不敢说，但是他对流云尼玛特别好，特别特别好。”

“特别好？”陌生人盯着他，“你怎么证明？”

“我……”多咄噎了一下，对是否要将自己知道的事情说出来非常犹豫。

“不能证明，就不要随便说话，小孩。”

这人讽刺的笑容，让多咄一下子就想起来每次祭祀众神，其他神侍传达神谕，准备祭品的时候，看着一无所知的他，都会毫不遮掩地流露出轻蔑。那些人，也是这样讥讽他、笑话他。他脑子一热，便张口道：“我当然能证明！就在刚才，流云尼玛还和西亚尔见面，就在那里……”他指向雪山脚下，“西亚尔是专门回来看望流云尼玛的，他们……”话一出口，他就后悔了，愣愣地张大嘴，恨不得咬断自己的舌头。

“他们是恋人？”客人替他接上，丝毫不见惊讶，只是皱着眉头，颇不赞同地说，“神和人，怎么能在一起呢？”

“你……”多咄瞪大眼，这话听着那么熟悉，正是刚刚不知道是谁在他耳边说过的话，一字不差，“你……你究竟是谁？你到底想干什么？”

那客人笑笑，不回答他的问题，只是说：“你回去给流云尼玛带个话，就说神有神的戒律，凡人不要妄想与神有牵连，西亚尔不是她能配得上的。”说着，声音渐远。

多咄眼看着他的身体渐渐淡去，就好像一滴牛奶滴在了清水里，逐渐化去。忽然似有一道闪电在他心头划过，他恍然大悟道："念青唐古拉，你是念青唐古拉！"

"没错，念青唐古拉。"西亚尔点点头，一丝恨意从眼中闪过，平和的面容在这一瞬间因为不和谐的恨意而显得有些狰狞。

裴显没来由地觉得有一阵寒意掠过，不由自主地哆嗦了一下。

风从四面八方汇聚过来，吹乱了两个人的头发。西亚尔抬起头，从凌乱的发丝中间，望进苍穹深处。裴显顺着他的目光看上去，高原独有的湛蓝天色，由浅至深，逐渐向大气层的外缘渗透，在极深极深的地方，似乎隐藏着巨大的不为人知的秘密。

裴显突发奇想，莫非，在重霄之上，真的有一个天界？

作为受过高等教育的现代人，他当然知道太阳系的构造，地球之外，是太空。然而，眼前这个来自远古的神祇，这个自称是天神之子的人，又是从哪里来的？也许，在物理空间之外，存在着一个被称作天界的地方，那里，是诸神的故乡。

他望着西亚尔的侧脸，脑中又一次闪过多咄记忆中那个满脸怅惘，遥望故乡的贡觉玛。

念青唐古拉说，神有神的戒律，西亚尔与流云尼玛相爱，难道无法得到天神的祝福？

西亚尔再次将目光投向裴显的时候，眼中的愤郁已经隐去，面容平静得一如神庙中千年不变的雕像。

"西亚尔，你们得不到天神的祝福吧？"这个问题脱口而出之后，裴显才发现自己的胆子真是不小，因为他看到西亚尔的表情瞬间变了好几番。

因为听到这造次的问题而愕然，继而是被戳到痛处的恼羞成怒，此刻的西亚尔眼中精光闪动，目光凌厉得让裴显几乎要拔腿逃开。然而西亚尔并没有任何动作，一种沉痛的悔恨便如同乌云一样遮住了他身上的一切光芒。

悔恨——裴显清楚地读出他身上这种情绪的同时，心中一凉。

西亚尔牵动嘴角，扯出一个嘲讽的冷笑。“你知道神跟人的区别是什么吗？”不等裴显回答，他便径自说下去，“那就是神的一切自私行为都会被冠上一个冠冕堂皇的理由。”

“冠冕堂皇的理由？”裴显显然不明白他的意思，一时不知道该如何回应。

西亚尔目光冷峻道：“比如说，天命。”

“天命！”这两个字被说出口的刹那，风云涌动，天色骤暗，一道闪电随着惊天动地的霹雳声落在不远处的雪峰上。裴显吓得连连后退，抬头远望，只见原本是鹰嘴形状的山峰突然崩坍，巨大的雪块四下迸裂，雷鸣的声音在重重山峦之间回荡。

雪屑飞散在空气里，一时间什么也看不清楚。夹杂着雪尘的空气让裴显的呼吸变得有些困难，他弯下腰，大声咳嗽。

“雪崩了。”西亚尔面无表情地说。那一年，他愤而离开当惹雍湖畔，临走前弄塌了自己的山峰。之后漫长的岁月里，每当心中积郁无法排遣的时候，他总会发泄在大大小小的雪峰上。双湖之所以成为恶魔之境，雪崩、地震连年不断，这是其中一个很重要的原因。但对他来说，其实就是这么回事罢了。

“要见见她吗？”西亚尔对裴显的痛苦视而不见，只是这样问道。

“见谁？”喘息稍定，裴显随口反问，可随后他就意识到自己的问题很愚蠢。在这里，现实与迷幻交界的世界里，除了西亚尔，还能有谁？“流云尼玛？”

一丝迷茫从西亚尔的眼底闪过，他似乎犹豫了一下，旋即才坚定了心意。他纠正裴显：“是流云的转世。”

雪山的深处，千万年来积存下来的冰柱嶙峋耸立，如同山谷深处一片晶莹剔透的冰雕石林。这里是山谷的底部，向上望，两壁夹天，森然难测。仅有的一线天光落下来，投射在冰柱上，再折射到周围去，反复几次，偌大的谷地便如同裴显去过的冰雕展一样，五光十色，缤纷绚烂。如果说打从见到西亚尔那一刻起，裴显就怀疑自己是在做梦的话，那么当看见这样神奇美丽的景色时，他脑中所能想到的只有一个念头——这一定是自己的梦境。

然而西亚尔并没有给他做梦的机会，他在前面翩然带路，脚步所到之处，扬起阵阵冰尘。寒气激得裴显冷战连连，露在外面的耳、鼻、手指，冻得除了痛，其他感觉都没有了。“还有多远？”裴显终于熬不住了，开口问道，一大团白气从他口中哈出，瞬间就在他面前凝结成了冰珠，哗啦一声跌落在地上。裴显吓了一跳，连忙摸索自己的脸庞，生怕鼻子耳朵什么的也被冻掉了。

这时西亚尔突然停下脚步，裴显脚下打滑，收步不及，眼看就要一头撞到他的背上，根本无法控制，只能徒劳地闭上眼，嘴里喊着：“我收不住，收不住！对不起，对不起……”

然而预想中的碰撞并没有发生，裴显最后还是艰难地刹住了脚步，好不容易站定。他睁开眼，眼前是一片光滑如镜的山石，冰凌从山顶倒挂下来，将这片山石装点得狰狞不已。然而西亚尔却不在他眼前。裴显惶然回头，那位山神竟安静地站在他身后，深深地望着那片山石出神，仿佛只要这样看着，目光就能将重重冰雪融化，他就能穿透一切阻碍迷障，到达渴望已久却无法企及的地方。

“西亚尔？”裴显愣了一下，来来回回打量自己和西亚尔，一个足以让他全身僵硬的念头不受控制地滋长出来，“西亚……”他伸手过去，愕然地发现自己的手臂可以穿过西亚尔的身体，竟没有实质的触碰。

“你……”裴显张大嘴，使劲控制自己不要把那个字叫出来，然而所有的努力在西亚尔的目光转过来和自己对视的一瞬间土崩瓦解。“鬼啊！”一声凄厉尖锐的惨叫直入云霄，震得山上的积雪簌簌落下。

西亚尔这才被他惊动，神思从极深远的地方拉回来，像是反倒被裴显的叫声吓到了，有些不知所措。

“你不要过来！不要过来……”裴显抱住头，使劲往山壁上靠。虽然都是非人类，但神和鬼还是不一样的。他可以接受自己遇见传说中的山神这样的奇遇，因为这样的事情可以称作造化，但遇见鬼，那就只能是倒霉了。

西亚尔完全不能理解他的举动，只是问：“你怎么了？”他不知道这年轻人为什么突然之间就失去了控制，连问了几声，对方仍然不管不顾，一味惨叫连连，像是下一刻就会被自己生吞活剥一样。西亚尔终于不耐烦地伸出手来，一道凌厉冰寒的风如箭般从他的指尖射出，嗖的一下没入裴显的身体里。上一刻还在哀号躲闪的裴显，下一刻却如石化一般老老实实、安安静静地站在那里，一动也不动。

“你在发什么疯？”西亚尔走近他，皱着眉头责问。

“你……”裴显仍在瑟缩，悲壮地述说，“你没有身体！”

西亚尔哭笑不得，却也只能耐着性子解释：“你见到的，只是我的幻象。我的真身并不在这里。”

“哎？”裴显显然不明白。

西亚尔走上前，手掌贴着石壁，被厚厚的冰层覆盖着的石壁映出他的样子，他说：“在这个石壁的深处，躺着流云的转世，我的元神守护在这里，真身则远在念青唐古拉的山脚下。”他转过头来看着裴显，很认真地继续说：“这是我必须付出的代价。”

日升月落，月升日落，日月交替间，时光一点一点溜走。而当惹雍错澄澈的湖水倒映出达尔果山姿态各异的八座山峰，却似乎将时间凝固在了自己周围，千万年来一成不变。

流云尼玛坐在湖边的老柳树下，悠悠扬扬吹着笛子，白色牦牛在草地上悠闲地吃着草，尾巴随着笛声的节奏，一下一下甩着。江南却有些不高兴，瘪着嘴，一边摘着格桑花，一边时不时地朝寨子的方向张望，像是在期待着谁。

流云吹的是一首来自大唐的曲子，音律曲调与族人们惯常吹奏的完全不同，作为贴身侍女的江南也从没有听过。这一天，不知道为什么，她竟反反复复吹了一遍又一遍，从正午一直吹到了夕阳将达尔果山染成了红色才停下来，然后她就怔怔望着湖对岸的白色群山出神。

江南终于忍不住，问道：“那曲子真好听，叫什么名字呀？”

“我也不知道。”流云尼玛似乎有些意兴阑珊，淡淡地答道，“听祖母说，讲的是天上的仙女爱上了人间的放牛郎，于是不顾天条约束，与牛郎生活在一起的故事。”

“是牛郎织女的故事呀，”说起大唐的典故传说，江南就来了精神，凑过来献宝，“那故事我听说过，那个仙女是西王母的孙女，是天上的公主。”说着她的眼珠转了转，扑哧一声笑了，“你去问问贡觉玛，说不定她也认识织女呢。”

“啊？为什么？”流云尼玛心不在焉，一时没明白她的意思。

江南促狭地说：“贡觉玛不也是天神的女儿吗？大唐的天上有西王母，咱们吐蕃的天上有天神，大唐的公主能嫁到咱们吐蕃来，说不定他们大唐西王母的孙女跟咱们的贡觉玛也是好朋友呢。”这算是古怪至极的奇思怪想了，江南说完，自己都忍不住咯咯咯地笑个不停，到最后她自己也觉得太过荒唐，怕主人责怪，索性笑着跑开。

然而流云尼玛却没有如她猜想的那样责备她，反倒瞪大了眼睛，愣愣地僵在原处，半天没有反应。

江南心里咯噔一下，笑容渐渐淡去，小心挨过去，拽拽她的袖子，道：“流云，流云，你怎么了？”

“啊，”流云尼玛恍然回神，像是受了惊一样挣开，强笑道，“没有，我没事。”她一边说着，一边起身招呼来牦牛，“江南，你先回去吧，我想四处走走。阿爸要是问起……”说到这里她沉吟了一下，有点赌气地说，“就说我今天不回去了。”

“啊？”江南目瞪口呆，“不回去了？那怎么行呢？头人非要怪罪我没有跟好你的，你……你要去哪里，我跟你一起去吧。”

流云尼玛根本不理她，口中吆喝，那牦牛颇有灵性，奋起四蹄，飞速跑开。

牦牛奔跑的时候颠簸不已，她紧紧攥着缰绳，像是攥住了攸关性命的一根稻草一样。带着雪山气息的风吹在脸上，一片沁凉，流云尼玛闭上眼，感受着空气中清新的味道，任发丝在脑后飞散开来。风中的寒意也有一丝是来自西亚尔的吧？想到这，思念便如同凛冽的风一样，一下下抽打在心头，让她无法自处，只能依靠飞奔来排遣。

自上次见面后，到现在已经快一个月了，西亚尔说他只是上天界去，很快就回来，却再没有了消息。难道真像汉人所说，天界的时间与凡尘是不一样的？她不知道，没有人告诉她。从来，就没有人会爱上一位来自天界的神。

寒意随风将她包裹，从领口的衣襟渗进里面，生生起了一阵寒战。流云发出一声呼哨，牦牛收住脚步停下来。

太阳一点一点没入雪山后面，夜色渐浓。流云尼玛跳下来，拍拍牦牛的背，让它在身边坐下来，自己则靠着，从牦牛的身上汲取温暖。她深深叹息，这里空旷宁静，不会有人来打扰她，也不会有人拿那些她不愿意做的事情来逼迫她。

这是多么艰难的一个月呀。各种各样的消息不停从那曲、从拉萨传来，长老们夜以继日地开会，揣测研究赞普的一道道命令、诏书里面的意图。从远方来的吟诗老人弹着胡琴，把念青唐古拉最新的旨意传唱给族里的祭司们听。流云尼玛眼睁睁看着长老们天天聚集在一起，讨论着如果他们顺从了赞普的意思，也许昔日的荣耀就能够重归喇尔扎措；如果惹怒了念青唐古拉，也许灾难就会降临到族人的头上。

预感到巨大的风波将至，她却无能为力。长老们看着她的眼神开始变得暧昧不清，每个人见到她，都小心翼翼地笑着，察言观色，假装不经意地提起拉萨，提起那个即将成为吐蕃王后的大唐公主，然后话题一定会转到她那从大唐来的祖母身上，接着，不停有人对她描述传说中大唐的繁华盛世，那姿态，仿佛哪怕隔着千山万水，也要与那繁华沾点边似的。祖父一辈的人也开始有意无意地在她面前频繁地提起喇尔扎措曾经的荣耀，传说一个接一个，包括说起那个时候连念青唐古拉都要对族长以礼相待，追忆往昔后，总会别有意味地笑着对她说“喇尔扎措的未来就靠你了”。

流云尼玛心中的惶恐如蔓草般滋长，族人们的意图那么明显，却又没人肯说清楚，高原的子民，难道不应该是坦诚豪爽的吗？是什么让他们对自己的想法讳莫如深。从小到大，这个她一直生活的地方，从来没有如现在这样令她不安。她不明白，一个从遥远的地方嫁到拉萨来的大唐公主，为什么会让他们亲族之间变得如此陌生？在人群中她有越来越强烈的孤独感，所以她不愿意回去，宁愿独自躲到旷野来。

抬起头，望进青天深处，流云尼玛一声声呼唤着那个名字：“西亚尔，西亚尔，你究竟在哪里？为什么这么久了还不回来？”如果说族人们的转变让她感到不安，那么西亚尔的杳无音讯则让她无可自抑地焦虑。为什么他一去不回，这么多天甚至都不曾出现在她梦中？

合上眼，那个名字还在唇齿间呢喃：“西亚尔，为什么我有一种非常不好的预感？如果你再不回来，也许就再也见不到我了？”她的眼睛有点酸涩，说完后长长地叹了一口气。

风向突然改了，身后给她温暖的牦牛不安地动了一下，与此同时，流云尼玛听见一个声音在叹息。她回头，终于看见渐渐暗淡的天光中，那个她日夜思念的身影卓然而立，雪山上卷起的风在他身边回旋，最后一缕阳光在他身上折射出七彩绚丽的光，漫天云霞仿佛将他和这滚滚尘世隔绝开来。

流云尼玛站起来，远远望着他，一时间竟忘记了很多很多事情。他披着神界的光芒，回来了，然而却是那么遥不可及，那么陌生。神和人的距离，在他们之间横亘着，从来没有如此清晰过。

“你……”她在一瞬间失去了说话的勇气，只能直直地盯着那个人。

这一次，他没有向她敞开怀抱，而是神色复杂，不错眼珠地瞧着她，像是要把她的样子深深刻在脑海深处。

“出什么事了？”最先开口的，还是流云尼玛。她咬着下嘴唇，静静等待对方的回复。

西亚尔终于微微动了一下，他仿佛用尽了全身的力气，整个人突然跌倒在地上。流云尼玛惊呼一声，冲过去扶住他，“你怎么了？”

“流云……”西亚尔捉住她的手，却避开她探寻的目光，“我……从天界回来了。”

流云尼玛的心一沉到底。他曾经说过，要向天神请旨，娶她做新娘。这次上天界，这就是其中的一个目的。流云尼玛冰雪聪明，听到这句话，就大概猜出了端倪，“天神不愿意给我们祝福？”

西亚尔苦笑不语。事情比她的猜测更糟。

他不知道天神是如何得知自己爱上了流云这件事情的，反正一回到天界，迎接他的就是天神的怒气，他从来没有料到爱上凡人会激起天神那么大的怒气。

后来他被关在小黑屋子里，整整一个月，每天，天神都会亲自来问他一句："你打算怎么做？"倔强的西亚尔总是傲然回答："我要娶她！"斗争一刻都没有停止，西亚尔从来都不认为自己是一个会屈服的人，即使是面对天神的时候。

流云尼玛看着他的样子，反倒定下心来。"你打算怎么办？"西亚尔的脾气，她比谁都了解，看着他现在的模样，就能想象出他承受的压力有多大。

西亚尔看着她，仍然不发一言，只是紧紧攥住她的手，像是要从她这里汲取勇气和力量。

流云尼玛索性在他身边坐下，头靠在他的肩上，让两个人的身体互相支撑着。"族里的长老们要把我送到拉萨去，给大唐来的那位公主做侍女。他们以为这样做，喇尔扎措族就能恢复往日的荣光。"

"可笑！"面对这些事情，西亚尔才略微恢复了他惯有的傲气，"想要恢复往日的荣光，除非你们信奉释迦牟尼。"

流云尼玛叹气道："所以长老们还在争论。他们希望我能够取得大唐那位公主的信任，令族人不必改信佛陀，也能为部族带来荣耀。"

"你呢？你愿意去吗？"

流云怔了一下，仿佛没有料到他会问出这样的问题。"当然不愿意。"她用脸庞磨蹭着他的肩膀，说道，"我不愿意跟你分开。"西亚尔闻言，身体明显一僵。

流云敏锐地感觉到了，她直起身子，正视他道："你不要我了？"她在西亚尔向她伸出手的瞬间闪身躲开。

"为什么？"她问。一直到这个时候，她还不知道在一些重要的事情面前，个人所秉持的信念和期待往往无比渺小，轻易就溃不成军。即使是神，也不会例外。

西亚尔的脸上罩着一层寒霜，看不出表情。他上前捏紧流云尼玛的肩膀。"流云，不要问，天界的秘密，凡人是不可以窥视的。"他顿了一下，举头望天，又缓缓说，"流云，因为一些事情，我们得不到天神的祝福。"

"因为我是一个凡人？"流云尼玛的声音干涩。

西亚尔的手又紧了紧："你……是愿意跟我在一起，还是愿意成为我的妻子？"

前后两句话似乎是在说同一件事情，流云尼玛有一瞬间的迷茫。然而冰雪聪明的她很快就了解了西亚尔的意思，她的脸色变得苍白，不敢肯定地追问了一句："你当真吗？"

在一起，和成为他的妻子到底还是不同的。从他的话里话外，流云尼玛已经知道天神肯定是反对他们两个人的婚事的。然而西亚尔还是问她"要不要成为他的妻子"，也就是说，他已经在考虑要逆天命而为之了。但想到要对抗上天，任凭她再怎么大胆，也无法不在心里打一个冷战。

西亚尔似乎并没有料到她会如此聪慧，一愣后，他忍不住大声笑起来："最了解我的果然还是你！流云，你我心意相通，这就是上天给的缘分，我们怎么能放弃？"仿佛突然解决了难题，他一扫之前的阴郁，跳起来向流云尼玛伸出手，"是我多虑了，我不应该想那么多。流云，我答应过要让你成为我的妻子，不管有什么样的阻碍，我都会实现自己的诺言的。"

流云尼玛怔怔看着伸到自己眼前的那只修长有力的手，脑中一片纷乱。原本因为拉萨的事情，族中长老们若有若无的压力就已经让她觉得喘不上气来了，她一心指望着西亚尔能够帮她看清局势并想办法解决困局，想不到西亚尔回来，却只是让事情更复杂了。

"流云？"见她迟迟没有反应，西亚尔轻声地询问。

流云尼玛的目光从他的手开始，慢慢上移，最后注视着他的眼睛。"你打算怎么做？"她已经多少猜到他的计划了，却只感到无奈和伤感，"你打算不顾一切地娶我吗？天神不会允许的。"

西亚尔伸出的手掌握成拳，轻描淡写地笑了一下："天神可以决定允许或者不允许，我也可以选择是不是要遵从天神的旨意。"

多么豪气桀骜的话，若是以前，流云定然忍不住为他鼓掌。但是现在，心里那股不祥的预感越来越强烈，这让她无法像西亚尔那样不管不顾，"对抗天神是要付出代价的。"

西亚尔的眸光微微暗了一下，点头道："我明白。我带你走，离开这里，我不做什么劳什子山神了，我要娶你为妻。"

流云尼玛想了想，问：“那你问我想不想跟你在一起，是什么意思？”

“如果你不愿意离开族人，还留在这里，我就不能娶你。我只能守护着喇尔扎措，守护在你身边，就像我以前做的那样，但是不能让任何人知道我们之间的关系。如果天神知道了我仍然跟你在一起，他会因为被欺骗而震怒的。”

事情就是这么无奈，突然之间他们就不得不面临这样的选择，欺骗天神或者是背叛天神。流云尼玛很认真地思考很久，然后缓缓地摇了摇头。

西亚尔心头一沉，仿佛明白了她的心意，颓然地收回手。

“西亚尔，喇尔扎措人也许贪心，也许自私，但我们是太阳的后裔，是在达尔果山神和贡觉玛女神的眷顾守护下长大的，欺骗和背叛不是我们这些在阳光下长大的人应该做出的选择。你给我的选择，我哪一个都不能选。”

她抬起头，望着西亚尔，哀伤欲绝：“我不能跟你离开，只为了做你的妻子而背叛天神；也不能为了跟你在一起而假装我们从来不认识。西亚尔，如果得不到天神的祝福，我们就不能在一起。”

太阳已经不见了踪影，月亮却迟迟不露面，天地一片昏暗，连一贯清澈的当惹雍湖水此时也是一团墨黑。夜风吹来，两个人身上都是一阵寒意卷过。

西亚尔死死盯着流云尼玛，黑暗中除了那双慢慢透出泪光的眼睛，什么也看不清，一种从来没有过的绝望席卷他的全身。他比谁都了解这个女子，她善良、理智、执着，在她心中有自己的一把尺子，无论是谁，无论是什么理由，都无法让她动摇、妥协。面对这样一双清澈的眼睛，自己仿佛无所遁形，他突然有了一种自惭形秽的感觉。

“流云……”他握住她的手，低声恳求，“我不能离开你，我们不能离开彼此。”西亚尔喃喃说着难以自禁的话语，仿佛只有这样才不会被那种无力感击败。然而流云尼玛似乎铁了心，别开脸，不朝他看一眼，她的头垂得越来越低，让她自己一点点陷入无边的黑暗中去。

“你究竟中了什么邪！”得不到回应的西亚尔突然暴怒起来，他猛地用力，想要把她拉起来，却不料一下子把她带倒，头狠狠地撞在地上。

“流云……”他连忙蹲下，小心翼翼捧起她的脸道，“流云，你怎么样了？”

流云尼玛深深吸了一口气，努力克制在眼眶中打转的泪水道：“我们还有别的选择吗？西亚尔，除了你给我的那两个。”

西亚尔愣住，混乱成一团的脑子里理不出头绪。

流云尼玛的脸埋在他的手掌中，终于痛哭出声：“不要让我选择欺骗或者背叛，也不要让我离开你，有没有别的选择？为什么突然之间就要把我们逼到这个地步，不要让我认为我们做错了。我们没有错，对不对？我们相识相爱并不是错误，请你让我相信这一点。”她紧紧抓着西亚尔的衣服，眼泪透过层层叠叠的衣物，渗到最里层，在山神永远干爽的皮肤上留下一片烧灼的印记。

西亚尔小心把她收进怀里，一遍一遍抚摸着她的头发。他的心很痛，这是一种陌生的感觉，既不像在天界受到种种诘难时那么愤怒，也不像乍听见她说“不能在一起”时那么难过，就只是心痛，痛得连呼吸都困难。流云的眼泪也让他觉得陌生，这个从不流泪的女子却在自己的怀抱中哭得喘不过气来。这一切都是他生于天地之间千万年以来从来没有经历过的，漫长岁月积淀下来的心中的冰冷在一瞬间崩溃了。

“别哭，流云，你就要把当惹雍湖的水都哭干了。”西亚尔一边不知所措地安慰着她，一边慌乱地想：只要能让她不再流泪，任何代价他都愿意付出。

“流云……”西亚尔狠狠地抱了抱她，过了很久才松开手臂，帮她拨开额头上的细发丝，“听我说……”他的心还在痛，脸上却扯出笑容，“我想到了一个办法，我们不欺骗、不背叛、不分离。”

流云尼玛抬起头看着他。

“我们就像以前一样……”说着这话的时候，西亚尔因为要努力克制身体的颤抖而跟自己较着劲，微弱的黄色荧光在他身后若隐若现。“你永远是喇尔扎措万人宠爱的公主，你会快乐地生活在当惹雍湖畔。而我，会永远留在这里，守护着你。只要你抬起头来，就能看见西亚尔峰顶上的白雪；只要你唱起歌，西亚尔就会化身雄鹰在你身边盘旋。我再也不会离开你。”他牵起流云尼玛的手，向夜空描画，“你看见月亮旁边的那颗星星了吗？最亮的那颗，只要它还在月亮身边闪烁，我就会在这里远远地守护你。”

流云尼玛目不转睛地看着他。星光把他英俊的面庞和明亮的眸子映衬得分外耀眼，他眼中的温柔如同夜空下微微荡漾的湖水，让人不能自已地沉浸进去，就此沉沦，不愿苏醒。

“我现在只要你做一件事……”西亚尔捉起她的手放在自己的心口，注视着她的眼睛，“把你掌心的温暖留在这里，不要让这个地方因为失去你而变得寒冷。”

“西亚尔……”流云尼玛已经不知道该说什么了，只能一遍一遍地轻声念着他的名字，“西亚尔，西亚尔……”她是头人的掌上明珠，从小被族人众星拱月一样地对待，她是人人羡慕的公主，万千宠爱集于一身，此刻她却情不自禁地为西亚尔这样的深情宠溺而动容。

“别哭……”西亚尔轻柔地捧起她的脸，“这样的话，我们就不会分开，我永远在你身边。我可以不娶你，我们不会再像现在这样私会，但是你永远在我的心里，我永远在你的身边。”

高原冬季的夜空冷峻深邃，闪亮的星光交织成一张细密的网，将清冷的寒意铺天盖地地撒遍天幕下的每一个角落。流云尼玛坐在自己的屋门外，过往的族人远远地向她鞠躬行礼，却无法引起她丝毫注意。她的目光，隔着辽阔的湖面，落在遥远的地方，那里有连绵起伏的八座山峰，峰顶终年积雪，在夜色中白得耀眼。

身后的房间里，族里的长老们又一次聚在一起讨论从拉萨和文部传来的最新消息，松枝燃烧释放出的刺鼻烟味从门缝弥漫出来，很快就被夜风吹散了，了无痕迹。但是那种令人不快的感受却长久地残留在流云尼玛的鼻端，让她没有来由地心慌。

这时有人在门板上敲了敲，流云听见阿爸的声音：“流云，你进来。”

屋里光线昏暗，火堆上烤着鱼干，白烟弥漫，发出诱人的香味。在满屋长老们的注视下，流云照旧在靠门的角落坐下。

“到这里来。”坐在火堆后的头人拍了拍身边的位置。

流云尼玛依言过去坐下，把自己的面孔隐藏在白烟的后面。

长老们彼此使着眼色，却一时间谁都没有说话。流云尼玛冷眼看着，心一沉到底。最终是头人的咳嗽声打破了沉寂，他拉过女儿的手，惊讶地皱了一下眉头问：“你的手怎么这么凉？在外面坐着冻着了吧？江南怎么做事的？”

流云尼玛抽回手，一边放到火上去取暖，一边低声回应：“没事，一会儿就暖和了。”

“嗯。”头人递过去一碗酥油茶，“喝了暖暖身子，要是生病了可就不好了。”

流云尼玛接过碗，往唇边凑。头人却没有了下文，一味用松枝拨着火堆，弄得火花四溅，发出哧啦啦的声响。

等了良久，又是布麦大叔第一个沉不住气，催促道：“头人，你倒是说呀。”

“啊？”头人仿佛刚刚从沉思中回过神来，环顾了一圈长老们期待的目光，他终于下定决心，“流云，拉萨来消息了，已经决定选你去大唐公主的身边。”

这是意料之内的事，流云尼玛淡然处之，她喝干了酥油茶，将碗轻轻放在身旁的矮桌上，坚定地说：“我不去。”

一阵惊讶声从房间的各个角落响起，头人刚刚端起的青稞酒碗停在半途中，刚想说什么，手一抖，有一半酒就泼了出来。“你说什么？”

流云尼玛轻轻挥手，驱散面前缭绕的白烟，她双目生光，环视一圈，与每个人对视片刻，不容亵渎的目光让众人的议论声渐渐低下去后，她才清晰地说：“我不离开喇尔扎措。”

气氛一下子凝滞。长老们面面相觑，他们不是没想过她会抗拒，只是没想到她会如此清楚明白、干净利落地抗拒。头人想说点什么，抬头却撞上流云清冽的目光，她一怔，叹了口气，最终摆摆手道：“这事也不急在一时半会儿，再说吧。”

流云尼玛攒足了劲儿打算与长老们对抗到底的，却料不到头人如此轻描淡写地就暂时揭过了。她有些不知所措地向诸位长老及头人施礼，直到离开了房间，还有些迷茫。

“流云尼玛公主……”谨慎的声音在身后响起，她回头，看见站在不远处的少年。

“多咄？”流云尼玛面上现出一丝迷离的笑容，但转瞬即逝。看到他，就引起她心里一阵锐利的疼痛，因为这个少年神侍的身份会不断让她想到那个人。她目光掉转，投向远处的雪山，身体在寒风中瑟缩，只有心口的地方余着一点温暖。

她飘忽的态度让多咄犹豫起来，不知道自己是该走开，还是该留下。想了想，他才硬着头皮道："拉萨的消息，我们都听说了。"

"你们？"

"我和……西亚尔。"多咄一边解释，一边偷眼瞧流云尼玛的脸色。西亚尔再也没有离开过喇尔扎措，如今多咄也能像别的神侍那样，与自己侍奉的神沟通了，甚至沟通得更密切。他不必等到特定的日子，只要体力够好，胆子够大，他就可以见到那位总是立在雪山之巅的神祇，因为西亚尔总在向喇尔扎措族聚居的地方遥望。

寒冷的月光映得流云尼玛面色雪白。良久，她垂下头，自嘲地笑了："西亚尔有什么吩咐？"

多咄的目光不易察觉地抖动了一下，旋即垂首看着脚下道："西亚尔什么也没说，他知道您以身为喇尔扎措人而自豪，他说您一定会做出最正确的选择的。"

"是吗？他这么说……"流云尼玛变得仿佛只会微笑了，其他任何表情都被掩藏在了最底层。意料之中的答案，但西亚尔的态度有种说不出的生疏，这让她微觉失望。只是，这不都是自己的选择吗？有什么好失望的？思绪转到这里，她的微笑变成了苦笑。"你替我带句话给他。"她咬了咬下嘴唇，一字一字地说，"你告诉他，我不会离开，除非……"除非什么，她却没有说下去，只是挥挥手，意兴阑珊。

多咄见她没再说什么，便手垂过膝，躬身行礼，倒退着离开。

如钩的新月，清冷地悬在山冈的上方，细若游丝的月光丝丝缕缕地落在山坡上，照得草地上皎洁如霜。当惹雍错的湖水无声拍打着山坡下的湖岸，暗色的湖面宛如无底巨洞，将仅有的一点微弱的月光吸食殆尽。山坡上立着一个身影，有些出神地望着一团漆黑的湖面，风掀起他的袍角，一下一下拂动着，起落张扬，果断坚决，不见一分一毫的犹豫。

多咄走到那个身影后面立着，没有发出声音。而那人不用回头就已经知道有人来了，他问道："怎么样？"

半晌没有听到回应，他回过头，语气略带严厉道："怎么了？"

多咄扑通一声跪倒，匍匐在他的脚边，身子瑟瑟发抖道："我不能……念青唐古拉大神，我说不出口。"

寒光从念青唐古拉眼中一闪而过，他面无表情地点点头道："不怪你。"

多咄抬起头，语带祈求："可不可以放过他们？流云尼玛不是一直都得到天神的眷宠吗？她在我们心里，和神也没有区别。您不是也很看重西亚尔吗？他不是您最得力的手下吗？就让他们……"

"神就是神，人就是人！"念青唐古拉厉声打断他，顿了顿，才放缓语气道，"人神殊途，这是天条！你知道违反天条会是什么样的后果吗？"

"可是您不是也说，西亚尔是您最得力的属下吗？为什么您一定要勉强他呢？"

"如果他连天神的意旨都不能遵守，连神的矜持都不能保有，那么，我怎么能相信他会遵从我的命令，替我好好执行各项旨意呢？我怎么还能信任他？"念青唐古拉淡淡地反问，他是山神，是大地的儿子，没有天神的清高，却比天神更多了几分倨傲和冷峻。

"西亚尔并没有做任何背叛您的事情呀。而且他们已经不再见面了。他们一直没有见面。"

念青唐古拉冷笑："不见面，却还为了那个凡人女子留在这里，迟迟不肯回去，英雄气短，我念青唐古拉帐下所有山神的面子都给他丢尽了。"他垂眼看着匍匐在地上的多咄，冷酷地说，"西亚尔不能留在这里。"

多咄耳中血流奔涌的声音轰鸣，他怀疑自己什么也没听见，或者说，听见的全都是幻觉，仿佛这样他就能逃开不得不面对的难题。

念青唐古拉弯下身子，把多咄从地上扶起来，转身面朝当惹雍湖，挥了一下手道："冬天就要到了，当惹雍错湖面就要结冰了。"

多咄茫然地望向湖面，不知道他这话是什么意思。

念青唐古拉挑起眉头。"你不明白吗？"他有些诧异，摇摇头，耐着性子说，"当惹雍错的湖水一旦结冰，就不能再被打破，否则……魔鬼堆恰巴就会冲破格萨尔王的封印，在高原上重新肆虐。”

多咄瞪大眼睛，隐约知道了他的意思，却实在不敢相信。

念青唐古拉瞧了瞧他的神色，扯出一个冷酷的微笑：“我会把魔鬼堆恰巴放出来。”

多咄脑袋里轰的一声响：“为什么？”再也顾不上要对神持礼的戒条，他跳起来质问，“你为什么一定要这么做？他们已经不见面了。而且西亚尔性格执拗，就算魔鬼堆恰巴降临，也不会让他屈服的。”

“那你就想办法让他屈服。”念青唐古拉转身离去，没有起伏的声音传过来，“该怎么做，你自己掂量。”

夜色如同传说中巨兽的口，瞬间就把念青唐古拉的身影吞噬进去，旷野中，只余下多咄手脚冰凉地站在原处。他茫然四顾，月冷星疏，他短短十几年的生命中，从来没有觉得寒意如此刻这样刺骨过。也许，那寒意不是来自夜风，而是来自他心里深处，深到骨髓里。

混乱的头脑渐渐平复，小时候听老人们说起的魔鬼堆恰巴的传说渐渐浮出脑海。魔鬼堆恰巴，格萨尔王曾经的好友，最后却沦落魔道，成为人人谈之色变的魔鬼。他肆虐高原，所到之处江河变色，山峰崩塌。格萨尔王与他大战天地人三界，最终将他逼入阳光照射不到的绝地。直到千万年后的今天，老人们都还会用魔鬼堆恰巴的名字来吓唬不听话的孩子。如果魔鬼堆恰巴重新降临，他不敢想象会有什么样的后果。

“我该怎么做？”像是突然被抛到风雪中心的一片枯叶，多咄从来没有这么惶恐过。

“每个人都必须为自己的言行付出代价。我不例外，裴显你也不例外。”西亚尔的声音像冰凌一样穿透记忆，刺得裴显一个激灵，恍然回神。

“啊？你说什么？”面前还是那面被层层冰雪覆盖的石壁，隐约映出他和西亚尔的身影。阳光从高远的天空落下来，在西亚尔的周身泛出一圈霞光。这位神祇却完全没有注意到这些细节，他的全部注意力都集中在石壁上，甚至对于裴显的恍惚也没有太多留意。裴显咳嗽了一声，哆哆嗦嗦地问："我们到这里来究竟要干什么？太冷了……"

西亚尔修长的手指划过石壁上光滑的坚冰，喃喃低语："她就在这里面。"

"谁？" 问完裴显才恍然大悟，"你是说流云尼玛？" 他大步走上去，与西亚尔并肩而立，也学着他的样子把手放在冰冷的石壁上，不过，除了冷，他没有别的感觉。裴显偷眼看看西亚尔的表情，终于忍不住把整张脸凑上去，试图捕捉西亚尔面上更多的细微之处。

西亚尔微微愣了一下，有一瞬间的迷惑。眼前这个年轻人，与记忆中那个总是诚惶诚恐的少年神侍并不一样。在最初的惊慌震荡过去后，他便对自己的处境泰然处之，虽然话题仍然围绕着当年的旧事，但他并不像多咄那样把自己当作神明敬奉，他竟然敢和自己肩并肩地站在一起，敢毫不掩饰地观察自己，这种从来没有过的被冒犯的感觉让西亚尔觉得新鲜。

念头转到这里，他自然而然地想起了另外一个人。莫非转世回来的人，都会这样吗？明明气息、神情都完全一样，隔着很远就能让他因为熟悉的感觉而激动起来，近了，却发现在很多地方不一样。他们与记忆中的人有着完全不同的习惯，一颦一笑都在熟悉中透出陌生的感觉，让他总是相对茫然。究竟孰真孰幻，这样的疑问偶尔会冒出来，令他忍不住怀疑，这么长久的等待，等来的究竟是什么样的结果。

裴显什么也没发现，有些失望道："我不明白……流云尼玛究竟在哪里？"

"连早喻。"

"啊？" 裴显不明白。

西亚尔低低地说："她的名字。流云的转世，她不是流云，就像你不是多咄一样。" 这么说的时候，他的眼神有些忧郁，有些不舍，像是在面对一场离别。这样的西亚尔，无论在裴显被唤醒的记忆里，还是在多咄的记忆里都是非常陌生的。

西亚尔完全沉浸到自己的思绪里去了，他自顾自地说："我等待千年，为的是让流云重新回到我的身边。可是到了最后，我却发现，流云再也回不来了。"

他的语气没有意料中的沉痛，而是异常平静的，望向裴显的双眼中光芒灼然。他说：“回来的是早喻，流云的转世。就像你，只是多咄的转世一样，所以我还没想好，要不要让早喻替代流云留在我身边；也没有想好，多咄所负的罪责，是不是要让你来承担。”

后来的事情，完全出乎多咄的意料。他想不到自己的一句话，会引来如此大的灾难。直到事情发生的时候，他都还在说服自己：做出这样的选择是没有错的。可是事情怎么会演变到了这一步？

“西亚尔说，无论怎么样，无论什么时候，出现什么样的状况，他都不会干涉你的决定。你的事情，你自己做主。”多咄永远都不会忘记流云尼玛在听到自己转达的这句话时，眼中失控的绝望。

“是吗？”流云苦笑，转过身去努力平复悲苦的心情。寒风在窗外呼啸，从各个角落的缝隙钻进来，刀子一样撕扯着她的心。

前一天夜里，有人发现已经结了冰的当惹雍湖面上出现了几道裂纹。灾难即将降临的消息不胫而走，族人们惊慌失措，纷纷传言这是因为流云尼玛拒绝前往拉萨，引得天神和念青唐古拉震怒，要将惩罚降在整个喇尔扎措族头上的先兆。

门外，头人捧着赞普的手谕，带领全体族人站在风中，从拉萨送来的奇珍异宝堆放在她的门口，而在寨子入口的地方，装点华丽的牛车早已在那里等待。

一切已经不容改变了。

她不是一个软弱的人，自己认为对的事情，无论是赞普的命令，还是族人的要求，都无法令她改变主意。可她也不是一个自私的人，周围都是族人们恳求的目光和小心翼翼的探问，就连最亲近的江南，话里话外也在催促她快下决定，所有这一切如同一股强大无法抵挡的洪流，要将她从以前平静安宁的生活中卷走，冲向那个叫作拉萨的未知之境。在这种时候，她唯一可以借力支撑，坚持下去的只有西亚尔了。所以不顾全族人的催逼，她把多咄单独叫进来，只为了能从西亚尔那里得到支持。可是……

“我明白了。”长长地吸了一口气，流云尼玛轻声说。他撇清了，信守他的诺言，从此只远远观望，再不插手。她一边打散发辫，一边对多啪说：“你可以出去了。让我更衣吧。”

多啪的头几乎垂到了地上，他不敢出声，害怕颤抖的声音会引起流云尼玛的猜疑，只能使出全身的力气，扑倒在地上，重重地行了一个五体投地的大礼，之后才倒退着离开。

守在门外的男女老少听见些微响动，连忙抬头张望。江南眼尖，大声问道：“多啪，流云她……她到底答应了没有？”

多啪觉得双腿发软，全身的力气都仿佛被抽干似的，整个人瘫软在地上，过了半天，他才沉重地点点头。

人群爆发出一阵欢呼。消息如潮水般一浪一浪传出去，如同朝死寂的水面投下重石，激起了巨浪。没多久，远处角鼓、号角的声音就交织在一起传过来，全族的人都长长地出了口气，彼此祝福着吉祥，脸上现出笑容。原本凝滞的气氛仅仅因为多啪那微微一点头，就完全改变了。

多啪冷眼瞧着，只觉得茫然和心寒。看着他们的笑容，他拼命告诉自己他没有做错，可是身后的那扇门内，那个女子寂寞绝望的身影深深地烙在他的脑海里，让他觉得眼前这些人的歌声听着是那么刺耳。

“多啪，你还在这里坐着干什么？”倒是江南留意到他的异样，心情不错的她跑过来说，“头人说流云要到湖边去祭祀贡觉玛，然后我们就要上路了。”她是流云尼玛的贴身侍女，自然会跟着一起去拉萨。

多啪觉得她脸上闪着阳光的笑容很刺眼，没好气地问：“流云公主去拉萨，你就那么高兴吗？”

他原本只是想讽刺一下江南，却没料到江南笑逐颜开地说：“那当然了，她去，我也能跟着去了呀。”

多啪愣了一下，问道：“你那么想去拉萨？”

江南歪头想了想道：“也不是特别想去拉萨，可是去了拉萨，就能见到从大唐来的公主了呀。一定还有其他从大唐来的人，说不定就有从江南来的人呢。”

她抓住多咄的胳膊，轻轻摇晃着，“多咄，你知道吗？我做梦都在想，大唐是什么样子，江南是什么样子。那可是我祖父的家乡呀。”

多咄抑制不住心头的烦躁，一甩胳膊挣开她，重重地说了句：“难道喇尔扎措就不是你的家乡了？”说完头也不回，拔腿疯跑，穿过庆祝的人群时，他不知道甩脱了多少只想拉住他手臂的手。他一路狂跑，也不知道跑了多久，再停下来的时候，发现自己已经不知不觉来到了湖边。结了一层薄冰的湖面映着苍白的日光，冷峻地瞧着他。

“我不行……我真的不行……”多咄痛哭流涕，跪倒在地上，手指抠进结了冰的冻土里，血丝从指甲缝里渗出来，“我做不到，欺骗他们两个，我做不到。”

“那么你将眼看着魔鬼堆恰巴如何把喇尔扎措毁掉。”念青唐古拉冷酷的声音在他脑中响起，“抬起你的头，睁开你的眼，看看你眼前在发生什么事情？”

一阵阵极其轻微的咔嚓声由近向远渐次响起，多咄发现树枝般的裂纹正从脚下一点点向四周延伸，速度很快，不久便延伸到了对面的湖岸。

“你！”他站起来，慌乱地转动身体，想要找到念青唐古拉的身影，然而周围只有结满冰霜的湖面和衰黄的草甸，“她都答应了，流云都答应了，你为什么还要这么做？为什么还要打破湖面的冰？”

没有人回答，他只感觉到一股异乎寻常的寒风从身边呼啸而过，然后整个天地就仿佛静止了。他愣愣地站在远处，甚至感觉不到身上的寒冷，如果可以，他希望时间就在此刻凝结，不要再向前走，哪怕让他就此化为一块石头，也好过经历即将要发生的可怕的事情。

然而湖岸另一侧的族人们还是发现了冰面的裂纹，时光终究还是被他们发出的惊呼声牵动，毫不留情地呼啸而去。多咄听着远处哭喊的声音，看着从冰缝往上泛的一团团的灰色泡沫，只得咬牙狠命地擦了擦脸上的泪水，朝西亚尔雪山狂奔而去。

西亚尔早就站在山巅朝下面眺望，远远看见多咄，他便问：“寨子里发生什么事情了？我怎么听见有人在呼喊，出了什么事情？”

“没什么……头人家的牦牛走失了，大伙都出去找了。”

“哦……”西亚尔只应了一声，这让惴惴不安的多咄松了口气。

“流云……她好吗？”西亚尔又问。

“嗯……挺好的。”多咄努力让自己的声音听起来可信。

“是吗？”西亚尔略微苦笑了一下，“那就好……”顿了顿，他又缓缓道，“多咄，你不要在这里待着了，回寨子里吧，替我好好看护流云，有什么事情，就赶紧来告诉我。我……不放心……”

多咄看着他的侧脸，心中一动，忍不住问：“为什么？你为什么会爱上她？”

像是没料到会有人对他问出这样的问题，西亚尔怔了一下，有点不解：“为什么？这种事情怎么说得清？”

“你是神，她是人，为什么你还要接近她，还要爱上她？”多咄激动地喊，眼泪冲出来，“如果是一个普通的小伙子，她就不会受这么多委屈，这么伤心。可你是神，你为什么要这么做？”

西亚尔吃惊地看着胸脯剧烈起伏的多咄，半晌后才自失地一笑：“如果我能控制，我宁愿从来没有遇见过她。这样，你的流云尼玛公主就不会那么伤心了。看来真的是我错了，上至天神，下至一个小小的神侍，都是这样……我们竟然得不到任何支持。”

多咄说完那番话就后悔了，此刻看着眼前这位山神，无论如何他都只觉得他的笑容里充满了蔑视一切的狂傲。果然，接着他就听到西亚尔尖锐地笑起来：“可是我终究遇见了她。这大概是天神的疏忽吧，我生于天地间亿万年，居然会遇见一个流云尼玛，我的幸运，你不会明白的。”

“我明白。”多咄低声说，他当然明白。

“什么？”西亚尔没有听清楚，扭头追问，眼睛瞥过远处的景象，突然顿住，目光倏然凝聚，瞳孔收缩。片刻后，他一把揪过多咄，咬着牙问：“到底发生了什么事情？你对我隐瞒了什么？”

多咄吓了一跳，使劲挣扎着说：“我不知道，我什么都不知道，我没有隐瞒，没有说谎。”

“没有说谎？”西亚尔遥遥地指向山脚下，“寻找头人的牦牛需要请出贡觉玛？”

多咄努力从他的桎梏中挣开一点，偏过头去看。早已经变了色的湖水中央，一个黑点逐渐显现。湖岸上密密麻麻都是人，数不清的洁白的哈达反射着日光，即使他远在雪山之巅，也觉得刺眼。他知道西亚尔的目力比他的要好得多，既然西亚尔这样质问，那么湖中那个黑点，只怕就是贡觉玛现出的真身了。

西亚尔扼住他的脖子。“你骗我！是流云，流云出事了？”不用等到回答，只看多咄惊慌的眼神，西亚尔就已经知道了答案，“我们都那么信任你……”来不及再与多咄纠缠，西亚尔猛然松手，把他摔出几丈开外，然后纵身一跃，从悬崖上跳下去。

“西亚尔……”多咄飞扑过去，他顾不上喉咙受创的伤痛，趴在山边撕心裂肺地呼喊，“西亚尔神！”呼唤声在山壁间回荡，反反复复，震得他自己的耳朵嗡嗡作响。

“别替他担心，他是神，不会受到伤害的。”那个熟悉的冷酷声音又响起。多咄浑身僵硬。念青唐古拉不屑地嗤笑了一声：“你真是一点用都没有，那么简单的事情都做不好，到底还是让他发现了，差点坏了我的计划！”

周围仍旧没有人影，只有狂风呼啸。多咄怒吼：“你让我做的事情我都做了，你不要再缠着我了，放过我！”

“没问题。”念青唐古拉倒是答得干脆，“反正西亚尔现在赶去已经来不及了，他留不住流云尼玛，他们定然会被分开。”他的笑声异常刺耳，“你看，这多好，西亚尔还是我忠诚的属下，维护我的荣耀；你们喇尔扎措族重新得到赞普的重视，找回昔日的荣耀；流云尼玛也会得到重用，她的运气好得你都不敢相信。所以你要相信，我给他们安排的路才是最好的。”

多咄冷笑：“你说得好听，你只不过是为了自己的面子，你以为我不知道？你只是不容许自己神的身份被玷污而已。”

“说得好！”念青唐古拉大笑，“你呢？你以为你当真是为了喇尔扎措族才欺骗他们的吗？”他的声音转冷，“真正高尚的人，是不会以牺牲别人为手段的。你这么做，不过是因为嫉妒。”

多咄脑中轰地炸开了，道：“你说什么？”

“流云尼玛和西亚尔在一起的时候，你难道不嫉妒吗？”

“我……”多咄一步一步后退，脑中乱成一团，难道自己并不是为了族人的安危，而仅仅是因为嫉妒？“不会，不可能……我……我就算嫉妒，也不会去伤害他们两个，你胡说……”他说着，转身想跑，似乎这样就能逃开念青唐古拉冷酷的指责。

“你对他们撒谎，你欺骗了他们。”念青唐古拉正义凛然地指责他，好像这一切都与他无关。

“那是你……”急于辩解的多咄发现自己突然说不出话来，一团裹挟着雪的风绕着他，正飞快旋转。

他听见念青唐古拉冷冷地问：“我怎么了？你想说那是我指使的？你觉得我会给你这样的机会吗？”

狂风推着多咄一步一步向悬崖边上退去，念青唐古拉轻柔的声音贯穿他的脑海：“你已经没用了。”

突如其来的剧痛让多咄的嗓音冲破禁锢，发出一声连厉鬼听了也会毛骨悚然的悲号。他眼睁睁看着风像刀子一样割开了自己的胸膛，那颗正在跳动的心脏脱离身体，在半空随着那股旋风飘摇而去。鲜血狂喷出来，雨一样地落在千年的积雪上，几乎染红了整个山巅。没有了心脏的身体瘫软下来，失去支撑，像一片落叶，从雪山之巅飘落，飘飘荡荡，最后砸破山脚下结了冰的湖面，坠入最寒冷恐怖的黑暗中。

“是念青唐古拉！”剧烈的心痛将裴显从黑暗的记忆中唤醒，他倒在雪地上，痛苦地揪住衣襟，忍不住呻吟，“西亚尔，是念青唐古拉设计了一切。”

西亚尔淡漠地瞧着他，眼中讥讽依旧，却还是伸手将他拉起来。裴显喘声渐低，最后只能苦笑，事隔千年，很多事情只怕西亚尔早已经明白了。他想起扎西说过的关于西亚尔的事情，问道：“那……后来都发生了什么事？”

“我去晚了，无法阻止流云去拉萨，一怒之下我崩毁山体，离开了喇尔扎措，惹得天神震怒，也彻底与念青唐古拉翻了脸，被他宣判为恶魔。”

西亚尔的叙述简明扼要，轻描淡写。裴显却听得直咋舌，短短几句话的背后发生过怎样的惊心动魄，只怕不是常人能够想象出来的。“那……魔鬼堆恰巴有没有出来？”

西亚尔像是觉得他的问题十分可笑，不屑地扯动嘴角道：“有了恶魔西亚尔，念青唐古拉已不需要惊动古老的魔鬼来证明他的正义了。”

裴显不由自主地松了口气，随即一惊，西亚尔被拿来与魔鬼堆恰巴相提并论，以他（多咄）对西亚尔的了解，这背后的委屈，怕是外人根本无法了解丝毫的吧。一个好好的神，突然就被千夫所指，所有的人都异口同声地指责他的不是，口口相传，将他变成恶魔……

裴显不是小孩子，这样的事情自有自己的判断，只是……“为什么你会被放逐到这里来？”

“放逐？”西亚尔傲然一笑，“除非我自己愿意，否则谁能放逐我？”傲气隐去，他的目光变得悠远莫测。裴显屏息等待，良久才听他继续说：“我必须到这里来，我答应了流云，在这里等着她。后来，她被那些人害死，我又去迟了。我一错再错，第一次葬送了她的幸福，第二次葬送了她的性命。多咄，这就是你侍奉的山神，你是不是觉得很丢人？”

明明问的是多咄，裴显却不由自主地摇头道：“没有，一定有什么事情发生，让你没办法及时赶到，第一次是因为多咄的欺骗，第二次呢？”

西亚尔的眼中恨意闪过，半晌后才轻轻吐出两个字：“江南。”

“什么？！”裴显跳起来，竟是多咄记忆中那个有点跋扈有点天真的姑娘，流云尼玛贴身的侍女？！“江南做什么了？是不是误会？”

“比起江南做的‘好事’，你的罪责要轻得多。”西亚尔咬牙切齿，过了很久才勉强压抑住过了千年仍无法释怀的愤怒，努力放松语气道，“我好不容易劝说流云逃离，江南却透露了流云的行踪。”说到这儿，他侧头看看裴显明显茫然的表情，吸了口气，才耐心地说，“流云尼玛去了拉萨以后，被逼嫁给一个重要的大臣。他们以铲除恶魔的名义，逼迫她说出我的下落。流云终于同意跟我一起逃离拉萨，她要回喇尔扎措，江南却把她的行踪告诉了拉萨的那些人，他们才能追过来。”他必须紧紧握住拳头，才能维持平稳的语调。

裴显好不容易才从他跳跃性极强的话语中理出了大概的头绪，却还是有点不明白：“可是江南她为什么要这么做？”

“因为她想去大唐。”

裴显目瞪口呆，他知道江南对大唐的向往，可是为了这样的原因就出卖自己的主人，实在有点匪夷所思。

西亚尔说出了他心中的疑惑：“当初，流云不愿意做欺骗和背叛的事情，宁愿选择放弃和我的感情。然而，却有很多人为了某件事，不惜做出背叛的事情。”

裴显觉得口干舌燥，问道：“那后来呢？江南去了大唐？”

西亚尔没有马上回答，只是看着他冷笑。寒意顺着血脉蔓延，裴显明白了他的意思，但还是不敢相信，涩声问：“他们也杀了她？”

“他们实现了诺言，送江南去大唐，不过他们只是把她送出吐蕃，让她一个人穿越腾格里沙漠。”

裴显乍听惊心，继而黯然，江南的经历和多咄何其相似，无论是什么样的理由和初衷，这样的下场都是可以预见的，高原上的子民都是太阳的后代，终究是鄙视欺骗和背叛的人的。这么想着，裴显也就慢慢释然了。之后他忆起之前的话题，又问道：“你说的流云尼玛的转世，她究竟在什么地方？”问完，他指了指石壁，有些不可置信，“在这里面？”

西亚尔点点头，反问道：“知道我为什么要带你到这里来吗？”不等裴显回答，他就继续说，“我是想让你解答一个我一直想不明白的疑问。”

“是什么？”

西亚尔转身看着他，目光闪亮锐利，在渐渐昏暗的天光中格外耀目。他说：“现在你完全回忆起以前多咄的经历了，你能感受到他当初的喜怒，其实这就是他的生命在你身上重生了。你觉得，你是裴显，还是多咄？”

“当然是裴显。”裴显毫不犹豫地回答，“不管多咄对我的影响有多大，他毕竟是一个已经死了很多年的人嘛，我不会为了多咄影响我这一世的生活的。”这么说完，他自己也觉得不可思议，“真是报应！我一直研究科学，却不得不承认人是有前世今生的，还要被迫把前世的记忆带着走一辈子，而且现在我竟然在跟一位神说话，说不定过不了多久，精神病院就会出现一个叫作裴显的病人了。”

西亚尔歪歪头，觉得他很有趣的样子，道：“你不愿意拥有关于前世的记忆？”

“拜托，我不是流云尼玛，我的前世除了自卑，就是悔恨，我为什么要想起前世？”说到这里，他灵光一闪，突然明白了，盯着西亚尔问，“你一直强调躺在这石头里的，是流云尼玛的转世，你又说流云再也回不来了……你的意思是，她，那个连早喻，也像我一样，选择了今生，她不要前世，也不要你？”

“胡说！”西亚尔突然暴怒起来，一挥拳就砸在旁边的石头上，山体震荡，积雪簌簌落下，轰的一声巨响在山谷中回荡，久久不绝。他怒气冲冲地逼近裴显道：“早喻，她是自己选择留下的，她有流云的记忆，有自己的性格，但是还是选择留下了。”他的话更像是在辩解，尽管气势汹汹，底气却已经泄了。

裴显也看出了这一点，他丝毫没有恐惧，反倒一针见血地说：“但是你自己犹豫了，你并不确定她是不是该留下。一个不是流云尼玛的人，是不是你真正想要的？你不甘心，却又不舍得就这么放她走，对吗？”

西亚尔盯着他，像是在看一头怪兽，不可思议地摇了摇头道：“你跟多咄一点也不像，你们不是同一个人。”

“我们当然不是同一个人，我说过了，我不是多咄。早喻也不是流云尼玛。”

这一次西亚尔却意外地沉默了。裴显等了半天，没见他回复，这才平心静气地观察对方。

西亚尔的神情异常严肃，凝视着对面的石壁，目光仿佛要将石壁穿透，又像是要穿透千年岁月积累下来的重重叠叠的迷雾，看清自己的选择究竟应该是什么。良久，他缓缓开口：“早喻……她当初回来的时候受了很重的伤，贡觉玛用了很大气力才保住她的性命。我只能把她藏在这里，要经过整整二十年她才能醒来。”

西亚尔没有说出来的是，即使是这样的结果，也是他以将自己的真身埋在念青唐古拉山脚下换来的。只有这样，念青唐古拉才会为他的真身所绊，不会再与这里的幻象纠缠，也才不会发现流云尼玛终究还是转世了。

裴显这才明白为什么西亚尔一直对着这面石壁，口口声声说早喻就在那里面。“现在过去多少年了？”他问。老实说，他也很好奇流云尼玛的转世究竟是什么样子。

“二十七年。”

裴显吓了一跳。

西亚尔继续说：“我不知道出了什么问题，她一直没有醒过来。她不醒，我就一直等着。”他是神，与天地同寿，时间对他来说几乎没有意义，他已经等了那么久，不在乎多等几十年。

“可是最近我心里总有一点不安，觉得她没有醒来，其实是有原因的。”西亚尔伸手抵住石壁，仿佛这样石壁里那个沉睡了很久的人就能听见他的话，“我担心，是她自己不愿意醒过来。我担心她不愿意和我在一起，当初是我强迫她留下的……”历经千年的折磨，让他的性情变得暴戾善变，当初加诸那些人身上的伤害，令他在这长久的守候中常常懊悔不已。也许是因为有了要守护的人，他的性格终于慢慢地转变。他们都是太阳的子孙，阳光能照射到的地方，就不会有太多阴霾，不过，曾经留下的阴影也不是那么容易就被消解的。

他话语中透露出来的浅浅的伤感让裴显心中一动，不禁恻然。神，本就是天地间不朽的存在，身份高贵，地位超然，只要安然享受人间的供奉就可以了。神不需要有爱恨，不需要为谁操心，为谁伤怀，也不需要对谁付出真心。然而眼前这位，却毫不犹豫、义无反顾地为一个尘世间的公主付出了一切，从神变成了魔，仍患得患失，忐忑不安。这一份深情，即使在普通人身上，只怕也难得见到。这一刻，裴显有些同情西亚尔了。

“那你打算怎么做？”他问。

西亚尔摇了摇头道：“我也不知道。我在想，如果她是因为不愿意和我在一起才没有醒来，那我应该把她送回去，那样也许她就醒了。”说完了，他就认真地看着裴显，询问：“你觉得呢？”

“我？”裴显受宠若惊，短短几个小时相处下来，加上前世的记忆，他非常清楚西亚尔桀骜的性格，可现在他居然用这种请教的口气询问自己的看法，这可不是随时随地就能碰见的寻常事。

“你跟她来自同一个地方，有类似的经历，你应该了解她的想法吧。”

西亚尔此刻的表情让裴显想起大学里教授循循善诱的模样。他使劲儿甩了甩头，警告自己不要太得寸进尺了，对方毕竟是神。想了想，他老实说：“我真的不知道，我的前世不是流云尼玛，我的记忆里没有对你的爱恋。可是早喻会有吧，你做出的牺牲，她未必会喜欢。”

问题又回到了原点，西亚尔低头沉思，过了一会儿，他再抬起头来的时候，裴显忍不住在心里喝了一声彩。短短几分钟的时间，之前他身上的忧虑、阴霾一扫而光，英俊的面孔上此刻泛着莹润的光芒，历经了种种苦痛、仇恨、懊悔、猜疑，最终在温情中恢复过来的天神之子，被时光雕刻出了圣洁不可侵犯的模样。

西亚尔平静地说：“让早喻自己做选择吧。虽然不知道她什么时候会醒过来，但我会一直守着她，我会尊重她的选择。”

这话有些悲壮的味道，裴显听后，由衷地说：“西亚尔，我相信早喻会为你留下的。”

西亚尔淡淡一笑：“我送你出去吧。”

神的话不容置疑。原计划是要征服这座大雪山的裴显一愣，苦笑，看来西亚尔暂时还是不会懂得：所有人的意见都值得尊重。与传说中的恶魔、记忆中的山神的奇遇，看来只能到这里为止了。

西亚尔一边脚不沾尘地走在前面，一边说：“你不是说不想要多咄的记忆吗？我可以帮你去除这一段记忆，等你离开这里之后，就不会记得我们今天说的所有的话。”

裴显的脚步猛然顿了一下。摆脱所有前世的记忆吗？这肯定是他非常想要的，只是事到临头，他还是会有些不舍呢。人的意志是不是总是这么摇摆不定？还是他继承了多咄的弱点？他苦笑，只怕即使记忆被消除，前世的影响也还会在呢。这么胡思乱想着，裴显终于想起一件重要的事情：“跟我一起来的那个人，扎西……”

“他受了些伤，我会将他医治好的。他什么都不知道。”

“是吗？”这倒是一个皆大欢喜的结局。一个念头突然在裴显心中冒出来，莫非扎西就是为了引导他到这里来见西亚尔才会存在的？谁知道呢。

西亚尔终于停下来，转身等他跟上去，然后伸手指向远方：“你从这里下去，跟着光一直走，就能出去，扎西会在那边等你。”他一边说着，一个晶亮的光团从他指尖激射而出，在半空划出一道弧线，轨迹犹如雨后彩虹。

裴显道了一声谢，沿着彩虹的轨迹下山，一边走着，他突然想起一个很有名的传说，彩虹的尽头，有宝藏。不知道自己这么一直走下去，会遇见什么样的宝藏呢？

过去几个小时发生的事情渐渐从裴显的脑中淡却，走了一会儿，他甚至想不起来自己为什么要跟随着那道彩虹走。他有些迷茫地停下脚步，回头望，彩虹的另一端尽头，高大的雪山顶峰，一个年轻人身披着五彩霞光临风而立，身姿卓然，踏破红尘。

裴显想：这是什么人？竟像是天神之子来到了人间……